Wladyslaw Reymont

Der Vampir

Roman

Übersetzt von Leon Richter

Wladyslaw Reymont: Der Vampir. Roman

Übersetzt von Leon Richter.

Entstanden 1911. Originaltitel: Wampir. Erstdruck der deutschen Fassung 1914 bei Albert Langen, München in einer Übersetzung von Leon Richter.

Neuausgabe
Herausgegeben von Karl-Maria Guth
Berlin 2016

Umschlaggestaltung von Thomas Schultz-Overhage unter Verwendung des Bildes: John Atkinson Grimshaw, Blackman Street, London, 1885

Gesetzt aus der Minion Pro, 11 pt

Verlag: Henricus - Edition Deutsche Klassik GmbH
Mörchinger Str. 33, 14169 Berlin, info@henricus-verlag.de
Druck: Libri Plureos GmbH, Friedensallee 273, 22763 Hamburg

ISBN 978-3-8430-5004-3

Bibliografische Information der Deutschen Nationalbibliothek

Die Deutsche Nationalbibliothek verzeichnet diese Publikation in der Deutschen Nationalbibliografie; detaillierte bibliografische Daten sind im Internet über www.dnb.de abrufbar.

Erstes Kapitel

Alle Lichter waren erloschen, nur durch die Fensterscheiben schimmerte in einer grünlichen Kristallkugel ein kaum sichtbares, scheues Flämmchen, wie ein Glühwürmchen in dunkler Nacht. – Ganz plötzlich trat Stille ein, eine Stille voll quälender Erwartung.

Sie saßen da, lauernd, in sich versunken, wie tot, voll peinigender Unruhe und voll eines kaum zu zähmenden Erzitterns der Angst.

Die Zeit floß langsam dahin, in erschreckendem Schweigen, in der lähmenden, entsetzlichen Stille banger Vorahnungen; nur hin und wieder hörte man in der Dunkelheit mühsam unterdrückte Seufzer, oder die Diele knarrte, daß sie heftig zusammenschraken; dann wieder summte etwas Undefinierbares um ihre Köpfe, wie der Flug eines Vogels, schwirrte im Zimmer umher und kühlte mit eisigkaltem Hauch ihre erhitzten Gesichter, um schließlich im nebligen Dunkel, leise weinend gleichsam, zu ersterben ... Und wieder verflossen lange Augenblicke, eine Ewigkeit, Augenblicke quälenden Schweigens und der Erwartung.

Plötzlich erbebte der Tisch, geriet in gewaltsam schaukelnde Bewegungen, erhob sich in die Luft und sank dann ohne jedes Geräusch wieder auf den Boden. Ein eisiger Schauer erschütterte die Herzen ... Einer schrie auf ... ein andrer schluchzte nervös ... wieder ein andrer sprang empor, als wolle er fliehen. Der heiße Hauch der Angst war im Dunkel verweht und vergrub sich mit einem schmerzhaft marternden Beben in die Seelen; doch bald war alles erloschen, unterdrückt durch das schreckliche Verlangen nach Wundern. Ein Wunder erflehten ihre Angstgefühle und ihre Seelen, die, wie auf die Folterbank gespannt, in schmerzlicher Sehnsucht bebten.

Das Schweigen wurde noch tiefer, man hielt den Atem an, dämpfte das ängstliche Schlagen der Herzen, spannte alle Willenskraft, um nicht zu erzittern, nicht zu flüstern, noch sich zu bewegen, um nicht einmal aufzuschauen und in einer Stille zu erstarren, so tief, daß das leise Ticken einer Uhr an den Herzen bohrte, mit unaufhörlichem Ticktack, und in den Schläfen hämmerte mit schweren Hämmern.

Ein dumpfes, klagendes, verwehendes und fernes Schäumen, wie das Schäumen der Meeresflut, brauste eintönig hinter den Fenstern, der Regen schlug unaufhörlich an die feuchtgrauen Scheiben, ließ sie leise erklingen, floß an ihnen in langen Perlenketten herab und flüsterte wie im Traume, flüsterte bang; der Wind zerrte an den Laden und sank mit unterdrücktem klagendem Schrei wie tot an den Mauern herab. Und Bäume, die aussahen wie Wolkenfetzen, blinde, stumme Bäume neigten sich still zu den Fenstern, bebten als kaum faßbare Schatten, – wie ein Traum, dessen man sich nicht mehr erinnern kann, und verschwanden im Nebel wie ein Traum.

Und das Zimmer war immer noch dumpf, stumm und abgrundtief, nur das grünliche Flämmchen zitterte unaufhörlich, gleich einem Stern, der sich in einem schwarzen, tiefen See widerspiegelt; oder irgendein Blick flammte plötzlich auf und erstarb gleich wieder im trüben Dunkel, das voll war von unfaßbarem Beben, unfertigen Bewegungen, beunruhigendem Zittern, ersterbendem Flüstern, verglimmendem Schillern und einer kauernden, fröstelnden Angst.

Der Tisch riß sich wieder unter den Händen los, stieß die Sitzenden auseinander, erhob sich gewaltsam und fiel mit lautem Gepolter auf seinen Platz zurück ... Die Kette der Hände wurde unterbrochen, Schreie wurden laut, jemand sprang seitwärts, zum Licht.

»Still! ... Auf die Plätze! ... Still!« ertönte eine befehlende Stimme.

Die Hände verflochten sich wieder zu einer unzerreißbaren Kette, alle verstummten plötzlich, doch niemand mehr vermochte das nervöse Zittern zu unterdrücken, die Hände bebten, die Herzen pochten, und die Seelen durchwehte ein Sturm heiliger Angst; man neigte sich über den Tisch, wie über ein unerklärliches, geheimnisvolles Wesen, dessen kleinste Bewegung ein sichtbares, lebendiges Wunder wäre.

Yoe, der den Vorsitz führte, begann ein Gebet zu flüstern, und nach seinem Beispiel begannen sie mit bebenden Lippen die Worte nachzusprechen, immer schneller, immer stärker, daß das Dunkel erfüllt wurde von leidenschaftlichem, gleichsam aus dem Herzen, aus der Tiefe verblendeter Seelen gerissenem Geflüster ... Glühend waren ihre Worte in ihrem Verlangen, ihrer Sehnsucht nach dem Wunder.

Plötzlich ertönten aus dem anderen Zimmer oder aus irgendeiner Tiefe hervor die gedämpften Klänge eines Harmoniums. Das Jammern erstarb in den gepreßten Kehlen, die Seelen verfielen in traumhafte Schauer, wie vor dem Tode; denn niemand hatte diese Musik erwartet, niemand wußte, woher diese Töne kämen, niemand war sich klar darüber, ob das wirkliche, lebendige Töne wären, oder nur eine süße Täuschung.

Sie sanken mit der Brust auf den Tisch, denn niemand mehr hatte Kraft, sie hielten sich krampfhaft an den Händen, hatten Angst davor, einander loszulassen, hatten Angst, in die Einsamkeit zu versinken ... sie drängten sich mit den Schultern fester aneinander und vertieften sich zusammengedrängt, zitternd in diese wundersamen Töne, die wie ein liebkosender Wind über die Saiten einer unsichtbaren Harfe dahinglitten.

Und so sehr vergaßen sie alles, daß niemand wußte, ob dies nun Wirklichkeit oder nur ein zauberschöner Traum wäre.

Und die Musik füllte das Dunkel mit dem Opferbeben eines inbrünstigen Gebetes, mit dem Tau silberheller Töne, dem Hauch einer so süßen Melodie, daß die Seelen in seligkeittrunkne Träume versanken, gleich den Blumen in einer Mondnacht.

Und die Musik ließ ein feierliches, gewaltiges, weithinschallendes Lied ertönen, als sänge die ganze Welt.

Und mit dem Schrei der Seele, die im Weltall irrt, schluchzte sie traurig.

Und sie erhob sich höher, – bis zu den Hymnen seliger Verzückung und in die Fernen einer Sehnsucht, als wäre sie die Emanation eines neuen Seins, das aus dem Geheimnis und der Sehnsucht geboren wird.

Noch waren die Menschen im Banne der Töne, noch wiegten sich die Seelen im Rhythmus der leise ersterbenden Klänge, als die Tür des Vorzimmers weit aufging, ein breiter Lichtstreifen über den Fußboden fiel und auf der Schwelle eine hohe leuchtende Gestalt erschien.

Sie sprangen von ihren Plätzen empor, doch ehe noch einer zu schreien vermochte, bewegte sich jene Gestalt und schritt langsam über den Lichtstreifen daher. Sie ging steif und schwer, mit ausgestreckten Armen, jeden Augenblick stehenbleibend und sich leicht wiegend.

Die Tür schloß sich ohne Geräusch, und wieder herrschte tiefes Dunkel.

»Wer bist du?« so erzitterte eine gepreßte Frage.

»Daisy«, erklang ein Flüstern, das nichts Körperliches mehr an sich hatte.

»Wirst du lange bei uns verweilen?«

»Nein ... Nein.«

»Wo ist dein Körper?«

»Dort ... Im Zimmer ... Ich schlafe ... Du riefst ... Ich kam ... Guru ...«

Das Flüstern verwirrte sich und wurde so leise, daß nur klanglose abgerissene Töne in der Dunkelheit wisperten ...

Mr. Yoe drückte auf den Knopf, und das ganze Zimmer wurde von elektrischem Licht überflutet.

»Daisy!« schrie einer, ihr nachstürzend, blieb aber plötzlich stehen, wie vom Blitz getroffen, denn sie hatte ihm ihr blindes Gesicht zugewendet und versuchte etwas zu sagen, ihre Lippen bewegten sich.

»Nein, nein, Daisy ... Dieselbe und doch fremd, eine andere zugleich.« Er neigte sich verwundert vor und umfing mit lauerndem, ängstlichem Blick ihr Gesicht und ihre ganze Gestalt ... »Dasselbe Gesicht, und doch die Züge anders, fremd ... Fremd ... Daisy! Nein ... Nein ...« schrie es in ihm; das Erstaunen und die Erinnerung verflochten sich in seinem Hirn mit dem Blitzen des Wahnsinns, der Angst und eines grauenhaften Entsetzens.

Er verstand nichts, er konnte diesen wunderlichen Wechsel nicht verstehen, es schien ihm, daß er tief träume, daß ein Spiegelbild Daisys vor ihm stehe und bald zerfließen würde, verschwinden wie eine Erscheinung, sofort ... Er schloß die Augen und öffnete sie gleich wieder, aber Daisy stand an der alten Stelle, sie war da, er sah sie in den kleinsten Einzelheiten: da wich er plötzlich zurück, denn sie schaute ihn mit einem traurigen, abgrundtiefen, fremden Blick an, der so schrecklich war, daß er tief, auf den tiefsten Grund der Angst, hinabstürzte.

Alle standen in der gleichen eisigen Erstarrung da.

Mr. Yoe aber näherte sich Daisy ängstlich und berührte mit den Fingern ihre Augenlider, – sie zuckten heftig und sanken dann schlaff herab. Dann berührte er der Reihe nach ihre Schläfen, ihre Hände, ihre Arme, machte einige Striche über ihrem Kopfe, trat zurück und sagte befehlend: »Komm!«

Sie rührte sich nicht von der Stelle.

»Komm!« rief er fester, langsam zurückweichend, doch ohne seinen Blick von ihr zu lassen ...

Sie zuckte plötzlich und begann, als koste es sie viel Mühe, sich von dem Fußboden loszureißen, ihm nachzugleiten, mit steifen automatischen Bewegungen, in die Tiefe des benachbarten Zimmers hinein, das hell erleuchtet war ... Niemand hatte sich während dieser Zeit bewegt, noch lauter geseufzt, noch auch nur gezuckt; alle Augen folgten ihr.

Mr. Yoe nahm sie bei der Hand und führte sie zu einem großen Sofa, das mitten im Zimmer stand; auf dieses fiel sie kraftlos hin.

»Kannst du sprechen?« fragte er und neigte sich über sie.

»Ich kann ...«

»Bist du Daisy selbst?«

»Frage nicht ...!«

»Stört vielleicht jemand von uns?«

»Nein ... Nein ... Was könnte den Willen des ›A‹ stören!« sagte sie.

Sie sprach mit einer Stimme, die nicht ihre Stimme war, sondern fremd war und manchmal, als käme sie aus einem Grammophon, wie die Stimme einer Leiche; sie drang mit leblosem Geflüster direkt aus der Kehle hervor, denn Daisy bewegte ihre Lippen nicht, noch irgendeinen Muskel ihres Gesichts.

»Also dürfen alle im Zimmer bleiben?« fragte Mr. Yoe wieder.

Sie antwortete nicht, sondern machte eine ungeduldige Bewegung, während sie die schweren Lider hob, so daß das Weiße der Augäpfel sichtbar wurde; ein Lächeln huschte über ihr kreidebleiches Gesicht, sie streckte ihre Hand in die Leere, als wollte sie irgendeinen Unsichtbaren begrüßen, und begann etwas halblaut zu flüstern.

Mr. Yoe horchte aufmerksam, doch vergebens bemühte er sich, etwas zu verstehen, – sie sprach in einer ganz fremden Sprache.

»Was sprichst du?« sagte er nach einer Weile, seine Hand auf ihre Stirn legend.

»Sarwatassida!«

»Der Mahatma?«

»Der, welcher ist, welcher alles ausfüllt, welcher ist das ›A‹, mein Geist ...«

»Will er durch dich sprechen?«

»Quäle mich nicht ...«

»Wird heute etwas geschehen? Die Brüder sind versammelt, sie warten in Angst, harren flehend auf ein Zeichen, ein Wunder ...‹

»Keiner der Leibbehafteten ist eines Wunders würdig! Keiner ...!‹ dröhnte eine starke, gewaltige, männliche Stimme, die so laut war, als käme sie aus einer ehernen Posaune.

Yoe wich entsetzt zurück, ließ seine Augen ringsumher schweifen, doch im Zimmer war niemand; Daisy lag starr da, ohne sich zu bewegen, die Lichter brannten hell, und die ganze Gruppe der Versammelten stand im andern Zimmer, ihm gegenüber.

»Er soll spielen, er!« flüsterte sie und erhob sich und wies aus Zenon, doch fiel sie gleich wieder nach hinten zurück, ausgestreckt, steif, und so blieb sie liegen.

Vergebens bemühte sich Yoe, sie zum Sprechen zu zwingen, – sie lag leblos da wie eine Leiche; ihre Hände waren kalt, ihr Gesicht mit eisigem Schweiße bedeckt.

»Eine vollständige Katalepsie, ich verstehe nichts mehr«, flüsterte er ängstlich.

»Was werden wir anfangen?« fragte einer.

»Wir wollen beten und warten.«

»Ist das wirklich Daisy?« fragte Zenon.

»Daisy ... Ich weiß nicht, es kann sein ... Aber ich weiß nicht.«

Die Tür des runden Zimmers, wo sie lag, schlug mit heftigem Krachen zu.

»Setzen, Ruhe ... Wir fangen an! ...«

Zenon setzte sich an das Harmonium, das in einer tiefen Nische rechts stand, gegenüber den Fenstern, und begann leise zu spielen.

Da erloschen plötzlich die Lichter, sie flimmerten noch eine Weile, aber dann glänzte nur noch die kristallene Kugel in einem grünlichen zitternden Licht.

Sie setzten sich an die Wand, einer neben den andern, doch jetzt bildeten sie keine Kette mehr.

Zenon spielte eine erhebende Hymne; die gedämpften Töne klangen in einen süßen Choral zusammen, der aus weiter Ferne zu kommen schien, als flösse er von dem Grunde unendlich tiefer Meere empor; dann verrann er im undurchdringlichen Dunkel.

Yoe aber kniete hin und begann halblaut zu beten, eine Weile hörte man das Rücken der Stühle, das Knarren der Diele, es waren wohl alle hingekniet, denn das Flüstern der betenden Stimmen wurde lauter, glühender und hörte sich an wie strömender Regen, es schien die ergreifenden Wellen der Musik zu begleiten.

Zenon spielte immer leiser, die Klänge erstarben langsam, verstummten und fielen schwer herab wie erstarrte Perlen, so daß nur vereinzelte Akkorde, gleich verlorenen Seufzern, durch die Stille irrten, dann wieder zurückkehrten und hartnäckig schluchzten, – ergreifend.

Nach einer langen Weile toten Schweigens erhoben sie sich wieder, wie ein Schrei in der Wüste, – ein plötzlicher, durchdringender, schrecklicher Schrei.

Und wieder sank Grabesstille herab, aus der sich hin und wieder irre, einsam schluchzende Akkorde herausrissen ... Das Gebet verstummte, doch diese monotone Stimme erhob sich jeden Augenblick, wurde leiser ... starb ... und kam wieder ... und klagte wieder ... wieder irrte sie umher; ein Schauer ließ alle erzittern, denn die Stimme war wie Verzweiflung, wie der Schrei von Menschen, die in einen Abgrund stürzen.

Yoe konnte sich nicht mehr beherrschen und drehte das Licht an.

Zenon saß wie leblos da, seine Augen waren geschlossen, sein Kopf war auf die Lehne des Stuhles gebeugt, die rechte Hand lag regungslos auf dem Knie, und die linke bewegte er mechanisch, ab und zu eine Taste anschlagend ...

»Er ist im Trance«, flüsterte Yoe, das Licht wieder abdrehend. Im Zimmer wurde es geradezu schrecklich, sie saßen schweigend wie in einem Grabe, zusammengekauert unter der schmerzhaften Anspannung der Angst und der Erwartung, ihre Augen irrten im Dunkel umher und klammerten sich an das eine Flämmchen, wie an die Erlösung.

Eine merkwürdige Kühle wehte von den Wänden, so daß alle, trotzdem sie durch die Erregung erhitzt waren, vor Kälte zitterten.

Die Stille war nicht mehr zu ertragen, und dieser immer wiederkehrende monotone Akkord durchrieselte sie mit immer glühenderer Qual.

Plötzlich schien im Dunkel etwas zu werden. Zuerst begannen die Schiefertafeln, die auf dem Tische lagen, sich zu erheben und wieder zu fallen, als werfe sie jemand in die Luft; schließlich schlugen sie gegen die Decke an, und die zerschlagenen Scherben stürzten klirrend auf den Fußboden.

Nach einer Weile begannen sich im Dunkel unzählige zitternde Funken zu verstreuen, die jedoch so klein, so winzig warm, daß sie phosphoreszierendem Moder glichen; sie fielen als glänzender Tau herab, glitten an den Wänden herunter, wurden langsam dichter und leuchteten immer stärker, während sie das Zimmer mit einer leuchtenden, flackernden Wolke erfüllten, wie mit bläulich glänzendem Schnee, der ohne Geräusch in großen flaumigen Flocken zur Erde fällt.

»Om!« so erdröhnte durch die Stille eine helle, kristallene Stimme, und sie neigten ihre Köpfe und begannen im Chor voll scheuer Demut und Rührung mit gedämpften Stimmen flehend zu stöhnen: »Om! Om! Om!« Der Funkenregen wurde noch stärker, das Zimmer sah jetzt einer dunkelblauen Grotte gleich, durch die ein Strom von Sternstäubchen fließt, – so leuchtend, daß die Wände, die Türen, die Bilder, die Möbel und die fahlen, verängsteten Gesichter deutlicher zu sehen waren durch dieses zitternde, unaufhörlich niedersinkende Gewebe von Funken. Die nebelhaften Umrisse einer Gestalt, ein leuchtendes Trugbild, ein Gespenst aus Licht gewebt erschien plötzlich in der Tür des Zimmers, wo die Eingeschläferte lag.

»Om! Om!« flüsterten alle immer leiser, während sie an die Wand zurückwichen; und an diese gedrängt, erstarrten sie in heiligem Grauen.

Die Erscheinung hob sich, wie eine Blume aus zerstobenen Flammen, in die Höhe; es war, als sei sie aus dem Licht emporgestiegen, aus dem sich immerfort die Umrisse einer menschlichen Gestalt bildeten, um wieder in unzählige Funken zu zerstieben.

Der Funkenregen erlosch, das Zimmer wurde finster, nur die Erscheinung erhob sich langsam, in einer stark leuchtenden, gelblichen Wolke, bewegte sich einige Fuß über der Erde, wurde zuweilen in ihrer menschlichen Gestalt so deutlich, daß man genau das Gesicht einer Frau sehen konnte, von langen Haaren umrahmt, die Umrisse der Schultern und der ganzen Gestalt; und für ganz, ganz kurze Augenblicke schimmerte auch ein bläuliches, von Flammen erleuchtetes Kleid, doch war es nicht möglich, die Züge zu erkennen, denn dieses immer nur Augenblicke währende Zusammenschießen des Lichts, dieser blendende Lichtstoff, aus dem sie bestand, diese leuchtenden toten Zuckungen vermischten sich immer wieder, verschwammen wie in einem Strudel, so daß aller Augenblicke die Umrisse sich in leuchtenden Staub auflösten und wieder von neuem hervortraten.

Für eine längere Weile wurde die Erscheinung zu einer vollkommenen menschlichen Gestalt, sie rückte so nahe heran, daß ein wahnsinniger Schreck gleich einem Blitzstrahl in die Versammelten fuhr, sie glitt dicht vor ihnen dahin, während sie mit ihrem entsetzlichen Antlitz näher kam; ein blindes Antlitz, ohne Züge, wie eine Kugel, nur grob behauen, mit schwarzen

Löchern, eine Larve, ähnlich einem nebligen Funkenknäuel, – die Fratze eines quälenden Traumes und des Entsetzens.

Sie huschte von einem zum anderen, mit leeren Augenhöhlen in ihre erstorbenen, vor Angst erkalteten Augen starrend; und glatte, feuchte Hände, wie aus erwärmten Kautschuk, schreckliche Hände, die Leichenhände eines unsagbaren Entsetzens berührten alle Gesichter.

Jemand seufzte schwer aus, wie in einem quälenden Traume, und die Erscheinung zerfloß in demselben Augenblick zu einen schimmernden Nebelschwaden.

Doch ehe die Versammelten sich noch von diesem Schrecken erholt hatten, erschien sie wieder in der Nische neben Zenon.

»Daisy!« schrie Yoe, ohne es zu wissen.

Alle übrigen hatten sie gleichfalls erkannt; ja, sie stand dort, man konnte es genau sehen; jeder Zug ihres Gesichtes trat scharf hervor in dieser wunderbaren Helligkeit, die sie selbst ausstrahlte, jede Einzelheit ihrer Gestalt, sogar die Farbe ihrer Haare, die ihnen so gut bekannt war. Sie waren der tiefsten Überzeugung, sie selbst stehe dort in dem sanften Lichte der Ausstrahlungen, wie in einer lichten Wolke.

Sie neigte sich über den Schlafenden, als wolle sie ihm etwas ins Ohr flüstern, und er erhob sich und reichte ihr mit einem nicht in Worte zu kleidenden Lächeln die Hand; und plötzlich zerfiel er wie ein vom Blitzstrahl gespaltener Baum in zwei Personen ... Er saß in der früheren Haltung, den Kopf auf die Lehne des Stuhles gesenkt, und stand zugleich in zweiter Person gebückt vor ihr.

Ein Schrei der Verblüffung entfuhr allen, erstarb aber sofort, denn plötzlich ging die Tür des runden Zimmers auf, und man erblickte Daisy, die auf dem Sofa lag. Ihre beiden Körper lagen in tiefem Schlafe, und gleichzeitig bewegten sich gerade vor ihnen in der Dunkelheit zwei Erscheinungen, zwei Gespenster oder zwei Seelen, in sichtbare Gestalt gehüllt, von Licht überflutet, – Spiegelbilder gleichsam von Daisy und Zenon.

Wie lange das währte? ... Einen Augenblick, oder eine Ewigkeit ... Das wußte niemand, niemand dachte darüber nach, niemand konnte es verstehen.

In heilige Verzückung verfielen die Seelen, und alle knieten sie da im heiligen Grauen des Wunders ...

In diesem heiligen Augenblick der Gnade hatte Isis den Saum des Vorhangs vor denen gelüftet, die nach dem Lichte verlangten, die Träume wurden mehr denn Wirklichkeit, denn sie wurden zu einem Wunder, einem unverständlichen, geheimnisvollen, aber einem Wunder, das mit lebendigen Augen gesehen wurde.

Alle fühlten sich am Rande des Unerkennbaren hängend, wie in der Tiefen des Werdens selbst und eines nie gedachten Seins und jener Dinge, die der Menschen blinde Augen nie verstehen werden.

Versunken war jede Erinnerung des Erdenlebens, aller Erdenstaub war von den Seelen gewichen, jeder Gedanke zu Asche verbrannt, so daß sie einzig und allein im Keime des Seins selbst verblieben, vor dem sich alle Geheimnisse enthüllen; denn, siehe, dort, einige Schritte von ihnen entfernt, schwebten zwei leuchtende Gestalten, und das unfaßbare Wunder währte … Die Schatten zeichneten Umrisse, bildeten einen Rahmen, in dem die Lichterscheinungen um so deutlicher strahlten, wie Säulen von erstorbenen Funken, die sich von Ort zu Ort bewegten, ohne jedes Geräusch und in solchem Schweigen, daß alle das beschleunigte Schlagen ihrer eignen Herzen hörten.

Langsam, in einem ungreifbaren Augenblick, begannen die Visionen zu erblassen, zu erlöschen, unsichtbar zu werden, wurden sie von der Dunkelheit aufgesogen; die Köpfe nur blieben etwas länger sichtbar, wie Lichtblumen, von Schattenwellen geschaukelt, stets waren sie beieinander; mit zögernden, zitternden Bewegungen fortwallend, verschwanden sie auf Augenblicke in zerstiebenden Lichtgarben und tauchten wieder auf, aber jetzt schon blasser, verschwindender, durchsichtiger, nebligen Gestalten auf Glasbildern vergleichbar; noch leuchteten die Augen mit der früheren Kraft, dem früheren Leben, doch schon verschwammen die Züge, schon erstarb die menschliche Gestalt, – bis auch die Blicke getrübt erloschen, als wären sie plötzlich in den Nebel untergetaucht; dann verschwanden sie, lösten sich in weißliche Stäubchen auf, die langsam erblichen.

Alles war zu Ende, wieder umfing die Menschen Nacht und Schweigen, doch niemand rührte sich von seinem Platze, die ohnmächtigen Herzen schlugen kaum, die Gedanken schleppten sich träge und ungern fort, erhoben sich wie aus der Lethargie der Verzückung und des Zaubers.

Ach, wieder das Leben, wieder die dumme Wirklichkeit, wieder derselbe Alltag, der Tag der nie endenwollenden Qual und der Sehnsucht, – wieder! …

Das dumpfe, ferne Brausen der Stadt schlug mit eintönigem Geräusch an die Fenster, der Regen trommelte an die Scheiben, und das Flämmchen in der Kristallkugel flackerte mit seinem grünlichen, geheimnisvollen Auge, wie die nie zu ergründende Sehnsucht, wie die Erinnerung an vergangene, nie wiederkehrende Dinge.

Erst nach geraumer Zeit hatte Yoe sich wieder in der Gewalt und machte Licht.

Die Tür zum runden Zimmer war geschlossen, Zenon aber saß eingeschläfert an seinem alten Platze vor dem Harmonium.

»Man sollte ihn wecken, – es wird ihn zu sehr erschöpfen.«

Doch ehe man dies getan, wachte er von selbst auf und erhob sich.

»Mir scheint, daß ich geschlafen habe«, flüsterte er, seine Augen reibend.

»Du bist gleich eingeschlafen.«

»Nein –, ich spielte doch etwas; mir scheint: Bach.«

»Du spieltest auch später.«

»Im Traum?«

»Du warst im Trance.«

»Und ich spielte! Richtig, ich erinnere mich an eine Melodie … Sofort … Ich kann sie nicht festhalten … In meiner Erinnerung jagen sich irgendwelche versprengte Töne, – aber das ist doch merkwürdig, noch nie bin ich in einen derartigen Traum verfallen …«

»Erinnerst du dich an nichts mehr als an diese Melodie?«

»Nein, – und Daisy? …«

»Sie schläft noch …«

Zenon öffnete die Tür zum runden Zimmer und stand ganz verblüfft da.

»Aber da ist sie ja … Ich schlief doch nicht. Was redet ihr mir ein? Vor einem Augenblick sprach ich noch mit ihr … Wir gingen zusammen durch einen Park … Ja … Ich erinnere mich … Blaue Bäume … sagte sie … Sofort … Wo war das …«

Er schaute sich plötzlich ängstlich um.

Alle standen sie da und starrten ihn an, neugierig und schweigend.

»Es ist etwas mit mir geschehen, woran ich mich nicht mehr erinnern kann … Ich habe so merkwürdiges Kopfweh.«

Er wankte, daß Yoe ihn umfassen und auf einen Stuhl setzen mußte.

Lange saß er unbeweglich, in sich versunken, als schaue er in weite, unsichtbare Fernen, voll von Traumvisionen, deren man sich nicht mehr erinnern kann, und bemühte sich vergebens, auch nur ein Bild zusammenzusetzen, auch nur einen Gedanken herauszuschälen aus diesen wirr umherflatternden Fetzen unter seiner Schädeldecke; er versank im immer dichteren Nebel des Vergessens; der Rest der blassen, verschwindenden Erinnerung zerstob, als er ihn fassen wollte, diese letzten Strahlen erloschen, es blieb nur eine dumpfe, schmerzliche Sehnsucht nach dem, was versunken war in ungekannte Tiefen, so daß er die Augen weit öffnete, als wäre er von neuem erwacht, dann alle anschaute und aufstand.

»Ich bin so merkwürdig müde und erschöpft, daß ich mich kaum auf den Beinen zu halten vermag«, klagte er traurig.

»Geh, leg dich schlafen«, flüsterte ihm Yoe zu.

»Wahrhaftig, das wird das beste sein.«

»Ich will dich nach deiner Wohnung begleiten.«

»Ja, aber ich werde doch nicht auf der Treppe einschlafen.«

Er lachte fröhlich auf und ging ins Vorzimmer hinaus; doch als er schon im Begriff war, auf den Flur hinauszugehen, kehrte er um und fragte leise:

»Schläft Daisy noch?«

»Sie schläft, doch ich will sie sofort wecken gehen.«

»Ist die Seance gelungen?«

»Außerordentlich; morgen werde ich dir die Einzelheiten erzählen.«

»Aber warum bin ich eingeschlafen? Ich kann mir das nicht verzeihen.«

Er ging langsam die Treppen herunter, ganz automatisch, beinahe, als wüßte er nichts davon; dann im ersten Stockwerk blieb er stehen, schaute sich aufmerksam um und erwachte gleichsam zum dritten Male …

Er erinnerte sich plötzlich, daß er auf einer Seance gewesen war, und daß er gespielt hatte.

Er schüttelte sich, ein eisiger Schauer ging ihm durch und durch, er fühlte sich unsagbar müde und merkwürdig schmerzlich beunruhigt, irgendeine Melodie begann sich in seinem Gedächtnis zu spinnen, so daß er anfing, sie leise vor sich hinzusummen.

Der Korridor war breit, mit einem roten Teppich belegt, still und vollständig leer, doch hell erleuchtet, denn eine Reihe von Opalblumen an der Decke verbreitete elektrisches Licht; die weißen Wände, die nur hier und da von Türen unterbrochen wurden, zogen sich in langer, eintöniger Linie dahin, voll Langeweile.

Irgendwo schlug eine Uhr langsam die Stunde an.

»Schon sieben! Ganze zwei Stunden hat die Seance gedauert«, flüsterte er verwundert und erhob die Augen, um es auf der Uhr festzustellen; doch da er eine Dame sah, die vom anderen Ende des Flurs kam, ging er ihr schneller entgegen, – ehe er sie noch erreicht hatte, blieb er wie versteinert stehen.

»Daisy?« schrie er, an die Wand zurückweichend.

Miß Daisy ging vorbei und grüßte ihn mit einer leichten Neigung des Kopfes, höflich und etwas erhaben wie immer; ein kleiner Groom folgte ihr mit einer großen Schachtel in der Hand. Er stand eine Weile mit geschlossenen Augen da, überzeugt, es sei dies eine Einbildung oder Halluzination; denn wie wäre etwas anderes möglich gewesen? Vor einer Weile hatte er sie dort schlafend in jenem Zimmer verlassen, wo die Seance stattfand, er hatte sie mit seinen eigenen Augen gesehen, er erinnerte sich dessen … Und sie sollte jetzt hier sein, zum Ausgehen gekleidet, von der entgegengesetzten Seite kommend … Nein, das war eine Halluzination.

Er öffnete plötzlich die Augen. Miß Daisy war schon am Ende des Korridors und bog gerade zur Haupttreppe ab.

Mit einem übermenschlichen Sprunge war er plötzlich dort und sah, auf die Brüstung gestützt, wie sie die breiten Stufen hinunterging …

Sie ging langsam, die Schleppe des Kleides schleifte über die breiten Marmorstufen, ein resedafarbener pelzverbrämter Mantel hüllte ihre hohe, schlanke Gestalt ein, die hellen Haare fielen in einzelnen, wirren Strähnen unter einem großen schwarzen Hut hervor … Er sah diese Einzelheiten genau, er hörte jeden ihrer Schritte … fühlte jede ihrer Bewegungen.

Und an der Biegung zum Vorflur wendete sie ihren Kopf, ihre Blicke kreuzten sich wie Blitze, schlugen zusammen und stoben wieder auseinander, so daß er ganz unbewußt in den Schatten zurückwich … Doch er hörte ihre Stimme … das Zuschlagen der Tür … ihre Schritte auf den Fliesen im Flur … das dumpfe Getrappel der Pferde auf dem Asphalt der Einfahrt … das gleitende Geräusch des fortrollenden Wagens …

»Wer ist hier gerade fortgefahren?« fragte er nach einer Weile den Pförtner.

»Miß Daisy!«

Er entgegnete schon nichts mehr, denn er spürte plötzlich, daß ihn eine schwere, unbezwingbare Schlafsucht befallen hatte. Er kehrte zum ersten Stock zurück und fand mechanisch seine Wohnung; lange irrte er darin umher und stieß fortwährend an die Möbel an, lange tastete er umher, ohne zu wissen, was er tun wolle, was mit ihm geschehen wäre, wo er sei …

Er sank auf einen Stuhl und blieb unbeweglich, steif vor Entsetzen, hatte er sie doch wieder beide zugleich gesehen, jene, die auf dem Sofa schlief, und diese hier, wie sie die Treppen hinunterging ... Mit einer letzten bewußten Bewegung drehte er das Licht an und schellte.

Das Zimmermädchen trat ein.

»Ist Miß Daisy schon wieder da?« fragte er nach langem Schweigen, nur völlig bei Bewußtsein.

»Die Miß ist erst vor einem Augenblick ausgefahren.«

»Aber ist sie schon lange vor dieser Ausfahrt zurückgewesen?«

»Sie ist nirgends gewesen, – sie hatte sich gegen Abend hingelegt und geschlafen. Ich habe sie vor kurzer Zeit selbst geweckt.«

»Sie hat geschlafen und ist nicht fortgewesen ... nirgends?«

»Ja, ganz bestimmt nicht ...«

»Sie war im zweiten Stock bei Mr. Yoe.«

»Nein, ich versichere Ihnen, daß sie nicht fortgewesen ist.«

»Das ist nicht wahr!« schrie er in einem plötzlichen Wutanfall.

»Aber sicher, ganz sicher«, flüsterte sie verwundert und wich vor seinem irren Blick und seinem ganz veränderten Gesicht zurück.

»Ich muß krank sein, ich habe offenbar Fieber«, sagte er laut und sah sich mißtrauisch im Zimmer um; doch es war niemand da, das Mädchen war fortgelaufen, alle Türen standen offen.

In allen Zimmern brannten die Lichter, die Möbel standen in rohen, wuchtigen Umrissen da, die Spiegel funkelten wie strahlende, leere Augen, die Blumen in den Vasen prangten in ruhigen Farben, die schweren Vorhänge verhüllten die Fenster, und von den Wänden schauten einige düstere Porträts hernieder.

Alles dies kannte er, er erkannte es, erinnerte sich daran ... Er fühlte, daß er bei sich in seiner Wohnung war, und doch ... und doch ... Durch diese Möbel und Wände, durch diese Spiegel und Blumen lugten die Umrisse der Erinnerung heraus, die nebelhaften Umrisse irgendwelcher anderer Dinge, von Dingen, deren er sich auf keine Art entsinnen konnte, und die doch irgendwo existierten ... von Dingen, die in zarten Schatten, in unfaßbaren Visionen auferstanden ...

»Ich verstehe nichts ... gar nichts!« rief er und vergrub seinen Kopf in den Händen.

Zweites Kapitel

Ein scheußlicher Tag«, rief Zenon und schüttelte sich vor Kälte.

»Ein schrecklicher, widerlicher, ekelhafter Tag«, wiederholte mit neckischer Lustigkeit ein reizendes hellblondes Mädchen, als es mit ihm die gewaltige Säulenhalle von St. Paul verließ und die breiten, feuchten und glatten Stufen betrat.

»Ein dreimal ekelhafter Tag, es ist kalt, feucht und neblig, ich habe beinah schon vergessen, wie die Sonne scheint und wärmt.«

»Das ist Übertreibung und Exaltation, wie Tante Ellen zu sagen pflegt.«

»Also Sie haben in diesem Jahre schon einmal Sonne in London gesehn?«

»Aber es ist doch erst Februar.«

»Haben Sie denn überhaupt schon irgend einmal Sonne in England gesehn?«

»Oh Mr. Zeno, daß nur Tante Dolly nicht sagt: Hüte dich, Betsy, denn dieser Mensch betet die Sonne an, wie ein Parse, – er scheint ein Heide zu sein«, drohte sie ihm lächelnd und ahmte die komische Stimme der Tante nach.

»Aber hat es denn seit November auch nur auf einen Augenblick Sonnenschein in London gegeben? Nichts als Nebel, Regen, Sturm und Schmutz, und ich habe doch keine Gummihaut, – ich fühle manchmal, wie ich zu Gallert werde, mich in Nebel- und Wasserströme verwandle.«

»Aber in Ihrer Heimat gibt es doch auch nicht immer Sonne«, flüsterte sie leise.

»Ja, Miß Betsy, sie ist fast täglich da, und jetzt an diesem Tage, heute, leuchtet sie bestimmt, ihre Strahlen funkeln zauberhaft schön und glitzern in den Schneemassen«, sprach er, seine Stimme senkend, als schaue er in die Ferne plötzlicher blendender Erinnerungen.

»Die Sehnsucht«, sagte sie ganz leise und merkwürdig traurig.

»Ja, die Sehnsucht, die wie ein Geier herunterschießt und mit scharfen Krallen die Seele schmerzhaft zerfleischt, die wie ein Schrei aus der Seele dringt, aus dem tiefsten Grunde längst vermoderter Tage, die uns wie ein Orkan dahinträgt ... wie ein Orkan. Lange schon, ganze Jahre, ist sie nicht mehr zu mir gekommen; ich dachte, ich trüge nur tote Schatten in mir, wie jedes gestorbene Gestern sie wirft. Doch die heutige

Andacht, die Kirche, die Gesänge haben den Staub vergangener Zeiten zu neuem Leben erweckt, haben ihn belebt.«

»Mr. Zen ...« flüsterte sie und ergriff zärtlich seine Hand.

»Was, Betsy, was?«

»Einmal wirst du mich dorthin bringen, wir werden zu diesen Schneemassen fahren, die in der Sonne glitzern, zu jenen Tagen der Sonne wollen wir fahren, zu jenem warmen Lichte.«

»Des Glückes, Betsy, zu den ersehnten Tagen des Glückes«, rief er leidenschaftlich, indes seine fieberig glänzenden Augen ihr helles Köpfchen umfingen, so daß sie sich voll glücklichen Erbebens, voll Freude über jenes glänzende ›morgen‹ abwandte, daß ihre Lippen zitterten und das weiße Gesichtchen sich, weißen Rosenblättern ähnlich, strahlend erhellte, daß sie rosig und freudeduftend wie der Morgen wurde und wie ein heißersehnter Kuß verlockend.

Sie verstummten, denn sie merkten plötzlich nach dieser freudigen Erregung, daß die Granitstufen merkwürdig glatt und steil waren, daß wundersame Gesänge immer noch aus der Kathedrale drangen, daß rings um sie her eine Menge Leute mit strengen, rügenden Blicken waren. Sie begannen eilig die Treppen hinunterzugehen, dem Platze, den grauen traurigen Straßen entgegen, unter schwere, niederdrückende Wölbungen, in den Nebel hinein, der in zerrissenen, schmutzigen, graugelben Fetzen herunterhing, in diesen beweglichen, klebrigen, kalten, scheußlichen Nebel, aus dem schmutziger Regen troff.

Da es Sonntag war, waren die Straßen fast leer und ganz still, sie erschienen wie schwarze Tunnel, zugedeckt vom Nebel, der, wie Watte, die man von Wunden genommen, gleichsam von Eiter durchtränkt schien, und der in schwammigen Knäueln immer tiefer in die Straßen hinabfiel, die Häuser überschwemmte und mit seiner schmutzigen Flut die ganze Stadt ersäufte.

Die Geschäfte waren geschlossen, alle Türen verrammelt, die Bürgersteige fast leer, und die schwarzen Häuser standen traurig und wie in Todesstarre da, – ein Gewirr von steinernem Elend, voll von beengendem Schweigen, völlig erblindet, denn alle Fenster waren verhüllt; nur hier und dort in den höheren Stockwerken, die ganz im Nebel verschwanden, flackerte ein verlorenes Licht. Die Augen irrten verzweifelt in dieser traurigen Nebelöde, denn sogar die Farben der unzähligen Schilder leuchteten nur matt, in ausgesogenen, toten Farben.

Die Luft war drückend schwer, von Feuchtigkeit durchtränkt, von einem Geruch nach Schmutz und aufgeweichtem Asphalt gefüllt; und von allen den im Nebel unsichtbaren Dächern, von allen Balkonen, von allen Schildern ergossen sich Ströme aufspritzenden Wassers, es tropfte von allen Seiten, die Traufen dröhnten dumpf und unaufhörlich, als bärgen sie unzählige Gießbäche.

»Welchen Weg wollen wir gehen?« fragte er und spannte den Schirm auf.

»Am Strand, denn das ist der nächste.«

»So eilig haben Sie's, nach Hause zu kommen?«

»Mir ist kalt, das ist der Grund.«

»Also werden wir heute nicht auf die Tanten warten?«

»Wir werden ihnen wenigstens einmal eine Überraschung bereiten, – sie werden uns suchen und nicht finden.«

»Ohne sehr bissige Kommentare wird es da nicht abgehen.«

»Ich werde sagen, es wär' Ihre Schuld, ätsch …!«

»Es ist gut, ich werde mich wehren, und zwar tüchtig; das ist doch schon langweilig, so jeden Sonntag wie von Amts wegen in die Kirche laufen zu müssen.«

»Ach, und wie langweilig, wie langweilig das ist! Nur erwähnen Sie nichts davon zu Hause, alle Tanten wären gegen Sie!« rief sie fröhlich und schmiegte sich an seinen Arm.

»Würden Sie mich in Schutz nehmen, wie?«

»Nein, nein, denn auch ich bin schuldig, denn auch mich langweilt das …«

»Weswegen gehorchen Sie dann einem Zwange, der Ihnen so unangenehm ist?«

»Weil ich eine fürchterliche Angst vor den Tanten habe. So oft ich mich gegen sie auflehnen wollte, brauchte nur Tante Dolly hinter ihren Brillengläsern hervor mich anzuschauen und Tante Ellen zu sagen: Betsy! – und schon war's vorbei mit mir … Ich kann kein Wort mehr sagen, nur weinen möchte ich, und es ist mir so peinlich, so peinlich …«

»Miß Betsy, Sie sind noch ein großes Kind.«

»Aber einmal werde ich doch auch erwachsen sein, nicht wahr?« fragte sie süß. »In einem Jahr, da werde ich doch sicher erwachsen sein«, fügte sie mit einem Lächeln hinzu und barg ihr Gesicht im Muff; sie war errötet: in einem Jahr sollte ihre Hochzeit sein.

»O ja, ja«, rief er lustig und sah ihr in die Augen. »Ja, in einem Jahre wird Betsy erwachsen sein, in zehn Jahren sogar eine Dame, in zwanzig eine achtunggebietende Matrone, und in vierzig wird Miß Betsy wie Miß Dolly sein, alt, grau, gebückt, wird die Bibel lesen und wird die Jungen nicht mehr leiden »können und das Lachen und die Feste hassen, – Miß Betsy wird langweilig sein und nach Kampher riechen!«

»Nein, nein, nie werde ich so sein, niemals«, protestierte sie klagend, beinahe entsetzt über diese Möglichkeit, an die sie noch nie gedacht hatte.

Auch er wurde traurig; denn da er im Scherz ein so fernes Bild zeichnete, zuckte er plötzlich zusammen, wich wie in seine eigenen Tiefen zurück vor diesem merkwürdigen Spuk, der plötzlich vor seinen Augen vorbeihuschte.

Da kam Betsy ihm entgegen, Betsy, alt, gebeugt, elend, aller Anmut bar, die Ruine eines Menschen; sie ging wankend, stützte sich auf einen Stock und schaute ihn an, mit den eingefallenen Augen eines unergründlichen Schmerzes.

Er stockte entsetzt, doch ehe er imstande war, seine Gedanken zu sammeln, zerfloß die Erscheinung im Nebel, auf dem Trottoir war niemand zu sehen, und ganz nahe bei ihm, an seinem Arme hängend, ging Betsy, strahlend wie eine Blume, Betsy, der Frühlingsduft selbst, die fleischgewordene Jugend … Da lächelte er sie zärtlich an, als wäre er plötzlich aus einem schrecklichen Traum erwacht.

»Was suchen Sie?« fragte sie, als er sich mißtrauisch umschaute; denn er wußte nicht, ob das, was er gesehen hatte, in ihm oder vor ihm erschienen war?

»Es schien mir, als ginge da ein Bekannter vor uns.«

»Ich konnte niemand sehen, vielleicht haben Sie zwei Paar Augen«, sagte sie lustig zwinkernd und sah ihm dabei ins Gesicht.

»Vielleicht«, kam es gepreßt von seinen Lippen, und er erbleichte im plötzlichen Gefühl des Grauenhaften dieser Erscheinung. Ihn durchdrang der lähmende Schauer des Rätsels, doch er beherrschte sich bald und schnell, unmerklich versenkte er seine Falkenaugen in ihr Gesicht, in ihr Haar; er kroch in die Tiefe ihrer saphirblauen, von schwarzen Wimpern umrahmten Augen, umfing ihren schlanken, jungen Leib, lauerte auf ihre Bewegungen, als wolle er unwillkürlich ihre Identität, ihr wirkliches Dasein feststellen.

Er zuckte voll Abscheu zusammen; denn jenes Gespenst war geradezu häßlich und widerlich gewesen. Und trotz alledem konnte er die Vergleiche nicht einstellen, noch ein merkwürdiges Gefühl der Unruhe und des Gequältseins unterdrücken, so daß er nicht einmal ihre Fragen hörte. Zum Glück versperrte ihnen an der Ecke der Fleetstreet unter einem beweglichen Dache von Schirmen eine Menge von Menschen den Weg, die sich um einen laut predigenden Mann versammelt hatten.

Sie kamen näher, bis an die hohe, transportable Rednertribüne, auf der unter einem Schirm ein hochgewachsener, roter und wohlbeleibter Mann stand und, während er unaufhörlich den aufgespannten Schirm von einer Hand in die andere nahm, mit heiserer, salbungsvoller Stimme eine Art Predigt herunterschrie, die mit Bibelgleichnissen und Zitaten dicht durchsetzt war ... Zuweilen schrillte er einen leidenschaftlich drohenden Schrei hervor und blieb mit ausgebreiteten Armen gleichsam in der Luft hängen ... Dann trat ein Weib auf in schwarzem Kleide, mit einer großen grünen Feder auf dem Hut, bleich und hager, und schlug mit solcher Kraft einen ungeheuer großen Tamtam, daß die Menge zurückwich; vier Kinder in langen, weißen, durchnäßten und beschmutzten Kleidern, mit Flügeln an den Schultern, begannen mit piepsenden Stimmen eine Hymne zu singen und um die Tribüne herumzutanzen, wie um die Bundeslade.

Der Prediger war der Begründer einer neuen Sekte, der Sekte der »Furcht«.

Er sagte das nahe Weltende voraus, verlangte allgemeine Buße, Verteilung aller Erdengüter, Zerstörung der Städte, Einstellung jeglicher Arbeit, und daß man hinausziehe in die Wälder und Felder für diese Tage der letzten Läuterungen.

Er predigte wild, aber mit hinreißender Kraft, und beachtete die Zuhörer, die ihn verlachten, gar nicht. Jemand warf ihm eine brennende Zigarre ins Gesicht, ein anderer bespritzte ihn mit Wasser, und die übrigen begleiteten seine Zitate mit gemeinen Witzen und einem blöden, viehischen Lachen; doch am Ende überwältigte er sie durch die Stärke seiner Begeisterung, beherrschte er sie und nahm von ihren Seelen Besitz. Sie verstummten allmählich und fingen an aufzuwachen, ein Trunkenbold fiel vor der Tribüne auf die Knie und wollte laut seine Sünden beichten, ein Weib wieder bedeckte mit seinem eigenen Mantel die vor Kälte ganz blauen Kinder, viele hörten schon aufmerksam zu, und als das schwarze Weib mit der grünen Feder auf einem Teller einzusammeln begann, fielen eine Menge Pence, sie aber verteilte dafür Sentenzen aus der Apokalypse, die auf rotes Papier gedruckt waren, und die Adressen der Kirche, in der sich die Gläubigen zu gemeinsamen Betrachtungen zu versammeln pflegten.

Betsy warf einen ganzen Schilling hin, was der Redner trotz seines ekstatischen Zustandes blitzschnell bemerkte, denn er fing aus Leibeskräften zu rufen an:

»Eine Bekehrte, seht eine Sodomiterin, sie ist bekehrt!«

»Gehen wir jetzt, gehen wir«, bat sie, unter den vielen Blicken errötend.

»Gehen wir, denn noch einen Schilling, und er erklärt Sie für heilig.«

Sie glitten aus der Menge und gingen schnell über das leere Trottoir dahin.

»An jener Ecke dort wird man auf die gleiche Weise erlöst«, bemerkte er ironisch.

Es war wirklich so, auch dort, etwas tiefer in einer schwarzen, schmalen Gasse, die fast ganz in Nebel versunken war, ertönte die schreiende und doch salbungsvolle Stimme eines Straßenpredigers, auch dort hatten sich einige Vorübergehende angesammelt, auch dort wurde ein Tamtam geschlagen, sang man Lieder, verfluchte die Sünde, rief zur Buße auf, erlöste man, sammelte

Geld ein und verteilte Auszüge aus der Heiligen Schrift, die auf hellgrüne Karten gedruckt waren und wie junge Blätter auf das schmutzige Trottoir flatterten.

»Es gibt zu viel von diesen Welterlösern!«

»Sie denken, daß das alles Gaukler und Betrüger sind?«

»Ich weiß nicht. Ich weiß nur eins: daß ihre Herrschaft bloß so lange dauert, bis die Schenken geöffnet werden, denn später fehlt es an Zuhörern und Geld.«

»Ist es schon lange her, daß Sie meinen Bruder gesehen haben«, fragte sie ihn ganz unerwartet.

»Vor drei Tagen war ich bei ihm auf einer Seance.«

»Er beschäftigt sich also immer noch mit Spiritismus!« rief sie voll Empörung.

»Verzeihung, ich wußte nicht, daß er dies vor Ihnen verheimlicht ...«

»Nein, nein, ich dachte nur, daß er es schon längst aufgegeben hätte, denn er erwähnte nichts davon, nein ... Aber auch Sie beschäftigen sich damit?« fragte sie ängstlich.

»Ach nein, ich war auf der Seance, aber ich beteiligte mich nicht unmittelbar daran, denn ich spielte, oder vielmehr, ich begann zu spielen und schlief am Harmonium ein; man weckte mich, als schon alles vorüber war.«

»Sie glauben doch nicht an diese Sachen, nicht wahr?« fragte sie beinahe bittend.

»Vor allen Dingen weiß ich nichts, ich habe nichts gesehen, ich behaupte nichts und bestreite nichts, denn ich befasse mich nicht damit.« – Er hatte sich in diesem Augenblick plötzlich der wunderbaren Doppelexistenz Daisys erinnert, doch er erwähnte kein Wort davon, um ihr nicht Angst zu machen ...

»Yoe war schon über zwei Wochen nicht mehr zu Hause, und doch ist sein Urlaub bald zu Ende, und er muß wieder ins Regiment«, klagte sie leise.

»Soviel ich von ihm selbst weiß, geht er nicht mehr in den Dienst zurück.«

Betsy blieb erstaunt stehen.

»Er geht nicht zurück; du lieber Gott, das wird den Vater aber betrüben«, seufzte sie.

Mr. Zenon begann mit Begeisterung den Entschluß des Freundes zu entschuldigen, er schilderte das Soldatenleben in den schwärzesten Farben, als sei es unwürdig eines solchen Ausnahmemenschen, wie Mr. Yoe einer war, doch Betsy nickte nur traurig mit dem Kopfe.

»Was wird der Vater dazu sagen? Jetzt wird das Leben in unserem Hause ganz unerträglich werden ... Ich fühle es voraus, Vater wird sich für immer mit ihm entzweien ... Er wird ihm nicht verzeihen ... Die Tanten werden ihn enterben ... Was wird er anfangen ... Was werde ich jetzt anfangen?«

Sie konnte die Tränen nicht mehr halten.

»Aber Miß Betsy, zähle ich denn schon gar nicht mehr?«

»Manchmal fürchte ich sehr, daß auch Ihnen, Mr. Zen, unser Haus unerträglich werden könnte; die Tanten werden Sie langweilen, Sie werden sich mit Vater erzürnen, Sie werden mich nicht mehr ausstehen können; ach, was weiß ich, was geschehen wird! Genug, eines Abends werden Sie gehen, und ich werde Sie nie mehr sehen, nie mehr.« Angst schluchzte in ihrer Stimme.

»Das sind unnötige Befürchtungen, denn wenn mir auch die Tanten langweilig werden sollten, wenn ich mich auch mit Ihrem Vater entzweien sollte, so werde »ich zwar Euer Haus verlassen, aber zusammen mit dir, Betsy, zusammen mit dir, und für immer«, sagte er stark.

»Zusammen und für immer«, rief sie freudig, in flammender Begeisterung. – »O Mr. Zen!«

»Was, mein Kind, was?« fragte er herzlich, da er sah, daß sie zögerte.

»Wie ich dich schrecklich ... schrecklich ... Nein, ich kann es jetzt nicht, ich kann nicht ... Später werde ich's sagen, am Abend ...«

Sie wendete verschämt ihr Gesicht ab.

Er lächelte dankbar und fragte nicht mehr, denn er wußte, welches Wort auf ihren zitternden Lippen geschwebt und in den plötzlich erstrahlenden Augen geleuchtet hatte.

Sie gingen jetzt schweigend dahin, ganz erfüllt von dem Rhythmus dieser unausgesprochenen Worte, voll der leisen Melodie der Liebe und des tiefen Glaubens aneinander. Sie vergaßen ihr Gespräch von vorhin, sie fühlten weder Kälte, noch Regen, noch Nebel, noch auch die Traurigkeit dieses schrecklichen Tages, sie gingen dahin wie über plötzlich erblühte Wiesen, die ihre ganze Frühlingsblumenpracht entfaltet hätten. Sie gingen durch grüne, duftende, sangerfüllte Haine der Liebe, durchkosteten jene Augenblicke völligen Glückes, die voll von Zauberkraft und Entzücken sind.

Sie schwiegen, denn teuer und ersehnt war ihnen diese äußere Ruhe, sie verbargen sich darin vor sich selbst, wie in einem flammenden Dickicht, wie in einem Nebel schamhafter Scheu, um mit Blicken zu reden, mit Händedrücken, mit einem Seufzer, der leidenschaftlicher war als Worte, mit einem Lächeln, das unzählige Küsse, Verheißungen und unendliches Verlangen barg, voll von jenem Toben des Blutes und voll von dem, was unfaßbar ist, heilig und berauschend, was gleichsam der Duft im Gebet versunkener Seelen ist.

Betsy umfing oft seinen Kopf mit einem küssenden Blicke, und wendete, auch wenn er sie nicht dabei ertappte, doch ihre Augen ab, als hätte man sie gescheucht, – ihre Augen, in denen süße Tränen der Rührung standen; er drückte leidenschaftlich ihren Arm und sog sich mit raublustigen Augen an ihren flammenden Lippen fest.

Zuweilen irrte irgend ein Ton, der nicht Wort und auch nicht Sprache war, zwischen ihnen mit schleichendem und doch so verständlichem Zittern hin und her, daß sie ihre Arme fester aneinander preßten, ihre Köpfe einander zusenkten, schwer atmeten und für einen Augenblick unbewußt stehen blieben, in der berauschenden Seligkeit des sich bei-einander Fühlens.

»Lange schon sehnte ich mich nach einem solchen Augenblick, ich wartete auf ihn«, sprach er laut.

»Und ich träumte jeden Tag von ihm«, flüsterte sie so leise, daß er diese Worte eher mit den Augen von ihren Lippen haschte, als daß er sie hörte.

Sie betraten den Trafalgar-Square, als der Nebel, der bis dahin wie eine erstarrte Wolke unbeweglich in der Luft gehangen hatte, sich plötzlich wie ein vom Orkan gepeitschtes Meer zu wiegen anfing, auf-zuschäumen und in Fetzen zu zerreißen. Er ergoß sich in Kaskaden, floß in Wellen dahin und fiel in grauem, undurchdringlichem Staub so dicht herunter, daß in einigen Augenblicken der ganze Platz verhüllt war.

Die gewaltige Säule des Nelsondenkmals und die grimmen, ungeheu-erlichen Granitlöwen schimmerten nur noch in blassen, verschwinden-den Umrissen durch diesen grünlich-grauen Nebelvorhang.

Versunken waren darin die Straßen, die Häuser, verschwunden die Bäume; der ganze Platz war in dem schmutzigen Gischt ertrunken, eine moderige Feuchtigkeit bedeckte alles mit einer klebrigen, niederdrücken-den Wolke.

Die schwarzen hohen Säulen des Portikus der Nationalgalerie, an denen sie vorbeischritten, zeichneten sich schwach ab, wie verfaulte Baumstämme, die in ein trübes, schlammiges Wasser versunken sind.

Man konnte nur zwei Schritte weit sehen, man hörte manchmal ganz nahe Schritte, doch der Mensch blieb unsichtbar oder huschte als kaum sichtbarer Schatten vorbei; dann wieder fuhr ein Wagen daher, der aussah wie ein Ungeheuer von Krabbe, die mitten durch eine unergründ-liche Tiefe schwömme, und verschwand, man konnte nicht sagen, wohin. Irgend ein gedämpfter Widerhall von Schritten, dumpfe Worte und ersterbende Töne, von denen man nicht wußte, von wo sie kämen und wohin sie flössen, irrten im Nebel und flatterten mit klanglosem, beun-ruhigendem Geräusch.

Sie gingen langsamer, um sich in dieser undurchdringlichen Wüstenei nicht zu verirren und an den Straßenkreuzungen nicht unter die Pferde zu geraten, aber sie waren beide merkwürdig traurig geworden.

Der Nebel durchrieselte sie mit einem kalten Schauer und warf seine traurigen Schatten auf ihre Seelen; die Zaubergärten ihrer seligen Verzückung zerflossen plötzlich in diesem grauen, peinigenden Dunkel, ihre Augen wurden matter, und beider bemächtigte sich eine stille sehnsüchtige Traurigkeit.

Sie waren schon weit, weit voneinander, ihre Seelen stoben auseinander wie gescheuchte Vögel und flossen einsam in fremde, traumhafte Fernen, sie flogen auf Flügeln einer plötzlichen unerklärlichen Furcht, auf Flügeln der Sehnsucht.

»Wenn man doch einen Wagen bekommen könnte!« flüsterte sie schüchtern.

»Am Waterlooplatz wird es welche geben; dort ist eine Haltestelle!«

»Aber Sie kommen doch am Abend zum Essen, nicht wahr?« fragte sie zärtlich.

Er konnte nicht mehr antworten, denn er wich plötzlich mit einem Ruck zurück, – gerade vor ihnen tauchte, wie aus der Erde hervor, Miß Daisy mit einem hochgewachsenen Mann auf, so schnell, daß sie vorüber war, ehe er noch hatte grüßen können.

Er schaute sich ängstlich um, doch sah er nur noch ganz undeutliche Umrisse von ihr und hörte nur den dumpfen Widerhall ihrer Schritte.

»Sie kennen sie?« fragte sie mit leiser, etwas bebender Stimme.

Er antwortete nicht gleich, er starrte auf eine eben angezündete Laterne, in den zuckenden Ring des rötlichen Lichts, das, wie von einem grünlichen Reif, von einem dichten beweglichen Kranze von Nebel umrahmt war, so daß das Auge kaum einen Punkt von der Flamme sah.

»Ich kenne sie flüchtig«, antwortete er dann mit Mühe, »ich habe einige Male mit ihr gesprochen, ich erinnere mich, wie sie aussieht; das ist alles, was ich von Miß Daisy weiß.«

»Ein merkwürdiger, erfundener Vorname.«

»Ich kenne ihren Namen nicht, so nennen sie alle unsere Bekannten.«

»Und der Mensch, der mit ihr ging?«

»Das ist der Mahatma Guru, ein Hindu.«

»Ein Hindu!«

»Ein echter, ein unsagbar interessanter Weiser, er ist nach Europa gekommen, um sich die Menschen hier und unsere Kultur etwas anzusehen.«

»Ich habe irgendwo ihr Gesicht gesehen ...«

»Das ist beinahe unwahrscheinlich, denn sie ist kaum seit einigen Tagen in Europa.«

»Ja, ich erinnere mich ihrer gut, ich sah sie im Museum, – sie schaute Sie immerfort an; das hat meine Aufmerksamkeit erregt.«

»Sie schaute mich an?« fragte er verblüfft.

»Ja, und zwar mit einer ganz besonderen Aufmerksamkeit; begegnen Sie ihr oft?«

»Wir wohnen doch in demselben Boarding-House.«

»Kennt Yoe sie auch?«

»Eigentlich habe ich sie gerade auf einer Seance bei ihm zum ersten Male etwas näher gesehen.«

»Sie war gewiß sein Medium, denn sie hat das Gesicht eines Gespenstes oder Vampirs.«

Er antwortete nicht, denn der harte Ton ihrer Stimme hatte ihn unangenehm berührt.

»Sie hat ein merkwürdiges Gesicht, – es ist beinahe grauenerregend, und doch ist es schön«, fuhr sie fort.

»Warum? Ich habe an ihr nichts Grauenerregendes bemerkt.«

»Ich möchte ihr nicht begegnen«, sie schauderte ängstlich zusammen.

»Betsy!« flüsterte er zärtlich.

Das Mädchen hob die erloschenen, erschrockenen Augen zu ihm auf, doch es schwieg und seufzte nur hin und wieder; er wußte nicht, was er sagen solle, da er eine peinigende Unruhe nicht verbergen konnte. Sie tat ihm leid, liebte er sie doch aufrichtig und tief. Vor einem Augenblick noch hatte er sich so glücklich und ruhig gefühlt, noch vor einem Augenblick hatte es ihm so wohlgetan, mit ihr zu gehen, mit ihr zu plaudern, sich mit ihr in Träumereien zu wiegen, ihr reizendes Gesichtchen anzuschauen; ihm war so selig zumute gewesen, ihre Liebe zu fühlen; und jetzt!

Jetzt hatte er Eile, von ihr loszukommen, sie machte ihn ungeduldig mit ihrem Schweigen, er hätte sich gern verabschiedet und wäre allein geblieben, aber er wagte es nicht. So wollte er sich denn in die frühere Stimmung zurückzwingen, doch es gelang ihm nicht.

Es befiel ihn eine völlige Willenlosigkeit, er erkaltete, er vergaß Betsy beinahe, und seine Gedanken jagten jener andern, jagten Daisy nach; er fand sie wieder, in dem verschlungenen schweren Nebelknäuel, er schleppte sich ihr nach, sein Herz krampfte sich schmerzhaft zusammen, es zerrte ihn die unbezwingbare Gewalt der Angst. Doch endlich beherrschte er sich und begann schnell und viel zu reden, um die eigene Unruhe zu ersticken, er lachte unnatürlich auf, schaute ihr zudringlich in die Augen, suchte den abgerissenen Faden wieder anzuknüpfen, das erlöschende Feuer wieder zu entfachen; er flüchtete sich geradezu zu ihr mit der ganzen Kraft seiner geängstigten Seele, mit der ganzen Gewalt des plötzlich aufblitzenden Gefühls, bis ihr Gesicht wieder wolkenlos wurde und sie sich ebenso vertrauensvoll fühlte wie vorher und beinah ebenso glücklich, beinah ebenso.

Doch hielt er eifrig den ersten leeren Wagen an, dem sie begegneten, und Betsy stieg ein.

»Wir warten am Abend mit dem Essen auf Sie.«

»Ich komme; was sollte ich sonst mit diesen Stunden beginnen?«

»Mir sind Sie noch nötiger; denn womit sollte ich die ganze lange Woche ausfüllen?«

»Auch ich warte voll Sehnsucht auf sie, auch ich«, rief er ehrlich.

»Zen!«

»Betsy!«

So tauschten sie Worte, Blicke und heiße, leidenschaftliche Händedrücke.

Bald war der Wagen im Nebel verschwunden, man hörte nur das dumpfe Getrappel des Pferdes und in gewissen Abständen das laute Rufen: Hep! Hep! Hep! …

Mr. Zenon eilte in der Richtung des Greenparks fort und versank bald im Nebel; nur hier und dort ragte daraus in verschwindenden Umrissen ein einsamer Baum hervor, wie ein Gespenst, oder von Zeit zu Zeit erschien plötzlich, gleichsam aus der Erde gewachsen, ein Mensch und versank wieder im Nebel.

Ein unergründliches Schweigen und eine graue, undurchdringliche Öde hüllten ihn ein, Wassertropfen troffen aus dem Nebel und flüsterten in unsichtbaren Blättern und Zweigen mit einer quälenden Eintönigkeit, nur manchmal wurde über ihm eine gedämpfte Stimme laut, doch sie verstummte wieder in leisen Schwingungen und versank in lange Augenblicke völliger Stille und Leere. Er beschleunigte seine Schritte, denn es war ihm kalt, weil der Nebel ihn mit einem feuchten, scheußlichen Frösteln durchdrang; und außerdem war er neugierig, ob er heute beim Frühstück Daisy antreffen würde. Seit dem Tage jener Seance hatte er sie nicht mehr gesehen, – sie ließ sich bei Tische nicht blicken; man sagte, sie sei krank.

Diese wenigen Tage ruhigen Nachdenkens und der gewohnten Beschäftigung hatten bewirkt, daß er an jenes Doppelgesicht nur noch wie an eine Halluzination zurückdachte, – er konnte nicht einmal mehr die zerstreuten Einzelheiten sammeln. So stieß er denn die Erinnerung an diese Szene auf den tiefsten Grund des Bewußtseins hinunter, zu jenen Dingen, die man vergessen kann. Er unterließ alle Forschungen, hatte gewissermaßen schon alles vergessen und war froh, daß er das Grauen dieses dunkeln, ungelösten Rätsels los werde; dafür aber erstand in ihm ein hartnäckiges, beunruhigendes Verlangen, Daisy selbst näher kennen zu lernen. Oft dachte er an sie, und noch öfter – denn schon beinahe unbewußt – suchte er nach einer Gelegenheit, sie zu sehen; doch sie blieb unsichtbar.

Er versuchte, von ihr zu reden, doch auch das gelang ihm nicht: er wußte nicht, mit wem er von ihr reden solle. Yoe war seit jener Seance nicht mehr bei Tische erschienen, und er konnte ihn nie in seiner Wohnung antreffen, und die andern schwiegen, oder, was merkwürdiger war, sie speisten ihn mit halben Worten ab, die nichts sagten … Er erkannte an ihren Gesichtern, daß sie irgendeine Scheu beengte, daß alle während des Gespräches unmerklich, verstohlen zu dem Mahatma hinschauten und bald ängstlich verstummten.

Diese unerwartete Übereinstimmung machte ihn stutzig, doch er konnte sie sich nicht erklären. So vergingen für ihn drei ganze Tage mit Fragen, auf die er keine Antwort erhielt, und irrem Grübeln, – bis es ihn schließlich ermüdete. Er hörte auf, zu fragen, er konnte jedoch nicht aufhören, nachzudenken. Aber im Schatten dieser Gedanken breitete sich langsam die Unruhe aus, wie die Vorahnung kommender, noch unklarer, ferner Dinge, – unbekannter Dinge, die aber schon im Werden waren, in den Tiefen des nahenden ›morgen‹. Deswegen auch entfachte die unerwartete und so sonderbare Begegnung jene merkwürdige, quälende Sehnsucht.

Nein, das war keine Sehnsucht, die jener glich, welche er nach Betsy empfand, wenn er sie ein paar Tage nicht gesehn hatte, – nicht die Sehnsucht des Liebenden nach der Geliebten; dies war etwas hundertmal

Gewaltigeres, etwas mit Menschenwillen nicht zu bezwingendes, etwas, was an jene Schwerkraft der Asteroiden erinnerte, die in der Unendlichkeit den Sonnen nachirren, oder an die Strömung der Flüsse, die unaufhaltsam dem Ozean zustreben.

Noch hatte er nichts gesehen, und war doch schon diesem unsterblichen Gesetz untertan.

Er durcheilte schnell den Park, lief durch unsichtbare Straßen, über allerhand Plätze, die im Nebel verschwanden, und fand nur instinktmäßig den Weg durch diese immer dichter werdende Dunkelheit, denn jetzt flogen die Nebelwolken schon schwarzgelb vorüber und streiften die Erde, so daß er sich durch diesen dichten Flaum von Nebelgeweben hindurchreißen mußte ... Er wohnte noch hinter dem Regentspark, in der langen und stillen Avenue Roat, die jedoch so in Nebel gehüllt war, daß es einer gewissen Mühe bedurfte, bis er sein Boarding-House fand.

Er kleidete sich schnell um und ging in den Speisesaal. Dort begab er sich leise an seinen Platz und ließ seine Augen ängstlich umherschweifen.

Miß Daisy war nicht da, ihr Stuhl war leer.

Das Zimmer war groß, länglich, mit dunkelm Holz bekleidet, und hatte gewaltige Balkenlagen, die wie vom Alter geschwärzt waren und in ihrer düsteren Schwere beengend wirkten, so daß es trotz des elektrischen Lichts, das der Kronleuchter ausstrahlte, dämmerig war und unsagbar düster. Auf einem langen Tisch in der Mitte glänzte und funkelte ein silberner Aufsatz, und über das leichenweiße Tischtuch waren eine Anzahl Köpfe gebeugt, die auf dem dunkeln Hintergrunde der Wände kaum sichtbar waren.

In der Ecke des Zimmers am Eingang ragte ein gewaltiger Kamin bis an die Balken hinauf; aus einem Haufen verkohlter Scheite schlug ab und zu eine blutigrote Flamme auf und versprühte glühende Funken auf den Teppich.

Gegenüber vom Eingang nahm ein großes Glasgemälde die ganze Wand ein. Auf der dunkeln, düsterroten Fläche zeichneten sich blaßgewordene Umrisse von Gestalten ab, Augen, die wie in Schatten versunken schienen ... Durch die schmale Tür an der Seite schaute der blasse, kranke Tag herein, und man sah eine breite glasbedeckte Galerie voll schlanker Palmen und grüner, vom Nebel verhüllter Blumenstöcke, zwischen denen ein Springbrunnen leise plätschernd seine Wassergarben in die Höhe sandte.

Sie aßen in tiefem Schweigen; die Diener bewegten sich ganz ohne Geräusch, niemand schlug mit dem Messer an den Teller an, und wenn irgendein lauteres Wort fiel, erhoben sich sofort alle Augen und blickten ängstlich nach dem Glasgemälde hin, wo einsam der Mahatma Guru saß. Das Schweigen wurde noch tiefer, nur der Springbrunnen flüsterte eintönig, und manchmal drang ein kurzes, ärgerliches Knurren aus der Orangerie herüber.

Zenon aß, ohne hinzuschauen, was man ihm reichte, und beinah ohne zu wissen, was die neben ihm sitzende Wirtin hin und wieder zu ihm sagte; er nickte nur immer bejahend und beobachtete dabei unbewußt die leisen Bewegungen der Katzen, die sich auf ihren Knieen balgten, und horchte mit dem Zittern der Ungeduld auf jedes kleinste Geräusch, das vom Flur her kam.

Der leere Stuhl von Miß Daisy stand ihm gerade gegenüber, auf der anderen Seite des Tisches; über die Lehne hing ein rötlicher indischer Schal, der von den phantastischen schwarzen Linien irgendeiner unkenntlichen Zeichnung durchschnitten war; oft schaute er auf ihn, aber öfter noch ließ er seine Augen im Zimmer umherschweifen, als wolle er jedes Gesicht einzeln aus dem Schweigen und der Dämmerung herausschälen, – ohne jemand zu bemerken.

»Guten Tag, ich war vor einem Augenblick bei dir«, sagte Mr. Yoe über den Tisch hinweg.

»Ich bin etwas zu spät gekommen wegen des Nebels ...«

»Hast du Betsy gesehen. Was machen die Tanten?«

»Ich habe Betsy gesehen, doch gelang es mir heute, den Tanten nicht zu begegnen.«

»Warst du bei uns zu Hause?«

»Nein, ich gehe erst am Abend hin; man erwartet dich daheim mit großer Ungeduld, – Betsy ist voller Befürchtungen.«

»Ich werde heute mit dir hingehen, wenn ich mich auch nicht gerade nach neuem Streit sehne.«

»Wie du willst.«

Sie verstummten, denn aus der Orangerie drang ein kurzes klägliches Gewinsel und ein Kettenklirren, die Katzen machten drohend einen Buckel, so daß Mrs. Tracy sie ängstlich an sich schmiegte.

»Bagh!« ertönte die befehlende Stimme des Mahatma.

Ihm antwortete ein langgezogenes, klägliches, gedämpftes Brüllen, und in der Tür der Orangerie erschien in nebligen Umrissen ein schwarzer Panther, der sich ohne jedes Geräusch fortbewegte; die grünlichen Augen und die weißen Zähne schimmerten durch den Maulkorb hindurch, er erhob stolz den Kopf, doch als Gurus Augen ihn trafen, fiel er auf den Bauch und kroch zu ihm heran, ohne die glühenden Augen zu erheben, während er seine Flanken mit dem langen Schweife schlug; Guru hatte ihm ein Wort zugeflüstert, denn der Panther erhob sich träge und dehnte sich behaglich unter der streichelnden Hand, gähnte und begann leise schleichend, ohne das geringste Geräusch, um den Tisch herumzugleiten wie ein kriechender schwarzer Schatten.

Er suchte nach einer Witterung und schnüffelte an vielen Stellen; und als er sich bei dem Schal von Miß Daisy befand, bellte er freudig auf, sprang auf einen Stuhl und schaute, mit den Pfoten auf den Tischrand gestützt, in die Gesichter der Sitzenden, die ein wenig erblaßt und verängstet waren, trotzdem man seine Sanftmut kannte; doch dies dauerte kaum einen Augenblick, denn Bagh ließ langsam den Kopf sinken und bohrte seine schrecklichen Augen in Zenon. Dieser rührte sich nicht vom Platze, er konnte es nicht, er fühlte sich wie gelähmt, sein Kopf zitterte ein wenig, doch er wendete seine Augen nicht ab von diesen brennenden, glühenden Karfunkeln, die wie von einem smaragdgrünen Nebel verdeckt schienen und, kleiner werdend, immer stärker glänzten und sich in ihn hineinfraßen wie scharfe, zerreißende Zähne.

»Bagh!« Der Panther zuckte bei dieser Stimme zusammen, krümmte seinen schwarzen Rücken und lehnte sich mit den vorderen Pranken so gewaltig auf den Tisch, daß alle seine Muskeln zitterten, wie stark angespannte, kaum noch zu haltende Sprungfedern, auch der Tisch zitterte unter diesem Druck, und die Gläser klirrten.

»Bagh!« rief der Mahatma streng.

Der Panther schoß mit einem gewaltigen Satz ihm zu Füßen.

Alle atmeten auf, denn in diesem Todesschweigen hatte man erwartet, daß etwas Entsetzliches geschehen müßte; sie schauten nun alle mit großer Erleichterung den Panther an, der mit der größten Gemütsruhe gewaltige Brotstücke aus Gurus Hand fraß.

»Er kann einmal gefährlich werden«, bemerkte jemand.

»Bagh wird niemand ein Unrecht tun, – er ist sanftmütiger als die Katzen der Mrs. Tracy und klüger als viele, viele Menschen«, belehrte der Mahatma mild.

»Ich hatte das merkwürdige Gefühl, er wolle sich auf mich stürzen«, sagte Zenon.

»Er ist nicht gerade sehr gefährlich, – er trägt doch einen Maulkorb, und seine Krallen sind abgefeilt.«

»Ja, aber durch die Gewalt des Sprunges selbst könnte er töten, übrigens habe ich schon genug von seinem Blick allein, – er ist grausig.« Zenon schüttelte sich nervös.

»Und warum hätte er sich gerade Sie ausgesucht?«

»Vielleicht, weil ich gegenüber dem Stuhl seiner »Herrin sitze, weil ich am nächsten war, – man kann es doch schwerlich anders deuten.«

»Und doch muß dahinter etwas anderes stecken, es muß«, behauptete hartnäckig ein grauer Herr mit gelbem, runzligem Gesicht, der neben der Wirtin saß.

Zenon lachte laut auf, – so kindlich, ja geradezu amüsant erschien ihm diese Vermutung.

»Ich behaupte dennoch, daß dahinter etwas steckt«, rief der Alte hartnäckig.

»Sicher, irgendein Geheimnis des Daseins, irgendein transzendentales Rätsel«, warf Zenon boshaft und unwillig hin.

»Alles ist ein Geheimnis und alles ein Rätsel«, verkündete der andere streng.

»Hat Miß Daisy schon früher gefrühstückt?« fragte Yoe.

»Nein, sie war gar nicht da, sie ist in ihrem Zimmer«, flüsterte Mrs. Tracy, während sie die immer noch ängstlichen und vor Schreck halb toten Katzen an ihre breite Brust schmiegte.

»Sie ist am Ende krank«, fragte er weiter, da er ein lebhafteres Aufblitzen in Zenons Augen bemerkte.

»Nein, es fehlt ihr nichts, sie ist nur mit Briefen beschäftigt, sie hat heute einen ganzen Stoß Briefe aus Kalkutta erhalten.«

»Waren viele Leute bei Mr. Guru?«

»Eine ganze Prozession. Er empfing aber niemand; er ließ nur durch den Diener erklären, daß er nach Europa gekommen wäre, um zu schauen und zu fragen, – man solle also auf seine Fragen warten«, erzählte Mrs. Tracy mit gedämpfter Stimme.

»Ja, sie sollen warten, bis ich frage«, bestätigte Guru ganz unerwartet.

»Die Antwort klingt stolz und eingebildet«, bemerkte Zenon unwillig.

»Wer weiß, der wirft seine Worte nicht vergebens und dem ersten besten hin.«

»Niemand hat noch gewagt, zu behaupten, daß er weiß, – niemand«, rief Zenon heftig, durch das begütigende Lächeln des Mahatma gereizt, und erhob sich von seinem Stuhl; seinem Beispiele folgten alle, – man ging schweigend in den benachbarten Reading-Room hinüber.

»Mein Herr, ich habe über den Panther nachgedacht und komme zu dem Schlusse, daß ...« sagte der Alte.

»Aber liebster, bester Herr, wenn ich auch immer Ihre tiefgründigen Schlüsse bewundere und sie gern anhöre, so geht mich gerade dieser gar nichts an, gar nichts!« entgegnete Zenon, nur mit Mühe seine Ungeduld unterdrückend, so daß der gelbe Herr ganz verdutzt aussah und sich eilig in die andere Ecke des Zimmers entfernte.

Doch Zenon war so merkwürdig gereizt, daß ihm sogar ein Streit angenehm gewesen wäre, er schaute also den Mahatma geradezu herausfordernd an, da dieser, nachdem er den Panther in den Käfig gesperrt, als letzter das Zimmer betrat und sich an den runden Tisch in der Mitte setzte, auf dem bereits der Tee aufgetragen war.

Doch der Mahatma schaute niemand an, er war ganz mit Teetrinken beschäftigt; ein Teil der Gesellschaft setzte sich neben ihn, die übrigen zerstreuten sich in dem großen Zimmer, das mit außerordentlicher Sorgfalt eingerichtet war; überall standen kleine Tische zum Schreiben, Fauteuils, Schaukelstühle, auch hatte man lauschige Winkel eingerichtet, die durch Wandschirme abgetrennt waren. Es war hell und still, ein dicker Teppich dämpfte die Schritte, die mit schweren Vorhängen verhängten Fenster ließen das Geräusch der Stadt nicht herein, so daß nur hin und wieder ein leises Klirren der Leuchter, die auf dem Kamin standen, daran erinnerte, daß irgendwo in der Nähe eine Straße war und Wagen vorbeifuhren; die grünlichen Wände, die von in Aquarellfarben gemalten Blumensträußen erhellt waren, wirkten sonderbar beruhigend.

Zenon setzte sich mit Yoe an den Kamin und schaute mit irren Augen ins Feuer, horchte jedoch immer aufmerksamer zu.

»Ich würde lieber den Tee in deiner Wohnung trinken«, sagte Yoe.

»Warten wir noch einen Augenblick, vielleicht kommt sie noch« entgegnete Zenon und drehte sich um, denn der Diener sagte leise etwas zu dem Mahatma, welcher dazu nickte.

Mrs. Tracy ging im Zimmer umher und schenkte hie und da Tee in die Tassen, ihre drei weißen Katzen folgten ihr überall hin.

Die Gespräche schleppten sich träge hin und wurden jeden Augenblick abgebrochen; niemand hatte Lust, zu reden, eine einschläfernde Müdigkeit hatte sich aller bemächtigt. Eine hochgewachsene, hagere Dame setzte sich an das Harmonium, das in der Ecke stand, doch nach einigen Takten ging sie gelangweilt wieder fort.

Plötzlich neigte sich Zenon zu Yoe und flüsterte spottend:

»Was soll das bedeuten. Sogar der Mahatma läßt heute seine Lehren nicht hören und verdammt uns und unsere Kultur nicht?«

»O Gott, ich gäbe mein Leben dafür, ich unterzöge mich der grausamsten Seelenqual, wenn dieser Mensch sich irren würde, wenn seine Worte nicht Wahrheit wären, – eine so vergiftende und bittere Wahrheit wie das Leben«, flüsterte Yoe schmerzhaft.

»So verteidigst du dein Erbe, Europäer?«

»Ich würde Europa wie ein Panther zerfleischen, könnte ich nur aus den leblosen Eingeweiden seine ersterbende Seele herausreißen und ihm ein neues, heiliges und wahres Menschenleben geben.«

»Und das sagt der, der noch vor kurzer Zeit Tod und Haß säete ...?«

»So oft ich Tod gegeben habe, so oft ist meine Seele verflucht gestorben, – drum sei das Werk des Krieges hundertmal verflucht.«

»Ich kenne diesen Ton, ich kenne ihn; er fließt durch Völker und Ewigkeiten dahin, wie ein klagender Vogel, der in den Abgründen der Versiecktheit irrt, von niemand bemerkt, den Sterblichen entbehrlich, und wie entbehrlich!« sagte Zenon plötzlich mit aufsteigender Bitterkeit.

»Nein, nein, es hörte ihn Zoroaster, es fühlten ihn die Propheten, aber erst in der Seele der Hindus hat er sein unsterbliches Nest gebaut, und dort, in den Dschungeln, lebt er bis heute und herrscht barmherzig.«

»Geh also hin, predige Buße für das ›gestern‹ und verkünde die Auferstehung eines neuen ›morgen‹«, sagte Zenon halb ironisch, halb klagend.

»Ich weiß es, daß jemand erstehen und der Welt das erlösende Wort bringen sollte, ehe sie ganz im Verderben untergeht.«

»Ich sehe, dich hat das heilige Fieber des Mahatma angesteckt.«

»Scherze nicht, denn seine Klugheit war mir ein Spiegel, in dem ich zum erstenmal mich selbst in meiner ganzen ureigentlichen Nacktheit gesehen habe, mich selbst und uns alle, uns, die Herren der Welt, uns, die auserwählten und einzigen, uns dummes, vor Eitelkeit verblödetes Vieh, uns nichtswürdige Herde leichengewordener Seelen, uns Sklaven des Bösen, uns Anbeter der Übermacht und des Goldes«, flüsterte Yoe deutlich, schnell; die glühenden, schrecklichen Worte fielen wie Blitze herab, töteten und rissen die Seele bis tief in die Tiefen des Entsetzens hinunter.

Zenon wich ein wenig zurück, von Yoes Blick getroffen, der voll schmerzerstarrter Tränen, unheimlichen Leuchtens und einer solchen Kraft des Schmerzes war, daß man fühlte, wie alles menschliche Elend in diese weiche Seele gedrungen war und mit allen Zungen um Erbarmen flehte, daß die ganze Welt sich in dieser schwachen Brust berge, dort wachse und brause wie der Orkan der Alliebe und das ewig hungrige Verlangen nach dem Guten.

Zenon wandte sich jedoch ab und stand auf.

Miß Daisy betrat das Zimmer, begrüßte, sich leicht verneigend, alle und setzte sich nahe zu dem Mahatma, während sie sich im Zimmer umschaute.

Zenon fiel beinahe in den Stuhl zurück und konnte die Augen nicht mehr von ihr losreißen. Die Worte Yoes klangen ihm wie ferne, unerkennbare Klänge, plötzlich war es ihm, als wäre er von einem Blitz geblendet, so daß seine Augen nichts mehr sahen als das Licht ihres blassen, wunderschönen Gesichts, das von wirren Haarsträhnen umflossen war wie von golden schimmerndem Erz, nichts als ihre Augen, die wie gewaltige Kugeln aus lebendigem Saphir erschienen, die in den Bogen der Augenbrauen hingen, welche wie schwarze Schneiden die ganze weiße, erhabene Stirn durchschnitten.

»Zen!« flüsterte ihm Yoe ins Ohr, der über seine plötzliche Unbeweglichkeit stutzig wurde.

Er antwortete nicht, er ging automatisch an den Tisch heran, rückte einen Stuhl näher, schenkte sich Tee ein und versenkte seine Augen wieder in sie. Sie ließ einen kalten Blick über ihn gleiten, während sie mit Mrs. Tracy sprach, die neben ihr stand.

Er horchte aufmerksam zu, konnte jedoch nichts verstehen; er war wie in einem autohypnotischen Traum, er wußte nicht, was mit ihm geschah, er war anwesend und doch ganz versunken in den Nebel einer plötzlichen Erinnerungslosigkeit.

Doch niemand bemerkte seinen Zustand, denn er verhielt sich normal, unterhielt sich und erzählte, ohne etwas davon zu wissen, scheinbar durch den gewohnten Automatismus der Organe.

Er setzte sich näher zu Daisy, so daß er von Veilchenduft umflutet wurde; und jedes Geräusch ihrer Bewegungen ließ ihn merkwürdig erzittern.

Das Gespräch fing an sich zu beleben, und langsam wich die Langeweile; der trockene gelbe Herr war in einem heftigen Disput mit Yoe, mehrere Damen hatten ihre Plätze an der Wand verlassen und sich um den Kamin gesetzt, einige Männer umringten Yoe und hörten dem Disput zu; sogar das Gesicht des Mahatma war erhellt, es schien wie aus altem Elfenbein gemeißelt zu sein, er glättete seinen weißen Bart und nahm immer öfter Anteil an dem Gespräch, nur Mrs. Tracy spazierte mit den Katzen umher wie zuvor, und Daisy durchblätterte schweigend irgendeine Zeitung.

»Ich sah Sie auf dem Trafalgare-Square«, sagte ganz unerwartet Zenon, doch es war, als spräche nicht er, – so fremd klang seine Stimme; er bewegte die Lippen, doch sein Gesicht drückte nichts aus, und sein Blick war leer und gleichfalls fern von seinen Worten.

»Ich ging dort vorbei, aber in einem solchen Nebel war es schwer, irgendein Gesicht zu unterscheiden«, entgegnete Daisy, ohne ihren Kopf zu heben.

»Daß Sie sich aber nicht verirrt haben! London ist im Nebel wie ein Abgrund, leicht können sich darin auch Leute verlieren, die das kennen«, sagte er still, beinahe leise; doch wieder war nicht er selbst es, – es waren nur die Gedanken, die in ihm entstanden waren nach der Begegnung mit ihr, und die jetzt aus irgendeinem vergessenen Dunkel hervorkrochen.

»Ich hatte einen guten Führer«, entgegnete sie nach einer Weile, während sie langsam den Kopf hob und ihm mit einem so pfeilartigen, durchdringenden Blick gerade in die Augen sah, daß er zusammenfuhr, wie unter einem Schlage; dieses Aufblitzen hatte die Dunkelheit in ihm zerrissen und seine erstarrte Seele mit belebendem Lichte erfüllt, so daß er plötzlich in sich erstand, ganz erfüllt von lebendigem Fühlen und Gedanken, und unbewußt den gegenwärtigen Augenblick mit jenem, den er am Kamin durchlebt hatte, verwob; doch das, was später lag, rollte wie ein Donner in unbekannte Tiefen, zerfiel in toten Staub des Vergessens, – er wußte nicht einmal, daß es existiert hatte.

Er fühlte sich merkwürdig ruhig, neubelebt und Herr seiner selbst. So hörte er eine Weile dem lauten Gespräch zu, schaute den Mahatma an, der eben aufgestanden war und sich Yoe näherte, und sprach mit gedämpfter Stimme zu Daisy:

»Wissen Sie, der Panther hätte sich beinah auf mich gestürzt.«

»Das ist kaum zu glauben, denn er ist sanftmütig wie ein Kind, – es mag sein, daß er mich gesucht hat, und so konnte es scheinen, daß er sich auf Sie stürzen wollte.«

»Er setzte sich auf Ihren Schal und blickte mich so drohend an, als wollte er zum Sprung ansetzen; er hätte sich bestimmt auf mich geworfen, hätte Guru ihm nicht befehlend zugerufen.«

»Ich bitte Sie vielmals um Entschuldigung für diesen Augenblick des Entsetzens.«

»Aber Sie brauchen sich gar nicht zu entschuldigen, denn ich hatte durchaus keine Angst.«

»Auch der kürzeste Augenblick der Angst ist nicht angenehm.«

»Leider hatte ich nicht einmal solch einen Augenblick. Ich bin geradezu benachteiligt: ich verstehe nicht einmal bei anderen das Gefühl der Furcht, denn ich habe es nie gekannt.«

»Niemals?« fragte sie, ein wenig lebhafter werdend.

»Natürlich denke ich an die Furcht vor irgendeiner materiellen Gefahr, – so etwas empfinde ich nie.«

»Und die andere?« Ihr Mund zuckte, und sie zeigte dabei eine Schnur von blendend weißen Zähnen, ihre Brust hob und senkte sich in unterdrückter Erregung.

»Und die andere kenne ich nicht, also weiß ich bisher nichts von ihrer Existenz.«

»Sie muß da sein … sie existiert bestimmt, – es gibt eine Furcht, von der nicht einmal Träume einen Begriff geben, auch wenn sie noch so quälend sind.«

»Ich nehme an, daß im trüben Schlamm der Seele, in kranken Hirnen derartige grauenerregende und schreckliche Erscheinungen ihren Anfang nehmen.«

»Nicht nur dort ist ihre Quelle, – sie können nämlich auch dicht neben uns lauernd warten, in einer Welt, die lebt, aber weit hinter der Ausstrahlung unseres körperlichen Sehens besteht, – in dem Felde des zweiten Gesichts.«

Ihre Stimme wurde leiser und erzitterte in ängstlichem Geflüster, sie ließ ihren Kopf auf die Zeitung sinken, doch ihre Augen irrten wie erloschen im Zimmer umher. Sie konnten den ungezwungenen Ton nicht wiederfinden. Vergebens bemühte er sich darum, er berührte verschiedene Fragen und Gegenstände, versuchte sogar, sie durch Ironie aus dieser schweigenden Erstarrung herauszureißen; sie antwortete nur ungern und oft sogar ungeduldig, wobei sie ihn nicht mehr anschaute, ja, ihn beinahe nicht einmal mehr sah, so daß er unangenehm berührt, ja fast beleidigt, aufstand, ohne eine Wort zu sagen.

Er durchmaß das Zimmer, aber so ungeschickt, daß er beinahe die Katzen getreten hätte; er bat Mrs. Tracy ziemlich kühl um Entschuldigung, setzte sich gereizt an das Harmonium und ließ seine Finger willenlos über die Klaviatur gleiten, während er über das merkwürdige Verhalten Daisys nachdachte.

In der Tiefe am Kamin stand der Mahatma mit Yoe in einer Gruppe mehrerer Männer; sie sprachen laut und lebhaft, doch Zenon hörte nur den letzten Satz des Hindu:

»Es gibt nur ein Gesetz, das die Welt beherrscht, das Gesetz des unsterblichen Geistes, alles andere ist Schein, ist Trug oder eingebildeter, gelehrter Unsinn!«

Er hörte nicht mehr zu, denn unbewußt ertönte unter seinen Fingern jene Melodie, deren er sich nicht hatte erinnern können, als er die Seance verließ, und die er vergebens drei lange Tage hindurch hatte aus sich herausreißen wollen. Sie kam ihm jetzt von selbst und floß in ein Ganzes zusammen; sie war erstaunlich in ihrer Einfachheit und ihrem merkwürdigen, noch nie gehörten Rhythmus, sie war ihm völlig fremd in ihrer Form und in ihrem musikalischen Inhalt. Er spielte sie aufmerksam, lernte sie auswendig, wiederholte sie immer wieder, wobei er sich an ihrer grausigen Schönheit berauschte.

Der Künstler war in ihm erwacht, mit solcher Gewalt, daß er seine Umgebung nicht mehr hörte, hingerissen von der Gewalt dieses wilden, feurigen und sehnsuchtsschwangeren Liedes; doch je tiefer er sich in diese Klänge hineinhörte, um so stärker wuchs in ihm die Erinnerung, blaß und wie fern, irgendwo gehörte Worte wurden in ihm lebendig, irgendeine Stimme, die diese Worte gesungen, irgendein Landschaftsbild tauchte vor ihm auf.

Er hatte dies alles unter der Hirnschale, beinahe auf den Lippen, und konnte sich doch nicht erinnern.

»Ein gewaltiger Hymnus, wie wenn Engel sich empörten. Woher kennen Sie ihn?« hörte er hinter sich die leise Stimme Daisys.

»Ich selbst weiß es nicht genau; und ist er Ihnen bekannt?«

»Ja, ich erinnere mich seiner von irgendwoher.«

»Dann werden Sie mir helfen, denn irgendwelche Worte irren in meinem Gedächtnis umher, irgendein Gesang, den ich irgendwo gehört habe, und dessen ich mich nicht mehr erinnern kann … Und es scheint vor nicht langer Zeit gewesen zu sein … Manchmal scheint es mir, daß es dort war, auf jener Seance bei Mr. Yoe, erinnern Sie sich?« fragte er auf Umwegen, was direkt zu fragen er sich vorher nicht getraut hatte.

»Ich besuche die Seancen bei Mr. Yoe nicht.« Ihre Stimme klang hart.

»Wie? Aber ich habe Sie dort doch gesehen, wir alle haben Sie gesehen …«

»Es kann sein, aber ich war nicht dort.« Ihre Augen blitzten zornig auf.

»Ich lüge auch nicht«, flüsterte er heftig und stolz.

»Ich glaube es … Aber …« Sie schaute zu dem Mahatma hin, verstummte und ging fort.

Er spielte nicht weiter, er war von ihren Worten erschüttert. Er verstand den Grund nicht, weswegen sie es bestritt, er hatte sie doch dort gesehn, alle hatten sie gesehn, und sie bestritt es …

Er sagte zu Yoe, daß er ihn in der Wohnung erwarte, und ging hinaus, mit einer steifen Verbeugung vor Daisy; sie grüßte nicht wieder und tat, als bemerke sie ihn nicht, sie saß da, mit zusammengezogenen Brauen, ganz in den indischen Schal gehüllt, düster und rätselhaft, er wendete sich an der Tür und fing einen Blick ihrer Augen auf, die ihm folgten, dieser Augen, voll von einem feuchten Schimmer, voll von Nachdenklichkeit und einer quälenden, stummen und demütigen Bitte.

Drittes Kapitel

»Endlich! Ich dachte schon, Ihr würdet nicht mehr kommen; seit einer halben Stunde ist das Essen fertig, und ich warte und warte!« rief freudig Betsy, die selbst die schwere Türe zum Flur öffnete.

»Die Suppe ist kalt, der Hammelbraten angebrannt, die Mehlspeise zusammengefallen, die Tanten sind böse, und Miß Betsy ist in Verzweiflung«, scherzte Zenon, während er sie herzlich begrüßte.

»Betsy war wirklich in Verzweiflung! Ich dachte …«

»Daß wir nicht mehr kommen würden? Bitte, die Hände auszustrecken, dies ist die Strafe für unser Zuspätkommen.«

Zenon wickelte das Papier auf und legte in ihre Hände einen riesigen Strauß wunderbarer Anemonen und ganze Bündel prachtvoller purpurfarbener Rosen, die ihren Lippen in diesem Augenblick glichen, ihren wonnig bebenden Lippen, die sich an die kühlen, duftenden Blumen schmiegten, hinter denen sie ihre entzückten Augen erhob und dankend flüsterte:

»Guter, guter Zen!«

»Wegen des Nebels haben alle Züge eine gewaltige Verspätung«, bemerkte Yoe.

»Hast du dich aus demselben Grunde ganze zwei Wochen bei uns nicht sehen lassen?«

»Das hat einen anderen Grund, meine liebe Betsy, einen ganz anderen«, entgegnete er ernst, ihre Stirn küssend.

Das Mädchen dämpfte ihre Stimme und flüsterte bittend, beinahe flehentlich:

»Sei heute gut zu ihm, er ist krank, gereizt, er hat so auf dich gewartet, er wird gewiß ärgerlich sein.«

»Es ist gut, Kind, ich werde selbst nicht anfangen, aber ...« brach er bekümmert ab.

»Tante Dolly ist auch ohne Humor, sie weinte nachmittags, sie meinte, heute wäre irgendein trauriger Jahrestag«, bereitete Betsy schüchtern vor.

»Gewiß der fünfzigste Jahrestag ihres Bruchs mit dem fünfzehnten Bräutigam«, bemerkte Yoe boshaft, während er seinen Mantel aufhängte, doch als er sich umwandte, waren die beiden nicht mehr am früheren Platze; Betsy geleitete Zenon etwas tiefer in den Flur hinein, zu der Stiege, die zum ersten Stockwerk führte, und bat ihn ganz leise, aufzupassen und, wenn möglich, keinen Streit zwischen Yoe und dem Vater zuzulassen. Er versprach es feierlich, doch er empfand eine Art Unwillen bei dem Gedanken, er könnte Zeuge eines neuen Skandals sein, – er hatte entschieden genug davon für heute, er selbst war zudem ungewöhnlich nervös und hatte, als er hierher fuhr, gedacht, er würde Ruhe und Erholung finden.

»Du armes Opferlamm, hat denn auch Tante Ellen heute Hühneraugenschmerzen?«

»Still, Yoe, verspotte ihr Leiden nicht, wir wollen gehen, denn sie warten schon.«

Das Speisezimmer war unten, davor lag ein großes, finsteres Zimmer; durch die geöffnete Tür glänzte weiß der Tisch, der von Kerzen in hohen Kandelabern beleuchtet war, und dahinter saß, den Rücken den Eintretenden zugewendet, in einem tiefen Fauteuil Mr. Bartelet, die Tanten spazierten auf beiden Seiten des Tisches einher, dem Zimmer entlang, jede nach einer anderen Richtung.

»Da sind unsere Jungens, die Züge hatten Verspätung«, rief Betsy und legte ihren Strauß aus die Tischecke.

»Unglückskind, das Tischtuch wird naß«, jammerte die kleinere der Tanten, Miß Ellen.

»Schrei nicht!« zischte der Alte kalt, während er seinem Sohne die Hand reichte, dann, mit einem Wutblick in das erschrockne schwammige Gesicht der Miß Ellen, nahm er Zenon unter den Arm und ging, mit Mühe seinen gewaltigen Körper erhebend, zum Tisch.

»Auftragen«, knurrte er, indem er mit dem Stock auf die Diele stieß, denn die Küchenräume waren im Souterrain.

Sie nahmen ihre Plätze schweigend ein, nur Betsy, welche die Blumen in Vasen verteilte und auf den Tisch stellte, bemühte sich, eine fröhlichere Stimmung zu erwecken, aber vergebens, denn ihre süße, halb kindliche Stimme erstarb wie eine Blume in dieser kalten Atmosphäre, die voll von Ärger, Unwillen und einem ewigen Übelnehmen war. Miß Dolly tötete mit rügenden Blicken jedes ihrer Worte, jedes heitere Lächeln; Miß Ellen wieder peinigte sie auf ihre Art, indem sie jeden Augenblick aufstand, um ihre in Unordnung geratene Frisur wieder herzustellen oder ihr eine Schleife zu binden. Endlich begann der alte Diener, der aussah wie eine Wachsfigur, die Speisen herumzureichen, er huschte leise und schleichend wie eine Katze hinter den Stühlen vorbei, so daß jeden Augenblick sein gelbes, bartloses Gesicht über einer Schulter auftauchte.

Sie aßen in solchem Schweigen, daß Yoe es schon nach der Suppe nicht mehr ertragen konnte und sagte:

»Weswegen seid Ihr denn heute so düster?«

»Wie immer … Hast du's denn in den zwei Wochen vergessen«, bemerkte Miß Dolly sauer und seufzte kläglich.

»Die Knöpfe werden dir von der Bluse abspringen von diesem ewigen Seufzen«, rief der Alte.

Betsy konnte das Lachen nicht mehr unterdrücken und platzte laut heraus.

»Hör' auf, ich bitte dich, Betsy!« rügte Dolly streng.

»Aber im Gegenteil, lach', Betsy, lach' ganz ungezwungen!«

»Ich kann nicht essen, wenn jemand so unsinnig lacht«, erklärte Dolly.

»Und ich habe gerade dann einen besseren Appetit; also lach', Kleine«, rief der Alte.

»Ach diese Männer«, jammerte Miß Dolly nach einer Weile mit Grabesstimme.

»Ach diese Tanten«, wiederholte er mit so komischer Stimme, daß Betsy wieder zu lachen anfing; sogar Yoe konnte sich nicht mehr halten, und Dick ließ beinahe die Schüssel auf den Rücken von Miß Dolly fallen, als er sein Gesicht hinter ihr verbergen wollte; es war so merkwürdig vom Lachen verzerrt, daß es aussah wie eine zertretene Zitrone.

»Tollpatsch«, flüsterte sie, ihn mit ihren Blicken durchbohrend.

»Was? Wie?« Mr. Bartelet preßte es beinahe heraus, in einem plötzlichen Wutanfall.

Miß Dolly geruhte weder zu antworten, noch ihn anzusehen.

»Betsy, sag' der Tante, daß ich, wenn dies mir galt ...«

»Betsy, sag' dem Vater, daß ich auf einen so vulgären Ton und derartige Verdächtigungen nicht antworte ...«

»Betsy, sage ihr, daß ich keine Bemerkungen ertrage, daß ich das nicht dulde ...«

»Betsy, sage ihm, daß er ein Tyrann ist, daß er eine Unglückliche quält, daß ...«

So kreuzten sich scharfe, ärgerliche Worte, beide hörten auf zu essen, und unheildrohende Augen verbohrten sich über den Tisch hinüber mit erbarmungslosen Spitzen ineinander, plötzlich umflorten sich die Augen von Miß Dolly, und Tränen stürzten in Strömen auf ihr weiches, gepudertes Gesicht und hinterließen gelbliche Furchen.

»Dick, reiche der Miß ein sauberes Taschentuch, Puder, einen Spiegel und frischen Braten, denn der ihre fliegt eben in diesem Augenblick samt dem Teller auf die Erde!« rief der Vater, sich die Hände reibend, denn Miß Dolly war so heftig vom Tisch aufgesprungen, daß das ganze Gedeck zu Boden flog; doch der Ärger verließ den Alten nicht mehr, er fing an zu essen und schaute der Hinausgehenden wütend nach.

Dieses kurze Gewitter hatte jedoch die Luft vollständig gereinigt, man atmete erleichtert auf, und sogar Miß Ellen, die sonst in Gegenwart der Schwester leblos und stumm dasaß, hatte ihre Stimme wieder erlangt, und Zenon, der sich vorsorglich abseits hielt, begann bereits lauter und heiterer mit Betsy zu plaudern. Yoe jedoch schwieg hartnäckig und hob sein Gesicht kaum vom Teller, trotzdem er wußte, wie sehr dies den Vater reizte.

Mr. Bartelet konnte es nicht mehr ertragen, er warf dem Sohn finstere Blicke zu, er schlug mit dem Messer an den Teller; aber als Yoe kein Wort sprach, fing er selbst an, zu ihm zu sprechen, auf seine übliche ironische Art.

»Was ist das für eine Berühmtheit, die in Eurer Pension wohnt?«

Yoe erhob seine nachdenklichen, traurigen Augen zu ihm.

»Seit zwei Wochen schreiben fast alle Zeitungen über ihn.«

»Ich lese keine Zeitungen«, entgegnete der Alte kurz. »Aber du mußt doch wissen, von wem ich rede.« Es begann schon wieder in ihm zu kochen.

»Der alte Brahmane, der Mahatma Guru ... Ja, er wohnt dort.«

»Ich entnehme aus den Artikeln, daß er ein neues mystisches Busineß in England gründen will.«

»Ich kann mich verbürgen, daß er weit entfernt von dem ist, was man boshaft ein ›mystisches Busineß‹ nennt; er ist gekommen, sich Europa etwas anzusehen.«

»Nun ja, und bei dieser Gelegenheit ein wenig von unseren Pfunden zusammenzuscharren.«

»Er hat genug an seinen Rupien, überdies hat für ihn das Geld nur seinen eigentlichen Wert, das heißt: keinen«, erwiderte Yoe mit Nachdruck.

»Also diese spiritistischen Wunder da werden umsonst gezeigt?«

»Aber es werden doch gar keine Wunder gezeigt, und ein Spiritist ist er schon ganz und gar nicht.«

»Ja, aber weswegen pilgern denn all diese Massen zu ihm, von denen man jeden Tag schreibt?«

»Es fehlt nirgends und nie an einer Menge von Müßiggängern und im besonderen an Pseudogelehrten, an Sensationshungrigen, die überall den Fraß des Experimentierens wittern, und solchen, die meinen, die Welt wäre nur dazu da, um über ihr erdachtes, verworrenes und leeres Gefasel zu schreiben. Er empfängt zuweilen einige, ja, er spricht sogar manchmal gern mit ihnen, er disputiert oft, aber am häufigsten forscht er nur aus und horcht zu.«

»Aber das muß ja ein ganz besonderer Gelehrter sein?«

»Er ist mehr als ein Gelehrter, – er ist ein Weiser.«

»Ja, und schleudert oft Blitze der Verdammung auf uns und unsere Kultur«, mischte sich Zenon ins Gespräch.

»Wie, was? Er verurteilt unsere Kultur?« fragte der Alte in höchstem Erstaunen; er traute seinen eigenen Ohren kaum.

»Leider verurteilt er sie entschieden, und, was schlimmer ist, wir müssen ihm recht geben«, sagte Yoe.

»Er hat recht? … Reize mich nicht, Junge … Merkwürdig, sehr merkwürdig … Ihr müßt mir von ihm erzählen, denn ich sehe, daß man durch die Zeitungen falsch unterrichtet wird.«

»Natürlich, denn von hundert Reportern hat ihn kaum einer gesehen und mit ihm gesprochen. Aber alle mußten doch etwas von ihm schreiben, denn ganz London beschäftigt sich mit ihm.«

»Kennt Ihr ihn persönlich?«

»Yoe ist mit ihm befreundet.«

»Ja, wenn man so das Verhältnis des Menschen zum Absoluten nennen kann«, erläuterte Yoe.

»So hoch schätzest du ihn?« fragte der Alte leiser.

»Ich verehre ihn und liege vor seiner Weisheit im Staube.«

»Dick, bring den Tee nach oben, wir wollen hinübergehen, Kinder«, kommandierte der Alte und bemühte sich, vom Stuhl aufzustehen.

Yoe reichte ihm den Arm, er stützte sich darauf und ging langsam und schwerfällig, ein wenig gebeugt, aber majestätisch, einer alten moosbedeckten und doch noch starken Eiche gleich; sein Gesicht war gerötet, sorgfältig ausrasiert, mit mächtigen, beinahe quadratförmigen Kiefern, seine Nase trocken und lang, seine Stirn hoch, von dichten, bürstenartigen grauen Haaren gekrönt, die Augen blaßblau, beinahe farblos, jedoch scharf unter buschigen, schwarzen Brauen hervorblitzend. Er war in diesem Augenblick stiller, ruhiger und umfing jeden Augenblick den gesenkten Kopf des Sohnes mit einem festen Blick.

Betsy eilte voraus, man hörte den Widerhall ihrer Schritte auf den Stufen.

Zenon hatte die andern gleichfalls überholt, indem er seiner Braut nacheilte, so daß sie ganz allein gingen; der Alte ruhte oft aus, denn seine kranken Füße ließen keine Eile zu.

»Ich habe auf dich gewartet«, begann Mr. Bartelet mit sanftem Vorwurf.

»Ich konnte nicht eher, ich mußte verreisen«, sagte Yoe ausweichend.

Der Alte schüttelte zweifelnd den Kopf, doch sagte er nichts, sie ruhten wieder einen Augenblick im Flur aus, unter einer eisernen Laterne von altertümlicher Form, die von der Decke herabhing, in einem Kranze von bunten Lichtern, die in der Dunkelheit in Regenbogenfarben schimmerten.

»Was hört man in deinem Regiment?«

Das war sein Lieblingsthema.

»Es wird nach Afrika versetzt, der Tag der Abreise ist schon bestimmt.«

»Nach Afrika, auf den Kriegsschauplatz, nach Afrika!« wiederholte der Alte erstaunt; es war in ihm plötzlich die Furcht erwacht und umkrampfte mit eisernen Krallen sein Herz, so daß er kaum atmen konnte.

»Ich habe das befürchtet«, flüsterte er leiser. »Hm, na ja, dann wirst du hinfahren, mein Junge, der Dienst, die Pflicht … Ja, die Pflicht«, fügte er leiser hinzu, denn seine Stimme war heiser geworden und blieb ihm in der Kehle stecken.

»Wir haben noch einen ganzen Monat Urlaub, – es kann sich noch vieles ändern«, beruhigte Yoe den Alten.

»Nichts kann sich ändern, nein: das Ende des Krieges ist noch weit.«

»Und die hungrigen Kanonen warten auf ihren Fraß, auf ihr Fleisch.« Haß und Verachtung zitterten in Yoes Stimme.

»Sie warten auf ihren Fraß«, wiederholte der Alte wie ein düsteres, trauriges Echo.

Jetzt schwiegen sie beide, Yoe beschloß in diesem Augenblick, ihm nichts davon zu sagen, daß er den Abschied genommen hatte, – er wollte keinen Streit, wollte ihm den Ärger ersparen; der Vater war heute so gut und so ausnehmend sanft, daß er es nicht wagte, ihm diese so seltenen Augenblicke zu verleiden, und übrigens rechnete er auch damit, daß die Nachricht davon, daß sein Regiment für den Kriegsschauplatz bestimmt sei, ihn geneigter stimmen würde. Er floh doch nicht aus Angst vor dem Kriege, denn er hatte ihn schon so manches Mal zur Genüge genossen.

»Als Ziel für die Kugeln dieser nie fehlschießenden Bauernburschen!« flüsterte der Alte vor sich hin, als sie das große, helle Zimmer im ersten

Stock betraten, das eine Art Salon und eine Bibliothek zugleich darstellte. An einem niedrigen Tischchen vor dem Kamin machte sich Betsy schon mit dem Tee zu schaffen, als sie eintraten. Mr. Bartelet versank in ein großes Fauteuil, nahm eine Tasse und verfiel, langsam schlürfend, in tiefes Nachdenken.

Die Tanten erschienen bald, ihnen voraus ging Dick, der die Fußbänke trug. Miß Dolly war schon wieder erhaben und majestätisch schön wie gewöhnlich, nur seufzte sie noch stärker, während sie Tee trank, und überwachte strenger als sonst mit versteckten, lauernden Blicken Betsy; und Miß Ellen, zart und hager, wie der trockene Stengel einer Königskerze mit der letzten blassen Blüte darauf, schob sich schüchtern hinter die Schwester und schaute scheu nach dem Fauteuil des Bruders; sie setzte sich ängstlich in die Nische zwischen den Bücherschränken, wo sie ganz leise in den vergilbten Blättern einer Bibel blätterte und sich langsam in die Betrachtung des heiligen Textes vertiefte.

Yoe spazierte mit einer Tasse in der Hand umher und musterte hin und wieder die langen Bücherreihen auf den Regalen.

Stille erfüllte das Zimmer, jene wundersame sonntägige Stille, voll von wohltuender Ruhe, als wäre sie erfüllt vom Widerhall der Kirchen, die schon leer und dunkel und doch noch voll von Widerklängen längst verstummter Lieder sind, voll von verwehenden Düften, voll von irrenden Seufzern, voll von jener Stimmung der Gebetsekstasen und zugleich der Langeweile und Schläfrigkeit.

Alle versanken in schweigendes, schläfriges Nachdenken, nur Dick wachte und huschte ab und zu ohne Geräusch vorüber und reichte Tee herum.

Zenon und Betsy, die nebeneinander auf einem großen, die Hälfte der Wand einnehmenden Sofa saßen und darin fast verschwanden, flüsterten, eng aneinandergeschmiegt, fern von ihrer Umgebung, nur mit sich selbst beschäftigt, heiße Liebesworte und blickten sich mit weltentrückten Blicken an.

In dieser ruhigen und herrlichen Atmosphäre der Liebe, unter ihren selig leuchtenden Augen begann Zenon sich so wohl zu fühlen, wie er sich immer in diesem Zimmer gefühlt hatte.

An solchen Sonntagabenden versuchte er mit Aufbietung aller Kraft, wenn er auch immerfort an das rätselhafte, quälende Gesicht Daisys denken mußte, wenn auch beunruhigende halbe Gedanken, halbe Klänge und halbe Bilder sein Gehirn ausfüllten, dies Gefühl loszuwerden;

er sehnte sich danach, tief und aufrichtig, alles zu vergessen, was nicht mit diesem guten, seligen Augenblick, was nicht mit Betsy in Zusammenhang stand, und was nicht sie selbst war.

Das gelang ihm manchmal, und dann schaute er sie voll stillen, vom Übermaß an Gefühl schüchternen Glückes mit verliebten Blicken an, denn Betsy in ihrem Sonntagskleid aus schwarzer, matter Seide, das nur von einem weißen Umlegekragen und Spitzenmanschetten erhellt war, schlank, hoch und graziös, war geradezu reizend. Ihr frisches Gesichtchen, von dichten aschblonden Flechten umrahmt, erblühte aus dieser düsteren Schwärze wie die Knospe einer Apfelblüte, sie bebte von Lenz und Glück, und der etwas große und kindliche Mund war so kirschrot, so belebt von Lächeln und so voll süßer Verheißungen. Sie fühlte sich in diesem Augenblick überaus glücklich; das Essen war beinahe ruhig vorübergegangen, die Tanten schwiegen, Yoe war zu Hause, der Vater saß ruhig, und er, Zen, saß neben ihr, wirklich neben ihr, und so nahe, daß es sie plötzlich schrecklich danach verlangte, ihm den Schnurrbart mit der Hand zu verdecken und ihn auf den Mund zu küssen, auf diesen roten, ewig kußhungrigen Mund … Aber sie seufzte nur traurig und errötete bei diesem nicht zu erfüllenden Gedanken und umfing nur noch mit küssenden Augen sein schönes, etwas müdes Gesicht, die hellen und sanften Augen, den gierigen Mund, ach und jenes entzückende Lächeln, das in den Mundwinkeln lauerte, dieses gute, entwaffnende Lächeln.

»Miß Betsy hat versprochen, mir ein Wort zu sagen«, flüsterte er.

»Was für eins? Ich weiß gar nicht mehr, daß ich irgend etwas versprochen habe.«

»Dort am Strand, heute morgen«, erinnerte er sie hartnäckig.

»Nein, nein, es geht jetzt nicht, sie könnten es hören … Nein, Zen, später«, bat sie ängstlich.

»Ich warte und verlange mit ganzer Seele nach Erfüllung des Versprechens.«

»Dann … Bitte mich nicht anzusehn, bitte die Augen zu schließen.«

»Ich sehe schon nichts mehr, ich höre nur.« Er brachte seinen Kopf noch näher, und da flüsterte ihm Betsy, ganz in Flammen und ein wenig bebend, leidenschaftlich das unsterbliche: »Ich liebe« ins Ohr. Sie flüsterte lange, während sie manchmal mit glühenden Lippen sein Ohr berührte, so daß er heftig bebte und noch heftiger seinen Kopf an ihr Gesicht preßte, gleichfalls abgerissene brennende Worte flüsternd, die sich mit so stürmischem Feuer in ihr Herz ergossen, daß sie nur mit einer letzten instinktiven Bewegung von ihm fortrückte und schwer atmend mit geschlossenen Augen dasaß, voll tiefster Freude und zugleich voll wundersam süßer Scheu. Sie konnten nicht mehr reden, sie schauten sich nicht einmal mehr an, doch dieses Unausgesprochene versenkte sie in einen so seligen Rausch, daß sie sich nur noch unbewußt und unaufhörlich einander zuneigten, wie Blumen, die sich duftschwer in heißen Nächten neigen, wie Bäume, die sich schlaftrunken zu den Bächen hinabsenken in stillen Frühlingsnächten und flüstern, voll stummen, sehnsüchtigen und nie gestillten Verlangens nach dem Tage, der noch fern ist, nach der Sonne.

Eine einschläfernde und tote Stille erfüllte das Zimmer, alle saßen unbeweglich da, sogar Dick war verschwunden; nur wie aus der Erde heraus, wie unter dem Hause hervorkommend, drang hin und wieder ein schnelles, kurzes Geräusch, das vorüberhuschte wie der Schatten der aller Augenblicke vorübereilenden Züge, zuweilen wurden melancholische Seufzer von Miß Dolly laut, die düster in versunkene Fernen verflossener Jahre und teurer Ereignisse versunken war; oder der Alte bewegte sich wieder ungeduldig, umfing mit ängstlichen Augen den Kopf des Sohnes und verfiel wieder in Unbeweglichkeit, während er eiligst die Lider über die tränenschimmernden Augen senkte. Der Abend schleppte sich langsam dahin, in einem müden, schläfrigen Rhythmus der Momente, die vorüberglitten wie stumme, namenlose Vorübergehende, die niemand kennt, die niemand nötig sind, und an die man nie mehr denkt.

»Denn aus den Kleidern kommt die Motte und aus dem Weibe die Schlechtigkeit der Schlange« ertönte plötzlich die freudige und salbungsvolle Stimme der Miß Ellen. Alle zuckten zusammen, gewaltsam geweckt, Betsy sprang auf, der Alte aber platzte mit lautem Lachen heraus und sagte spottend:

»Lauter Propheten erwachen, was ...? Im Traum ist dir wohl dieser prachtvolle Vergleich gekommen; aber wie war das gleich?«

Doch die Uhr auf dem Kamin schlug zehn, Miß Ellen antwortete nicht und versteckte ihr erschrockenes Gesicht hinter der Bibel, Yoe aber, der gegenüber dem Vater saß, stand auf und wendete sich an Zenon:

»Es ist Zeit für uns!«

»Was? Um zehn Uhr nach Hause? Das hat es ja noch nie gegeben«, rief Betsy.

»Der Vater ist müde, und alle sind schläfrig«, so bemühte er sich, den Aufbruch zu erklären.

»Aber im Gegenteil, ich fühle mich heute vortrefflich und werde gern noch etwas mit Euch sitzen, ich würde sogar ein Spielchen mit dir machen, Yoe, ich habe schon lange nicht mehr Piquet gespielt.«

»Gut, wollen wir spielen, gern!« So belebte sich Yoe wieder.

Dick hatte schnell alles vorbereitet, bald vertieften sie sich in die Kombinationen des Spiels; plötzlich fragte der Alte ganz unerwartet, seine Stimme dämpfend:

»Also das ist schon ganz sicher, daß das Regiment auf den Kriegsschauplatz soll?«

»Vollkommen sicher, denn nicht nur der Tag, sondern auch die Schiffe zur Überfahrt sind schon bestimmt.«

»Und nach der Landung geht's gleich ins Feuer?«

»Wahrscheinlich ...«

Mr. Bartelet geriet in Ärger, fluchte und schlug mit dem Stock auf die Diele, so daß Betsy erschrocken herbeieilte.

»Mein lieber, guter Vater, du sollst dich nicht aufregen, der Arzt hat es verboten«, bat sie und nahm seinen Kopf in ihre Hände.

»Nun gut, ja, ich sitze schon ruhig, wie sollte man sich da nicht ärgern, wenn ... wenn Yoe die Karten gibt, als hielte er sie zum erstenmal im Leben in der Hand!«

Als sie die Quelle seines Ärgers erfahren hatte, ging sie beruhigt fort; sie fühlte sich so merkwürdig freudig gestimmt und überhäufte Zenon mit nicht endenwollenden Fragen.

Er antwortete fröhlich, oft sogar scherzend, denn sie platzte bei jeder Gelegenheit mit lautem Lachen heraus. Sie lachte herzlich, doch sie unterdrückte dabei mit nicht geringer Mühe die Frage nach Daisy; dieser Name wurde ihr verhaßt, er brannte auf ihren Lippen und durchdrang sie mit einer noch dunkeln Angst, doch erweckte er zugleich eine beinahe schmerzhafte und quälende Neugier.

Zenon begann dies herauszufühlen, aus abgerissenen, verworrenen Worten, aus den Lücken, die zwischen den Fragen nach fast jedem Tag waren, den er fern von ihr verlebt hatte, nach den Bekannten, nach seinen Arbeiten, und manchmal sogar wußte er schon deutlich an den stummen und unbewußten Bewegungen ihres Mundes, daß dahinter jener unheildrohende Name verborgen war, daß sie davon durchdrungen war, wie von einem glühenden Dolche, und ihn trotzdem nicht auszusprechen wagte. Er wollte es nicht zulassen, er wußte selbst nicht, warum, er fürchtete diese Frage, also zwang er sich absichtlich zum Humor, er machte Scherze, erzählte amüsante Anekdoten, nur um diesen Augenblick weiter hinauszuschieben, oder ihn völlig auszulöschen. Das Gespräch brach aber immerfort ab, die Themen erschöpften sich schnell, und öfter und länger trat ein Schweigen ein, beunruhigende Pausen, in denen ihre Augen, von dieser geheimen Sorge bedrückt, scheu und voll Unruhe einander flohen. Zum Glück setzte sich Miß Dolly zu ihnen und begann mit kläglicher Stimme entrüstet über irgend ein Stück Dumas zu schimpfen, das sie vor einigen Tagen mit Sarah Bernard in der Hauptrolle gesehen hatte.

Miß Dolly war eine leidenschaftliche Männerfeindin, sie war sogar Vorsitzende des Klubs »Unabhängige Frauen«, die Prophetin eines künftigen Matriarchats und eine glühende Vorkämpferin der Frauenrechte, und sie hatte sich schon vom ersten Tage an glühend gegen die damals berühmte Dumassche These »Tue la« gewandt.

»Ein verbrecherischer und schändlicher Unsinn, diese Theorie! Töte sie? Wofür denn? Wer hat denn das Recht, über das Leben eines Weibes zu entscheiden, außer ihr selbst, wer? Wo ist ihre Schuld? Daß sie sein Eigentum nicht sein will, daß sie flüchtet vor seiner Tyrannei, daß sie Recht und Freiheit für sich fordert, daß sie ein eigenes, unabhängiges Leben haben will, dafür morde sie, fessele sie, wirf sie in den Abgrund des Unglücks und der Schande, zertritt ihr Herz und ihre Seele, nimm ihr das Menschliche, daß sie jeden Moment vor den Augen ihres Eigentümers erzittere, auf den Knieen seine Gedanken errate, daß sie nur sein Echo sei, sein Schatten, ihm Kinder gebäre und seine niedrigste unterwürfigste Dienerin und Sklavin werde … Denn der Herr will es so, der Herr macht die Gesetze, der Herr hat die Gewalt, das Geld, – also muß es so sein. Und wenn sie sich widersetzen sollte, dann töte sie! So ist es im Leben, und da kommt der schändliche Franzose und wagt es, uns diese gemeine Theorie von der Bühne herab zu verkünden, und wir hören zu, wir disputieren ganz ernsthaft über diese dumme, böse Phrase, o Ihr weiblichen Schwestern, Ihr Märtyrerinnen der männlichen Übermacht!«

»Heilige Geister, die ihr in Tieren wohnt, – das Weitere kennen wir schon von deinen Reden und Aufrufen her«, bemerkte plötzlich Mr. Bartelet spottend.

Miß Dolly zuckte nur mit den Achseln, blieb aber eine Zeitlang stumm.

»Deklamiere, Dolly! Du solltest eigentlich erste Predigerin in dieser feministischen Kirche der Zukunft werden, du hast ja alle dazu nötigen Eigenschaften: eine weithinschallende Stimme, einen starken Glauben, den Haß gegen die Überzeugungen anderer, einen großen Vorrat höchst pathetischer und hinreichend dummer Phrasen, und du nimmst es mit der Wahrheit nicht so genau. Das ist doch das Fundament aller Tribunen!«

»Du Grobian, du Tyrann!« zischte sie durch die zusammengepreßten Zähne und maß ihn dabei mit einem erhaben verächtlichen Blick.

»Eine sehr schlaue Theorie: sich alle Rechte anzumaßen, das Geld mit einbegriffen, und uns gnädigst alle Pflichten und Lasten zu überlassen«, spottete unbarmherzig der Alte, während er Karten gab.

Sie erwiderte kein Wort mehr; erst als er sich wieder in das Spiel vertieft hatte, dämpfte sie ihre Stimme und sprach, indem sie ängstlich nach ihm hinschaute:

»Das Leben des Weibes ist ewige Sklaverei, ein Leben von Geistern, die in Tieren wohnen müssen, ein Golgatha ohne Ende!«

Miß Ellen, die sich eben voller Scheu näher an sie herangesetzt hatte, sagte darauf mit ihrer leisen, öligen Stimme:

»Die Dankbarkeit des Weibes bewacht und erheitert den Mann und mästet seine Glieder.«

»Elendes Gewäsch von Kameltreibern; du wiederholst es wie ein Phonograph.«

Dolly sprang ärgerlich auf, denn Ellen hatte die Gewohnheit, oft und ohne Grund die Hand zu erheben und mit salbungsvoller Stimme das erste beste Zitat herzusagen.

»Wenn dies auch eine wunderbar treffende Definition des Verhältnisses zwischen Mann und Weib ist ... ›Sie erfreut ihn und mästet seine Glieder‹. Ja, nur darum geht es Euch in der Ehe, nur darum«, fügte sie mit Kraft hinzu.

Doch Zenon ließ sich nicht aus dem Gleichgewicht bringen, er beeilte sich gar nicht, die Männer in Schutz zu nehmen, denn er kannte diese

Theorien schon längst, und sie langweilten ihn; er sagte also kühl und nur aus Höflichkeit:

»Vielleicht geht es nicht allen nur darum.«

»Ich hatte dabei nicht an Sie gedacht, nein, denn ich kenne Ihre edle, erhabene Denkungsart nur zu gut und schätze sie so hoch, daß ich nicht die geringste Sorge um die Zukunft meiner teuren Betsy habe; ich bin ruhig um ihr Glück.«

Betsy lächelte nur bei dieser ganz unerwarteten Besorgtheit um sie, sie kannte das nur zu gut; Miß Ellen hatte schon die Hand erhoben und den Mund zu einem passenden heiligen Spruch geöffnet, als Dolly sie mit einer energischen Bewegung zurückhielt; sie wollte Zenon von einer anderen Seite attackieren und zur Diskussion zwingen.

»Wie hat Ihnen ›Ocheta‹ gefallen?«

»Ich kenne dieses Stück nicht, denn ich gehe nie in ein Theater.«

»Was, Sie gehen nie ins Theater?«

»Ja, seit fünf Jahren war ich nicht einziges Mal im Theater.«

»Also besuchen sie wohl nur Konzerte und Opern?«

»Da ich mich selbst ein wenig mit Musik befasse, besuche ich auch Opern nicht; ich gehe grundsätzlich zu keinen öffentlichen Schaustellungen, grundsätzlich.«

»Grundsätzlich? Sie müssen ganz besondere Gründe haben.«

»Die sind sehr einfach und gar nicht ungewöhnlich«, entgegnete er lächelnd.

»Vertilgt wird die Sünde der Menge werden und die Sünder!« sprach Miss Ellen feierlich.

Zenon ließ sich hinreißen, und da dies selten geschah, war er um so heftiger.

»Also, um es gerade herauszusagen: diese schändliche Lüge, die sich Theater nennt, ist mir zum Ekel geworden, und darum habe ich diese Dummheit, diese Blague, dieses elende Geschäft, das sich frech als Kunst aufspielt, hassen lernen vom Herzensgrunde. Ich habe genug von diesem Getue, von diesen dummen Gesten ins Leere hinein, von dieser närrischen Lebensvortäuschung, von diesen affigen Nachahmungen, von diesem Menschenspielen und von dieser ganzen verblödeten, eingebildeten Schauspielermenagerie und dieser Beifall klatschenden, von Blödheit trunkenen Menge.«

»Was willst du also?« fragte Yoe lebhaft und hörte zu spielen auf.

»Einen wahren und echten Kultus des Schönen.«

»Ja, sind denn Shakespeare, die Griechen und so viele, viele andere keine wahre Kunst?«

»Alle diese berühmten und mit Ehrfurcht genannten Namen sind nur leere Klänge, längst schon ist ihr wahrer Inhalt gestorben, – so lange schon, daß uns diese Namen nicht mehr sagen als die Namen von Planeten und Sonnen, die uns ebenso fremd, fern und unbekannt sind. Das sind falsche Edelsteine, die ihren Glanz verloren haben, Wahrheiten, in einer unverständlichen Sprache verkündet, Leichen, die wir freiwillig schleppen, Leichen, die schwer wie Blei auf unseren Seelen lasten, so daß wir langsam unter ihrer unheilschwangeren Herrschaft zugrunde gehen, weil wir nicht einmal daran zu denken wagen, daß wir sie von uns in ein Museum abwälzen könnten.«

»Ja, ich verstehe dich, ich habe es endlich eingesehen, daß alles, was uns heute beherrscht, was wir anerkennen, Lüge ist und ein Leichnam, – also kann auch das Theater nichts Besseres sein«, bemerkte Yoe düster.

»Es ist sogar noch schlimmer, denn es spielt sich als Tempel der Kunst auf und sät doch nur moralischen Analphabetismus, ist nur eine Fabrik von falschen Worten, eine Schule des Schlechten und der Dummheit. Denn von Priestern ist es in die Hände von Ignoranten und Dirnen geraten, es wurde zum Bedürfnis nicht der Seele, sondern der Sinne, also spricht es nur noch zu Augen und Händen eines großen geistigen Lakaientums, erspart ihnen das Denken, unterhält sie und ist für sie ein tägliches Abführungsmittel gegen Langeweile und intellektuelle Unfähigkeit.«

»Ein scharfer Pflug sollte den von Unkraut überwucherten Acker des Lebens durchpflügen!«

»Nicht einmal mit Dynamit könntest du ihn sprengen, – ich habe aufgehört, an äußere Reformen zu glauben.«

»Was also bleibt zu tun?« fragte Mr. Bartelet, neugierig gemacht.

»Man sollte nicht reformieren, was nicht mehr zu ändern ist, man sollte das Böse seinem eigenen Schicksal überlassen, – mag es sich selbst auffressen und weiter verfaulen. Ich habe jetzt nur an das Theater gedacht, – mag es so bleiben, wie es ist, für die, die es nötig haben. Doch für die anderen muß man ein neues Theater schaffen, – ein Theater, das zugleich ein Tempel ist, der Schönheit geweiht. Einst gab es in fernen Zeiten bei den Urvölkern Feste des Frühlings und des fruchtbringenden Herbstes, zu denen man sich versammelte, um sie feierlich zu begehen; man sollte solche Feste wieder ins Leben zurückrufen … Ich stelle mir einen uralten Wald vor, oder das öde, wilde Ufer eines Meeres, fern von jeder Alltäglichkeit, fern von dem Gedränge und dem lächerlichen Treiben des Lebens, und dort, unter freiem Himmel, in der Frühlingsluft, in den grünen, sangerfüllten Tiefen des Waldes, auf dem Hintergrunde der wiedererwachenden Natur, oder an einem Herbsttage, der von Spinnweben durchwoben, nachdenklich, blaß und heilig wie Hostien ist, an sehnsüchtigen Tagen voll stiller Klage, wenn das rostfarbene Laub fällt, am Ufer des saphirblauen Meeres, das umgürtet ist von der goldenen Morgen- und der blutigen Abendröte, – dort ist der Tempel aller Künste, der Apollinische Altar aller Ekstasen, dort die bis in den Himmel dringende Hymne der Farben und Träume, der Klänge und Formen, der Gebete und Visionen, die Hymne von der unsterblichen Schönheit trunkener Seelen, die das Herz von allen Sünden, allem Bösen und allem Häßlichen läutert. Ein neues Eleusis für die, welche nach Erschütterungen und Betrachtungen verlangen, eine neue Wiedergeburt der Menschheit, – Jerusalem! Davon träume ich!« schloß Zenon.

»Das ist wunderbar, außergewöhnlich, doch unmöglich, – es läßt sich nicht verwirklichen«, rief Miß Dolly enthusiastisch.

»Alles ist möglich für die, welche wollen!« flüsterte Yoe.

»O Gott, wie schön, wie wunderbar das ist, wie wunderbar!« dachte Betsy; sie wagte diese zauberschönen Visionen nicht mit ihrer Stimme zu verscheuchen, sie war hingerissen von seinen Worten, von der Begeisterung, mit der er gesprochen hatte; so schaute sie denn nur voll Liebe und Bewunderung auf sein schönes, blasses Gesicht, das, gleichsam von einer Eingebung erleuchtet, traumverloren und sehnsüchtig zugleich war.

»Ich sehe schon diese Pilgerfahrten, diese unzähligen Massen, diese Festtage voll geheimnisvoller, erhebender Feier«, begeisterte sich Miß Dolly.

»Das Haus Cook & Co. könnte sich der Sache annehmen; man könnte sogar eine Aktiengesellschaft zur Veranstaltung solcher Feste gründen, – kein übles Geschäft; und wenn man dazu noch eine Spezialzeitschrift ins Leben rufen, Agenturen auf der ganzen Welt anlegen und die Preise ermäßigen würde, dann würde das Geschäft bestimmt gehen«, spottete der Alte; doch beide Tanten, Betsy und sogar Yoe warfen sich ihm entgegen und verteidigten dieses Projekt, so daß eine etwas ungeordnete, hitzige Unterhaltung begann, denn der Alte machte jeden Augenblick boshafte Bemerkungen.

Zenon schwieg, und erst, als sie ein wenig ruhig geworden waren, verkündete er ganz unerwartet:

»Mein Traum muß einige Zeit noch Traum bleiben, aber inzwischen eröffnen wir ein Marionettentheater.«

»Ein Marionettentheater? Es gibt ja doch schon einige!«

»Unser Theater wird nicht für Kinder sein.«

»Also für wen denn sonst könnte ein Marionettentheater sein?«

»Dieses hier wird für Erwachsene sein, für Künstler von Künstlern geschaffen.«

»Kinderei, Dekadenz, französische Einfälle!« schrie Mr. Bartelet.

»Es mag sein; aber diese Kinderei ist der wahren Kunst näher und gibt echtere, tiefere Eindrücke als das heutige Theater«, sagte Zenon.

Nein, er hatte keine Lust mehr zu reden, – er fühlte sich schrecklich matt; also erzählte er wie willenlos von den näheren Einzelheiten dieses Theaters, wobei er sich nur an Betsy wandte, – der Alte fing schon an, ihn nervös zu machen mit seinen brutalen Bemerkungen. Doch plötzlich sprang er, ohne den Satz zu beenden, mit dem Schrei auf:

»Es ist jemand hereingekommen!«

Er hatte es ganz deutlich gesehen, wie die Portiere sich bewegte; und als er die Tür aufstieß, hörte er das Geräusch von Schritten und das Rauschen eines über den Teppich schleifenden Kleides.

Sie verstummten, entsetzt über seine Stimme und Haltung; denn vorgebeugt, blaß, mit irr leuchtenden Augen lauschte er, wie dies Geräusch, das kaum zu erhaschen war, durch das Zimmer zu den Fenstern glitt … Er hörte es deutlich, konnte es unterscheiden … Er war tief davon überzeugt, daß jemand durchs Zimmer gehe … daß jemand von der Stiege hergekommen sei und jetzt an ihnen vorübergleite … Er sprang in die Mitte des Raumes, als wollte er die Unsichtbare festhalten …

Doch es war niemand da, das Geräusch erstarb wie eine ausgeblasene Flamme, alle saßen still und ängstlich da und schauten ihn unverwandt an; er sah sich im ganzen Zimmer um, öffnete die Schränke, ja, er schaute sogar hinter den heruntergelassenen Fenstervorhängen nach.

»Ich war sicher, daß jemand hereingekommen wäre und langsam durchs Zimmer ginge!«

»Dick, schau einmal morgen in den Bücherregalen nach, es scheinen sich dort wieder Ratten eingenistet zu haben!« rief der Alte fröhlich, aber er ließ seinen Blick verstohlen im Zimmer umherschweifen.

»Ich könnte meinen Kopf dafür geben, daß dies Geräusch nicht von den Ratten herkam, – ich sah, wie die Portiere sich hob, ich hörte ganz deutlich das Rauschen eines Kleides«, versicherte Yoe.

»Es schien dir nur so, – etwas in der Art einer Gehörshalluzination! Ich selbst habe solche Einbildungen im ersten Jahre meines Aufenthaltes in Indien oft gehabt, – die übliche Folge von Hitze, doch ich wurde schnell und gänzlich davon geheilt«, erklärte Yoe ruhig, gewaltsam bemüht, diesen peinlichen Eindruck zu verwischen.

»Ja, du hast recht, es ist hier ganz besonders warm, sogar heiß«, erwiderte Zenon.

»Dick, dreh den Gashahn im Kamin aus!« befahl der Alte und rückte vom Feuer fort.

»Wenn Sie Kopfschmerzen haben, mache ich Ihnen gern einen Umschlag«, schlug Ellen vor.

»Im Gegenteil, ich fühle mich ganz vorzüglich, besten Dank.«

Doch ein Gespräch wollte sich nicht mehr anknüpfen, sie sprachen einsilbig, – einzig und allein, um die leise Unruhe zu unterdrücken, die sich in ihre Herzen hineinzuschleichen begann; immer öfter schwiegen sie, und immer ängstlicher schweiften ihre mißtrauischen Augen in dem hellerleuchteten Zimmer umher.

Der Alte machte sich über alle lustig, weil sie so leicht einer Suggestion verfielen; doch auch das half nichts und konnte die frühere Stimmung nicht mehr zurückbringen; und da es schon nach elf war, begann man langsam aufzubrechen.

Die Tanten entfernten sich zuerst in ihre Zimmer im zweiten Stock und nahmen Betsy mit, der Alte aber zog den Sohn beiseite und bat ihn dort leise um etwas, doch dauerte das so lange, daß Zenon hinausging, um sie nicht zu stören.

»Mr. Zen!« erklang hinter ihm auf der Treppe die gedämpfte Stimme Betsys.

»Mein Liebster, Bester, gehen Sie doch, bitte, zu einem Arzt!« bat sie herzlich, als er etwas näher herangekommen war.

»Nun gut, ich werde zum Arzt gehen, werde mich einer Kur unterziehen, werde einen ganzen Berg Medizin schlucken, werde alles tun, was die tyrannische Miß Betsy verlangt. Auf Wiedersehn!« rief er laut.

»Auf Wiedersehn in einer Woche, in einer furchtbar langen Woche«, flüsterte sie traurig, indem sie die finstern Stufen herunterkam.

»O ja, zuweilen enthält eine Woche tausend Jahre der Sehnsucht ...«

»Und die ganze Unendlichkeit der Sorgen, der Unruhe«, wiederholte sie wie ein Echo.

»Und ... auf Wiedersehn!« Er hatte das leise Knarren der Tür gehört.

»Nur bitte recht lange, liebe Briefe!«

»Wie immer ein Bändchen in Sedez«, entgegnete er scherzend.

»Das ist mein Kalender, an dem ich die Tage bis zum Sonntag abzähle, – ich lebe nur durch Sie«, sagte sie noch leiser und näher, nur einige Stufen von ihm entfernt.

»O Betsy!« Sein Herz erbebte plötzlich in Liebe, er sprang zu ihr hinauf, erfaßte ihre Hände und begann sie heiß zu küssen.

»Denn ich sehne mich so nach dir, liebe dich so, und warte ... so«, flüsterte sie gerührt.

»O meine Betsy, du meine Herzensseele, du Einzige! O könntest du wissen, was ...« Er sprach nicht zu Ende, – das Mädchen entwand ihm die Hände, berührte mit den Fingern seinen Mund und lief fort, denn in diesem Augenblicke ertönte von oben herab die strenge Stimme von Miß Dolly.

Auch Yoe kam bald heraus, mit einer gerührten, geheimnisvollen Miene und Dick, der sie im Flure mit den Mänteln erwartete, flüsterte ihm noch etwas zu, als sie ins Freie traten.

Draußen war es kalt und dunkel, der Nebel hatte sich gelegt, dafür aber fiel ein feiner, dichter und unangenehmer Regen, den ein eisiger Wind ihnen ins Gesicht peitschte. Es umfing sie eine undurchdringliche Dunkelheit, und als sie auf die sogenannten Eselswiesen herauskamen, versanken sie völlig in der Nacht; nur ganz in der Ferne, durch das Glasgewebe des Regens hindurch, leuchtete schwach eine Reihe Laternen.

Der Schmutz spritzte unter ihren Füßen auf, aber sie beschleunigten ihre Schritte, um möglichst schnell in die Straßen zu gelangen, die schon in der Dunkelheit sichtbar wurden; diese schweigende, düstere Öde erweckte unwillkürlich Angstgefühle.

Die Straßen waren jedoch ebenso düster, – es lag in ihnen die schlafende Stille des Sonntagabends; die Häuser standen in einer toten Reihe da, von Wasser triefend, blind und voll verzweifelter Langeweile, der Regen trommelte auf unsichtbaren Dächern, die Traufen erdröhnten unaufhörlich im scharfen Rhythmus des herunterfallenden Wassers;

die seltenen, ein wenig dunkel brennenden Laternen standen wie müde Schildwachen da und warfen gelbliche Ringe auf den schwarzen, nassen Asphalt.

Nirgends war ein Mensch oder eine Droschke zu sehen, noch auch die geringste Bewegung in diesem Meer von Steinen, in dieser Stille der schlafenden Stadt, – nur das stete und schmerzhaft ermüdende Geräusch des unaufhörlichen Regens ließ sich hören, und die widrige Luft bedeckte ihr Gesicht mit einem klebrigen Tau.

Endlich hatten sie die Station erreicht und stiegen in den ersten Zug, der in ihre Gegend fuhr. Im Kupee war es leer und beinahe dunkel, denn Yoe hatte das Licht gedämpft; sie saßen einander gegenüber, in tiefem Schweigen, und starrten durch die Scheiben.

Der Zug raste wie der Blitz dahin, mit lautem Rollen; und blitzartig huschten Gärten vorbei, so daß wie in einer Vision blätterlose Bäume verschwommen auftauchten und wieder schwanden. Der Zug blieb an dunkeln, schlafenden Stationen stehen, warf die Menschen an öden Plätzen hinaus und eilte wieder davon, bis er endlich anfing, langsamer zu fahren, da er die riesigen Viadukte erklomm, die hoch über die Häuser gespannt waren, – so hoch, daß man in der dunkeln Masse von Häusern nur schwach die Straßenlinien leuchten sah.

»Sage mir, wer ist Miß Daisy?« fragte endlich Zenon nach langem, zögerndem Schweigen, schaute Yoe dabei jedoch nicht an.

»Ich weiß nicht, oder vielmehr: ich weiß soviel wie alle anderen; daß sie von Kalkutta gekommen ist, – dies ist beinahe alles, was ich von ihr weiß.«

»Ein merkwürdiges Weib, ich kann mir nicht klar werden über den Eindruck, den sie auf mich macht; und das macht mich oft unruhig.«

»O ja, sie verbreitet eine magische Düsterheit und Scheu, – ein merkwürdiges Weib«, flüsterte Yoe bang.

»Ich dachte, du kenntest sie näher, – sie nahm doch an der Seance teil?«

»Aber gegen ihren Willen, – ich nehme sogar an, daß sie gar nichts davon weiß.«

»Sie war da und weiß nichts davon? Ich verstehe nichts mehr.«

»Der Mahatma bemerkte, als wir von der spiritistischen Seance bei Mr. Smith sprachen, er glaube, Daisy hätte große mediumistische Kräfte in sich. Er riet uns sogar, man sollte ihr den Befehl suggerieren, zur Seance zu kommen; und gerade deswegen war ich damit einverstanden, daß die Sache bei mir stattfand.«

»Nun, und sie ist gekommen?«

»Ja, das weiß ich bis heute noch nicht. Ob das sie selbst war, die leibhaftige Daisy, oder auch nur ihr zweiter, ihr Astralleib ...?«

»Aber ich erinnere mich ihrer doch gut und entsinne mich, daß du ihre Hand nahmst, ihre Augen und ihr Gesicht berührtest, – also muß sie körperlich dagewesen sein.«

»Ich erinnere mich dessen, aber ich erinnere mich auch, was du mir erzähltest, als wir zum Essen fuhren: von deiner Begegnung mit ihr auf der Stiege, einige Sekunden, nachdem du die Seance verlassen hattest ... in einem Augenblick, wo alle Versammelten sie schlafen sahen ...«

»Du mußt sie doch geweckt und gesehen haben, wie sie hinausging.«

»Sie kam für einige Augenblicke zu uns, nachdem du fortgegangen warst, – wir sahen sie ganz deutlich in der vollen Beleuchtung des Kronleuchters, ich sprach sogar mit ihr.«

»Und dann?« fragte Zenon voll peinigender Angst.

»Dann bat sie, man solle sich nicht von den Plätzen rühren; die Lichter erloschen von selbst, und sie ging hinaus.«

»Nein und tausendmal nein, das ist unmöglich. Das ist ein Märchen oder Wahn. Wie wäre es denn möglich? Ich begegnete ihr im Flur, wie sie von der anderen Seite herkam, und sie soll gleichzeitig unter Euch gewesen sein, – zu derselben Zeit hier sowohl wie dort?! Ich könnte doch meinen Kopf dafür geben, daß ich ihr begegnet bin, daß ich hinter ihr herging, bis hinunter zum Portier; also war es nur Halluzination, Einbildung, daß Ihr sie gesehen haben wollt.«

»Es war eine ebenso wirkliche Tatsache wie deine Begegnung mit ihr, – ebenso, wie du sie gesehen hast, war sie zugleich unter uns.«

»Dann hat sie sich also in zwei miteinander völlig identische Wesen gespalten? Mache dich nicht lustig über mich, versuche mich nicht zu überzeugen, – dies würde ja allem widersprechen, was wir wissen, würde unserem Verstand Hohn sprechen«, rief Zenon gereizt.

»Wem widerspricht es? Unserem Wissen, unserem Verstand? Was wissen wir denn? Gar nichts! Wir stecken tief bis an den Hals in dummen, nichts erklärenden Tatsachen, an die wir uns festklammern, wie an die Brüstung über einem Abgrunde; wir wagen es nicht, uns von der Stelle zu rühren, ja nicht einmal zu denken, daß man sich in diesen Abgrund stürzen könnte, ohne verloren zu sein, und daß man gerade dort diese einzige Wahrheit, die eigene Seele, finden könnte.«

»Sprich nicht, ich kann heute nicht mit dir darüber reden, ich bin so merkwürdig müde und erschöpft, daß ich leblos wie ein Stein hinsinken würde, betäubt von deinen exotischen, nebelhaften Hypothesen. Ich bin nur ein Mensch, der einzig und allein der Wirklichkeit traut, die seinen Sinnen zugänglich ist.«

»Es gibt nur eine Wirklichkeit: die Seele; außer ihr ist alles nur der Schatten, der von ihr in die Unendlichkeit fällt, – Trugbilder und Täuschung.«

»Das ist das Echo der Lehren des Mahatma Guru«, flüsterte Zenon unwillig.

»Ich bin doch sein Schüler und Verehrer.«

»O Gott, daß doch der Mensch nie ohne Führer bestehen kann ...«

»Weil er Erlöser haben muß, wenn er nicht nur Tschandala ist, menschlicher Dünger, auf dem erst vielleicht einst die heiligen Blumen des Geistes sprießen werden. Guru hat mich erlöst, ich bin aus seiner Weisheit neu geboren worden; ich war blind, – und habe das Sehen gelernt; ich war nur eine menschliche Leiche, – er hat mich von den Toten auferweckt und mich an die lotosduftenden Ufer der ewigen, einzigen Wahrheit geführt. So gehöre ich ihm also ganz und sage es dir mit Demut, voll Glücksgefühl und Stolz.«

»Wirst du ihm folgen?« fragte Zenon und wartete voll Beben auf Yoes Antwort.

»Ja, ich werde ihn nicht mehr verlassen bis zu dem Tage, an dem ich ›erstehen und sein‹ werde.«

»Also könntest du der Heimat und den Deinen entsagen?«

»Die Heimat der Seele ist ›Er‹, und ihre Sehnsucht und ihr Ziel ist, in ›Ihm‹ zu bleiben.«

Zenon entgegnete nichts und schaute nur voll Verwunderung und Scheu zu Yoe auf.

Sie stiegen aus dem Zuge und durcheilten in völligem Schweigen einige leere Straßen; erst auf den Stufen des Hotels hielt Yoe, als er Zenon die Hand zum Abschied reichte, seine Hand fest und flüsterte ihm mit Nachdruck ins Ohr:

»Ich rate dir: hüte dich vor Miß Daisy!« Und er ging eiligst fort.

»Warum?« rief Zenon, bis ins Innerste von dieser unheilverkündenden Stimme erschüttert, doch Yoe verschwand ohne Antwort in dem schon dunkeln langen Gange.

Viertes Kapitel

Sie waren allein geblieben im Reading Room. Zenon hatte diesen Augenblick sehnlichst erwartet, – warum, das war ihm völlig unbewußt. Und als Daisy kam, als sich die Tür hinter dem letzten, der das Zimmer verließ, geschlossen hatte, befiel ihn Scheu und Unruhe; er erhob sich und begann nervös hin und her zu gehen. Er fühlte sich unglaublich erregt, er war nicht imstande, ein einziges Wort zu sagen, und er hatte in diesem quälenden Augenblicke auch nichts zu sagen, er fühlte nur und hatte sogar die peinigende Gewißheit, daß er vor etwas stand, was im nächsten Augenblick aus dem Schweigen hervortauchen könnte; und doch erwartete er nichts Bestimmtes!

Kaum vor einer halben Stunde, während eines geräuschvollen und ziemlich banalen Gespräches, als er sich erhoben hatte, um hinauszugehen, hatte er in ihren Augen ganz deutlich das Geheiß gesehn, er solle bleiben; so war er also trotz der hartnäckigen Bitten Yoes geblieben und wartete mit dem inneren Beben einer peinigenden, ängstlichen Unsicherheit, die ihm wie eine Schlange mit kalten Ringen das Herz umschlang, es langsam zusammenpreßte und alles Blut und jeden Gedanken herausschlürfte.

Miß Daisy spielte irgendein leises, in der Melodie verschwommenes Liedchen, als wenn sie ihn gar nicht beachtete, und er ging immerfort wie ein Irrer im Kreis um die Möbel herum und schaute manchmal durch die Scheiben in den grauen, traurigen Tag hinaus, doch er sah nichts, war fern von allem, einzig und allein vertieft in den Tau von Tönen, der immer leiser herunterfiel … Oder er riß sich auch von diesem wunderbaren Zauber los und schaute auf ihre roten Haare, die wie aus Kupfer gemeißelt schienen, und auf ihre weißen, langen Hände, die über die Klaviatur dahinglitten wie ein süßer Traum.

Sie spielte ohne Unterbrechung und wendete ihm nur hin und wieder ihr blasses, sinnendes Gesicht zu, und dann begegneten sich ihre Blicke für einen Moment; ihre wie aus hartem, kaltem Saphir gemeißelten Augensterne durchdrangen seine Seele, durch und durch; er hielt bebend an, denn es schien ihm, daß jetzt der Augenblick gekommen sei, in dem sich dieses Etwas, das er erwartete, verwirklichen solle, daß jetzt das Geheimnis reden würde ... Doch sie spielte weiter.

Er fühlte sich immer mehr gereizt und beunruhigt, er ging wieder im Zimmer umher und lauerte auf jede Bewegung ihres Kopfes, auf jeden ihrer Blicke, doch diese waren immer gleich kalt, durchdringend und stumm. Schon einige Male war die Empörung in ihm aufgewallt, so daß er energisch der Tür zugeschritten war, doch er konnte nicht fortgehen ...

Und so flossen lange, lange Augenblicke in schweigender Erwartung dahin. Langsam, unmerkbar begann die Dämmerung das Tageslicht mit ihrem aschgrauen Staub zu überschütten und wob alles in einen Nebel einschläfernder Träumerei, ließ die Farben erblassen und fiel wie ein flaumiger, zitternder, schwerer Nebel herab.

Zenon sank ermüdet und erschöpft in einen Fauteuil und saß unbeweglich da; diese beunruhigende Stille, dieses Schweigen schlug mit kaum hörbaren Tönen wie ein Hammer in ihm und machte ihn kraftlos durch seine unfaßbare Traurigkeit.

Nein, er konnte nicht fortgehen; er saß da, als wäre er mit unsichtbaren und doch gewaltigen Ketten an diese Gestalt geschmiedet, die in der immer dichter werdenden Dämmerung kaum noch sichtbar war; und er selbst verfiel langsam in die schläfrige Leblosigkeit eines Schweigens, das voll von Trauer, merkwürdigen Trugbildern und im Nebel verfließenden Formen war.

Er erwachte nach einiger Zeit und schaute sich um: die Dämmerung wurde schon zur Nacht, das Zimmer war beinahe unsichtbar geworden, nur die Spiegel sahen ihn an wie leere, entschlummernde Augen; und die große Palme, die auf dem mittleren Tische stand, schimmerte in verschwindenden, dämmrigen Umrissen auf dem bläulichen Hintergrunde der Fenster, über die sich langsam die toten Wimpern der Schatten senkten.

Miß Daisy war in der Dunkelheit nicht mehr zu sehen, doch spielte sie immer noch, aber gleichsam traumverloren, apathisch. Er stand plötzlich auf, mit dem unerschütterlichen Vorsatze, zu ihr zu sprechen, doch ehe er noch den Mund zum ersten Wort geöffnet hatte, kam ihm plötzlich ein brutaler Gedanke, der ihn wie ein Peitschenhieb ernüchterte, – der Gedanke, daß vielleicht nur ihr befehlender Blick das sage, wonach er im Geheimen verlangte; vielleicht sollte dieses weder heute, noch irgend jemals geschehen, und er wartete wie ein Dummkopf, bebend vor Neugier und Angst.

Sie kam nämlich sehr oft in den Reading Room, um zu spielen, und spielte einige Stunden ununterbrochen, – also tat sie wohl auch heute dasselbe, ohne auf ihn zu achten, vielleicht sogar ärgerlich darüber, daß er sie durch seine Anwesenheit störte.

Er empfand den bitteren Geschmack der Enttäuschung und eine tiefe Unzufriedenheit mit sich selbst, – darum schlich er möglichst leise, mit einer gewissen Scham, aus dem Zimmer.

Er wohnte auf demselben Flur des ersten Stockwerks. Und er öffnete gerade die Tür, als das gedämpfte und lang hingezogene Brüllen des Panthers erscholl und nach einer Weile Miß Daisy an ihm vorüberging, doch als bemerke sie ihn gar nicht, trotzdem er im vollen Lichte stand, das Gesicht ihr zugewendet.

Dieser ihn völlig übersehende Blick berührte ihn so unangenehm und verursachte ihm so heftigen Schmerz, daß er in die Wohnung trat und die Tür voller Wut zuschlug; er machte sofort Licht, denn er konnte die Dunkelheit im Zimmer nicht vertragen, und begann mit zitternden Händen den Umschlag eines Briefes aufzureißen, der schon seit dem Frühstück auf dem Schreibtisch gelegen hatte.

Der Brief war von Betsy, aber er konnte trotzdem nicht klug aus ihm werden, konnte weder die Worte miteinander verbinden, noch ihren Inhalt verstehen, so daß er in noch heftigere Erregung geriet, den Brief unwillig hinwarf und hinausging, auf den Flur zu sehen, wo es schon leer und still war.

Ihm war es jetzt schon beinahe gewiß, daß er sich getäuscht hätte, und das erregte eine solche Bitterkeit in ihm, daß er sich lange Zeit nicht beruhigen konnte.

»Ja, denn was hätte sie mir auch sagen sollen? Weswegen hätte sie wünschen sollen, daß ich mit ihr allein bleibe? Eine Täuschung nur, nichts weiter! In diesem verrückten Hause fange auch ich schon an an Halluzinationen zu leiden!« dachte er und nahm wieder den Brief Betsys; aber dies herzliche, rührende Geplauder seiner Braut ließ ihn kalt, nur seine Augen lasen Seite auf Seite, denn seine ganze Seele war von Erinnerungen an die andre erfüllt; er hörte auf zu lesen und wollte schon in der ersten, ehrlichen Aufwallung antworten, hatte schon die Überschrift geschrieben, doch er wußte einfach nicht, was er schreiben solle, er hatte in diesem Augenblicke nichts zu sagen; er fühlte plötzlich ein heftiges Verlangen, hinaus in die Stadt zu gehen, in den menschenüberfluteten Straßen umherzuschlendern, ganz zu versinken in dem brausenden Gewoge; doch ehe er noch seinen Entschluß ausgeführt hatte, meldete der Diener ihm Mr. Smith.

Herein trat der hagere, gelbe Herr mit den Augen eines gekochten Fisches, etwas gebeugt, vorsichtig, überaus höflich und übertrieben bescheiden.

Zenon bot ihm ziemlich unwillig einen Stuhl an.

»Ich komme gleich mit zwei Bitten zu Ihnen; aber wenn ich störe, dann will ich sofort wieder gehen, wenn es mir auch, offen gesagt, unsagbar unangenehm wäre, wenn ich mich dieser Bitten nicht gleich entledigen könnte; also ...«

»O, ich bitte Sie, ich höre Sie mit Vergnügen an.« Zenon wunderte sich jedoch über diese Einleitung, denn er kannte den Herrn lediglich vom Speisesaal her.

»Verzeihung!« Mr. Smith stand plötzlich mit einer leisen Bewegung aus, näherte sich der bronzenen Psychestatue, die neben dem Schreibtische stand, setzte seinen Kneifer auf und begann zärtlich ihren wunderbar geformten Schenkel zu streicheln.

»Sie ist wunderbar, der höchste Ausdruck von Vergeistigung«, flüsterte er, während er seine Hand voll Wohlbehagen über die keuschen, mädchenhaften Formen gleiten ließ.

»Also erstens: ich bitte Sie, Mr. Zenon, an unserer morgen stattfindenden Seance teilzunehmen«, las er aus seinem Notizbuch vor, während er sich aus seinen alten Platz setzte.

»Ich bin überaus begierig, auch die zweite Angelegenheit zu vernehmen.« Zenon zwang sich zur Höflichkeit.

»Verzeihung!« Und wieder glitt der andre mit einer geduckten, katzenartigen Bewegung zu einer bronzenen Antinousstatuette, die in der Ecke auf dem Hintergrunde einer veilchenblauen seidenen Draperie stand.

Er streichelte wiederum ihre Hüften, knipste mit dem Fingernagel an ihr Knie, daß das Erz erklang, setzte sich wieder und las: »Ich bitte Mr. Zenon, Mr. Yoe zu bewegen, an dieser Seance teilzunehmen.« Der gelbe Herr neigte seinen Kopf und bohrte seine von roten Ringen umränderten Fischaugen in die Porzellanfiguren, die auf dem Kamin standen.

»Ich bedaure sehr, doch muß ich Ihnen eine Enttäuschung bereiten. Ich bitte vielmals um Verzeihung, doch ich nehme niemals an Seancen teil und beschäftige mich nicht mit Spiritismus, – ich war damals nur auf Yoes Bitte dort.«

»Auch Miß Daisy wird dort sein«, fügte Mr. Smith hinzu, gleichsam unwillkürlich, und wendete sich scheu ab.

»Ich werde kommen.« Zenon zögerte einen Augenblick. »Aber was Yoe anbetrifft, so verspreche ich keineswegs, auf ihn in dieser Richtung einzuwirken, ich finde sogar, daß er bereits allzusehr vom Spiritismus absorbiert wird.«

»Leider, aber das war nur früher so, denn seit der Ankunft des Mahatma ist er den früheren heiligen Grundsätzen und den Brüdern untreu geworden. O, mit Mr. Yoe steht es gegenwärtig sehr schlimm, sehr schlimm, Sie wissen? ...«

»Ich weiß nichts, gar nichts.«

»Es ist kein Geheimnis mehr, – ich kann davon, wenn auch nicht ohne einen gewissen Schmerz, reden; aber wenn Sie's nicht zu hören wünschen, wenn Sie ...« Mr. Smith stotterte ängstlich.

»Im Gegenteil, Yoe geht mich nur zu sehr an.« Die ängstliche Stimme des andern begann Zenon zu beunruhigen.

»Nun also, er hat sich auf Fakirexperimente eingelassen, er bereitet sich, um es deutlich zu sagen, unter Führung des Mahatma vor, ein Yoghi zu werden. Ist es schon lange her, daß Sie ihn gesehen haben?«

»Es ist drei Tage her; ich dachte, er wäre verreist, denn er ist nie zu Hause.«

»Er ist wohl zu Hause. Seit zwei Tagen sitzt er eingeschlossen da, sitzt auf derselben Stelle, ohne zu essen, ohne zu trinken, und will so lange dasitzen, bis er sich selbst sieht, bis er in zwei Personen zerfällt ... Ein gefährliches Experiment ...«

»Ich höre es mit Entsetzen; er hat mir nichts von diesen Übungen gesagt.«

»Wir haben es erst gestern erfahren, auf der Seance. Miß Daisy hat es uns mitgeteilt.«

»Wenn ich auch die Tür einrennen müßte, – ich muß zu ihm, muß ihn aus diesem Wahne herausreißen. Ich danke Ihnen sehr für diese Nachricht.«

»Wir sind besorgt um ihn; er empfängt keinen von den Brüdern, er hat alle Bande mit uns zerrissen; und dann, wenn er Miß Daisy ins Garn gehen sollte ...«

»Ja, was dann?« kam es plötzlich entsetzt von Zenons Lippen.

»Dann kann er für alle Ewigkeit verloren sein!« flüsterte Mr. Smith düster, während er sich die Figürchen aus dem Kamine ansah.

»Wer ist also um Gottes willen Miß Daisy?«

»Das ist ein Geheimnis ... Niemand weiß davon ... Man soll nicht danach fragen ...« schrie der gelbe Herr beinah und hielt sich die Ohren zu, um die Fragen nicht zu hören.

»Wozu ein Geheimnis daraus machen? Diese künstliche Geheimnistuerei scheint mir beinahe schon wie Betrug.«

»Hüten Sie sich davor, es zu enthüllen. Es gibt Dinge, an die man mit gewöhnlicher Neugier nicht herandarf, denn sie rächen sich. Du bist ›ein Ungläubiger‹, drum spielst du wie ein Kind mit der Flamme, ohne zu wissen, daß sie dich jeden Augenblick erfassen kann ... O ich warne dich sehr: halte dich fern von Miß Daisy! Das ist ein unheilverkündendes Feuer. Wir selbst fürchten sie ... Sie erscheint auf den Seancen und vollbringt Wunder, wie sie niemals jemand erträumt hat, sie enthüllt erschütternde Dinge und verkündet solche Wahrheiten, daß ... daß wir allen Grund zu Befürchtungen haben ... Wir haben allen Grund, ihre Macht zu fürchten, und den Verdacht, daß sie eine Abgesandte nicht des Herrn, sondern ›Jenes‹ ist, vielleicht sogar seine Verkörperung ...«

»Wessen?« fragte Zenon leise und zuckte unbewußt zusammen.

»Des Baphomet!« flüsterte Mr. Smith ängstlich, nahm eine Prise Salz aus der Westentasche und verstreute sie abergläubisch ringsherum.

»Baphomet?« wiederholte Zenon, – er verstand nichts davon.

»Still, sprechen wir diesen Namen nicht mehr aus, o Gott«, schrie der gelbe Herr plötzlich laut auf und sank in einen Stuhl, denn es erscholl ganz nah das erschütternde Brüllen des Panthers.

Zenon eilte auf den Flur hinaus, – es war ihm, als hätte Bagh direkt vor seiner Tür gebrüllt, doch der Gang war ganz leer.

»Er scheint im Käfig zu brüllen, – vielleicht ist er hungrig!« erklärte er und bemühte sich, ruhig zu bleiben.

»Nein, nein, darin muß irgendein Zeichen der Verständigung sein; denn übrigens: weiß ich, ob Bagh nur ein Tier ist? Ich weiß nicht ...«

»Was ist er denn sonst? Doch nicht etwa gar Baphomet selbst?« rief Zenon höhnend.

»Still, still … Unseliger, du kannst nicht wissen, ob dieser Name, so ausgesprochen, nicht in diesem Augenblick jemand den Tod bringen, Unglück oder Krankheit bedeuten könnte.«

»Ja, was denn, er nimmt ihn auf die Hörner und trägt ihn auf den Blocksberg?« spottete Zenon boshaft.

Alles ist ein schreckliches Geheimnis. Rings um uns ist Dunkel, in dem die Angst und der ewige Tod lauern. Es gibt tötende Worte, es gibt Namen, bei deren Klange Welten in Staub zerfallen, es gibt Wünsche, die ohne unseren Willen in Erfüllung gehen, es gibt Gedanken, von denen die Bewegung der Sterne abhängt. Wir irren tastend im ewigen Dunkel, als wären wir blind von Geburt, und klammern uns in verzweifeltem Glauben an Staub und rufen mit großer Stimme: Es gibt nichts außer unserer blinden Torheit! Doch die Welt wird einst sehend werden, in Schmerzen sehend werden! Mag sie die Propheten steinigen, mag sie sich an ihrer eigenen Seele weiden, – so oder so muß sie erlöst werden durch die ganze Kraft unseres Glaubens, unserer

Sehnsucht, denn wir werden sie aus den Strudeln erretten, sie aus der Gefangenschaft der Sünde befreien … Unsere Wahrheit wird die Welt erlösen! Doch bis dahin herrscht ›Jener‹ noch und regiert die Welt, er wohnt in allen Herzen und lauert und führt einen verzweifelten Kampf mit Gott, flüsterte Mr. Smith heiß und erhob sich von seinem Platze.

»Das sind alte, längst verwehte Sagen, längst gestorbene Mumien von Symbolen, die in unserem allernüchternsten Jahrhundert, bei dem allernüchternsten der Völker von den Toten erwachen, – die urewige Sehnsucht der Seelen nach dem Sein, die urewige Angst vor dem Tode …«

»Haben Sie die ›Enthüllte Isis‹ gelesen?« fragte Mr. Smith ganz unerwartet.

»Ich habe sie gelesen, oder vielmehr Yoe hat sie mir auseinandergesetzt, und ich bin zu dem Schlusse gekommen, daß die Blawatska eine ganz gewöhnliche, ja sogar ordinäre Betrügerin ist, und ihr Buch ein Wust von Blödsinn und bewußten Lügen, die auf guten Glauben und menschliche Naivetät spekulieren!«

»Das bedeutendste Weib, das das Menschengeschlecht je erzeugt hat, die erste Heilige unserer Kirche; und Sie urteilen über sie wie über eine Straßengauklerin«, jammerte der gelbe Herr.

»Ich bitte vielmals um Verzeihung. Aber diesen Eindruck habe ich aus den Berichten über sie davongetragen.«

»Ich garantiere Ihnen: Sie würden sie verehren, wie auch wir sie verehren. Sie ist vor einigen Tagen nach London gekommen. Morgen kommt sie in die Loge mit Oberst Olcott. Ich will Sie gern einführen, die Seance wird ganz außergewöhnlich sein, es sollen Apporte vom Dalai Lama selbst kommen ... Sie ist das größte Medium auf der ganzen Welt!«

»Ich danke, – ich habe die Wunder schon satt.«

»O Gott, welche Lästerung!«

»Ja, denn was tut's, daß ich ein Wunder sehen werde, wenn ich es nicht verstehe? Wer wird mir das Wunder erklären?«

»Ja, sie wissen sehr wenig, sehr wenig. Verzeihen Sie, lassen wir diese Frage! Ich muß gehen, aber vielleicht haben Sie die Freundlichkeit, Yoe zu sagen, daß ›Sie‹ sich danach sehne, ihn möglichst bald zu sehen.«

»Ich wußte nicht, daß sie persönlich miteinander bekannt sind.‹

»O, es ist eine alte Verehrung bei Yoe, noch von Bengalen her«, flüsterte Mr. Smith, ließ einen wollüstigen Blick über den Antinous gleiten und ging hinaus.

Zenon aber eilte schleunigst ins zweite Stockwerk zur Wohnung Yoes hinauf, da er infolge der Erzählung der Mr. Smith sehr in Unruhe um ihn war; doch er mußte lange pochen, bis ihm schließlich ein hochgewachsener zimmtfarbener Malaie die Tür öffnete; dieser Mensch war schön wie Antinous und trug die Haare nach Frauenart in Zöpfe geflochten und auf dem Kopfe aufgesteckt, wo ein hoher, goldener smaragdbesetzter Kamm leuchtete.

»Mr. Yoe ist nicht zu Hause«, behauptete er hartnäckig und wollte Zenon nicht einlassen.

»Er muß da sein, denn heute sollten wir hier zusammenkommen, und er hat doch seit zwei Tagen das Haus nicht mehr verlassen.« Zenon versuchte es mit einer List, nur um in die Wohnung hineinzugelangen.

»Ich weiß nicht, aber Sie sind hier nicht verzeichnet, während doch hier die Namen aller derer stehen, die ich einlassen darf.« Er zeigte ein Blättchen, auf dem etwas in Hieroglyphen geschrieben stand.

»Er hat offenbar vergessen, mich aufzuschreiben; du kennst mich aber doch und weißt, daß ich immer ohne vorherige Anmeldung komme.«

»Aber das Opfer hat schon seinen Anfang genommen.«

»Ich habe mich verspätet.« Zenon konnte die Bedeutung dieser Worte nicht verstehen.

»Es geht nicht … nein …« Der Malaie wehrte sich immer schwächer, – er wußte nicht, was er tun solle, denn er wußte sehr wohl von Zenons Freundschaft mit Mr. Yoe. Doch jener achtete nicht mehr auf seinen Widerstand und drang beinahe gewaltsam in das Vorzimmer.

Der Malaie kratzte sich verlegen hinterm Ohr, verschloß die Tür mit einem ganzen System von Schlössern und führte Zenon in ein Seitenzimmer, wo auf einem niedrigen Tische, in einem siebenarmigen Leuchter aus Erz, sieben hohe, gelbe Wachskerzen brannten; ringsherum an den Wänden standen breite Sofas, die mit gelber Seite überzogen waren, auch die Wände strahlten golden in den reinen Farben chinesischer Seide, auf die goldene Drachen gestickt waren. Der Malaie reichte ihm einen langen Schleier, der dünn war wie Spinnweben, durchsichtig wie Wasser und veilchenfarben, und öffnete die Tür zum benachbarten Zimmer.

Zenon hielt einen rauschenden, wunderbar weichen Stoff in den Händen; er wagte nach nichts zu fragen, um nicht zu verraten, daß er nicht zu den Eingeweihten gehörte. Und erst, als der Diener hinausgegangen war, rührte er sich vom Platze.

»Was soll das alles heißen? Was für ein Opfer hat begonnen?« dachte er, während er sich erstaunt umsah. Noch niemals war er in diesem Teil der Wohnung gewesen, er hatte nicht einmal etwas von seiner Existenz geahnt … Er schaute durch die angelehnte Tür ins benachbarte Zimmer, doch er zog sich wieder zurück, denn dort war es so völlig dunkel, als wäre alles ganz mit Wandschirmen verstellt. Er nahm eine Kerze und begab sich ins Innere der Wohnung, durchschritt Zimmer für Zimmer: überall herrschte Dunkelheit, Leere und Stille, nirgends eine Spur von Menschen … Erst in dem Zimmer, wo die Seance stattgefunden hatte, vernahm er ein gedämpftes, undeutliches Geräusch, ein Stöhnen, das wie aus der Erde kam … Manchmal ertönte etwas wie ein Schrei in ersterbendem Echo, und wieder herrschte dumpfe Stille. Zenon blieb beklommen stehen, er konnte nicht begreifen, woher die Stimmen kämen. In dem Zimmer war es nämlich leer, wie überall, nur durch die Scheiben schauten die Schatten der Bäume herein, und ferne Lichter spiegelten sich wie goldene Spinnweben im Glase.

Nach einer Weile erzitterten diese unerklärlichen Stimmen aufs neue, und gleichsam näher, deutlicher, wie ganz nahe bei ihm, so daß er entsetzt zurückwich, daß seine Kerze erlosch und ihn wieder Dunkelheit umfing; aber erst da merkte er, daß dieses gedämpfte, merkwürdige Geräusch von dem runden Zimmer herkam; er tastete sich nach der Tür und öffnete sie geräuschlos, aber noch war die Öffnung von einem dicken, schweren Vorhang verdeckt, und die Stimmen, mit denen sich Musikklänge verwoben, erschollen so nahe, daß er den Vorhang etwas hob und ein wenig hineinschaute; aber da erstarrte sein Blick, und er wich entsetzt zurück.

Er flüchtete geradezu in das Seancezimmer, zündete eine Zigarette an und preßte seine Stirn an die Fensterscheibe, um sich von seinem Entsetzen zu erholen.

»Ich sehe es wohl: das hier bin ich … ich fühle die Kühle … weiß, wo ich bin … ich muß doch bei Besinnung sein«, überlegte er langsam, denn das, was er dort gesehen, hatte ihn mit wahnsinniger Furcht erfüllt.

»Ich sah es, aber das ist unmöglich … Ich habe es mir nur eingebildet … Als hätte mich jemand aufs Hirn geschlagen …« dachte er ängstlich und konnte sich nur mit Mühe von diesem gleichsam im Wahnsinn Geträumten losmachen.

Erst nach längerer Zeit, als er schon völlig ruhig geworden war und sich überzeugt hatte, daß er bei Besinnung sei, ging er wieder hin und schaute furchtsam hinein.

Das große runde Zimmer war ganz in ein sanftes, bläuliches Licht getaucht, – ein bläulicher Teppich war über den Fußboden ausgebreitet, und bläulich waren die leeren, fensterlosen Wände, die nur hier und da mit heiligen, in Gold gemalten Zeichen verziert waren; von einer bronzenen griechischen Lampe, die von der Decke herunterhing, floß ein gedämpfter, nebliger Schimmer herab; in diesem ein wenig einschläfernden Halblicht, in dieser mondartigen Beleuchtung bewegten sich wie in einer Unendlichkeit, die nur vom Sternenschimmer unterbrochen wird, in dem berauschenden Dufte von Orchideen, die aus goldenen Körben herabhingen, unter den Klängen unbekannter Instrumente barfuß gespensterhafte Gestalten, die beinahe nackt waren; denn ihre Körper waren von bunten Schleiern verhüllt, die durchsichtig wie Wasser waren; nur ihre Gesichter, ihre Köpfe waren sorgfältig verhüllt;

es sah aus wie ein Reigen von verdammten Geistern, die einen wilden Tanz aufführten und sich mit langen, grünen Bambusrohren schlugen.

Yoe saß in der Mitte auf einem Teppich, ganz nackt, zusammengekauert, unbeweglich, und schaute mit einem stumpfen, gleichsam erstarrten Blick vor sich hin, – er war wie eine Leiche, taub für alles; er war völlig blind und empfindungslos diesem tollen Wirbel gegenüber, der immer schneller sich drehte, in allen Farben des Regenbogens, von heiseren Stimmen und schmerzlichem Zischen unterbrochen, das aus den weißen, wogenden Leibern drang.

Sieben Männer und Weiber drehten sich in einem tollen, mystischen Tanze, geißelten sich wie besessen, schrieen wie geistesabwesend oder schluchzten krampfhaft; sie geißelten sich mit der ganzen Wonne des Schmerzes, im heiligen Verlangen nach Wunden und Qualen, wie Märtyrer im Opferwahnsinn, sie geißelten sich gegenseitig, wo sie einander erreichen konnten, zusammengedrängt in einem wahnwitzigen Wirbel, verblendet und in konvulsivischen Zuckungen ... Die Hiebe hagelten immer dichter, die Bewegungen wurden immer unfaßbarer, und rote Striemen wanden sich immer enger wie Schlangenringe um die weißen Leiber, – das Blut spritzte ... Manchmal fiel jemand mit einem furchtbaren Schrei zur Erde und kroch zu

Yoes Füßen, küßte seine nackten Füße, ohne es zu achten, daß dieser ganze Strom über ihn hinwegging, ihn trat und weitereilte; ein andrer wieder riß sich von dem tollen Reigen los, schlug mit dem Schädel gegen die Wand, brüllte mit unmenschlicher Stimme furchtbar, wahnsinnig, und fiel dann wie leblos zur Erde.

Plötzlich fielen alle aufs Gesicht, und es erhob sich ein erschütternder Chor todmüder Stimmen, ein Chor von Litaneien und jammernden, tränenerstickten Klagen:

»Für die Sünden der Welt nimm unsere Schmerzen!«

»Für die Sünden der Welt nimm unser Blut!«

Und dann geißelten sie sich mit einer noch fürchterlicheren, ekstatischeren Raserei; Grauen erfüllte das Zimmer, es blieb nur noch ein seelenloses Chaos von Schreien, Düften, Tönen einer unsichtbaren Musik, schmerzhaften Geißelhieben und toll unherwirbelnden, bluttriefenden Leibern; eine blinde Raserei, ein furchtbarer Sabbath besessener Seelen, erschüttert von den Schauern des Wahnsinns und des Todes.

Zenon stand am Vorhang, gleichsam in einen quälenden, unwahrscheinlichen Traum versunken; seine Augen irrten umher, er horchte und konnte es noch nicht glauben ... Er schloß die Augen, er kniff sich in die Hände, um sich von seinem Zustande zu überzeugen, jedoch diese blutige, rasende Vision wollte nicht verschwinden.

Erst nach dieser Hymne, die mehrere Male erscholl, verstand er, daß das, was vor seinen Augen geschah, die wirklichste Wirklichkeit war.

Er versuchte, jemand zu erkennen, doch man konnte kein einziges Gesicht unter dem Schleier hervorreißen. Nur an den geschmeidigen Formen, der straffen Brust, dem langen Schwanenhalse und an den roten Locken auf ihrem weißen Nacken glaubte er, Miß Daisy zu erkennen.

Er glaubte es nicht, und doch ahnte er, daß sie es war, zuweilen meinte er sogar ihre Stimme unterscheiden zu können, und dann erstarrte er in einem wilden, schon nicht mehr menschlichen Schmerze, es erfaßte ihn eine solche Raserei, daß er zu ihr hinstürzen, sie herausreißen, sie weit forttragen, ihre Wunden küssen und mit heißen Lippen die Ströme von Blut aufsaugen wollte, die an ihren Beinen herabflossen.

Er beherrschte sich noch zur rechten Zeit, doch er fühlte, daß ihn Fieber befiel, ein blutiges Verlangen ihn erfüllte nach Geißelhieben und Wunden, daß dieses wilde und wollüstige Verlangen nach Blut sich in ihm zum Sprung dehnte wie ein hungriger Panther, – nur einen Augenblick noch, und er müßte sich hineinstürzen ... So nahm er also seine ganze, schon übermenschliche Willenskraft zusammen und floh, wie von Furien des Grauens und der Angst gejagt.

Er wußte nicht mehr, wie und wann er sich mitten in der Stadt gefunden hatte, – in irgendeiner breiten Straße, in einer laut schreienden Menge und mitten im fieberhaften Treiben der Weltstadt.

Die blendenden Lichter der elektrischen Bogenlampen, die Transparente an den Balkonen, die erschütternden Schreie der Massen, der rasende Verkehr und der Tumult hatten die Straße gleichsam zu einem mächtigen, aufgepeitschten Strome gemacht, in den er versank, tief auf den Grund, ohne zu verstehen, ohne zu wissen, was rings um ihn geschah, und wohin ihn diese rauschenden Menschenwogen trügen.

Und die Massen wurden immer größer, sie ergossen sich von allen Seiten wie eine Lawine, sie drangen in geräuschvollen Bächen aus den Nebenstraßen und überfluteten die ganze Oxford-Street mit einem wogenden und schreienden Gedränge; Tausende von Zeitungen flatterten über den Köpfen, Hunderte von aufgehaltenen Cabs und Omnibussen wankten hoch über den Köpfen der Massen, und beinahe aus jedem schrie irgendein Mensch heraus und versuchte das unaufhörliche Getöse zu übertönen, Tausende von Hüten hoben sich hoch, Tausende von Kehlen schrien aus ganzer Kraft, ohne Unterlaß, doch das Chaos wurde immer noch gewaltiger, denn vom anderen Ende der Straße drangen dröhnende, mächtige Trompetenstöße herüber; aber Zenon hörte dies alles nicht, denn vor seinen Augen tanzten immer noch nackte, blutige Leiber, und er hörte das Sausen der Bambusstöcke über seinem Kopfe, so daß er sich unbewußt duckte, als wolle er den Hieben entgehen, und immer noch verfolgte er mit ängstlich lauernden Augen einen langen Hals und rote Haarsträhne, die unter dem Schleier hervorquollen …

»Aber vielleicht ist sie es nicht?« dachte er plötzlich, während er sich mit Mühe von der Vision losriß. »Ich habe doch keinerlei Sicherheit, es schien mir nur so, ich ahnte es nur wegen des roten Haars und der Figur … Unsinn, es muß Tausende in dieser Masse geben, die ihr ähnlich sind … Also konnte auch dort eine Ähnliche sein … aber konnte sie es nicht auch selbst sein?«

In ihm begann ein dumpfer Kampf, ein heftiger, böser und hinterlistiger Kampf, denn er wehrte sich mit der ganzen Kraft des Herzens gegen Vermutungen. Jedoch schon der Gedanke allein, sie könnte dort gewesen sein, dort inmitten dieser besessenen, sich geißelnden Schar, erfüllte ihn mit wilder Pein, mit unsagbarer Qual … Und die Stimme des Verdachtes, eine neidische, böse Stimme, wurde stärker in ihm und zischte wie Schlangen …

»Wer weiß, wer sie ist, wer weiß es?« höhnte er sich selbst.

»Eine Abenteurerin, ein Medium, das zu verschiedenen Experimenten verwendet wird«, fügte er hinzu, indem er sich mit immer schrecklicheren Vermutungen peinigte. »Und übrigens, was geht es mich an, – sie kann sich geißeln, wann sie will, sie kann sich meinetwegen zu Tode geißeln. Ich habe es satt« … Und plötzlich vergaß er alles, denn einige Schritte vor ihm tauchte aus der Menge ein Kopf hervor, der Daisy so ähnlich war, daß er eiligst hinzustürzte, doch sie verschwand im Gedränge; denn gerade in diesem Augenblicke begann die Menge heftig zu wogen, das Orchester nahte, die Trompeten erdröhnten markerschütternd, und aus allen Kehlen erbrauste die »Hymne der Königin« wie ein Orkan. Er kam völlig zum Bewußtsein, als man ihn an eine Mauer drängte, so daß ihm beinahe die Rippen brachen; er erfuhr zugleich, daß es der Sieg über Arabi-Pascha war, der die Massen so begeisterte, daß ganz London vor Freude wie betrunken war.

»Ah, der Teufel hole euch mit euren Siegen!« fluchte er wütend. Er konnte sich kaum auf den Beinen halten, so von allen Seiten gestoßen, gedrückt und an die Wände gepreßt wie ein Klotz, denn die Menge drängte in gedankenloser Eile dem Orchester nach. Endlich gelang es ihm, in eine Nebenstraße einzubiegen, wo er wieder aufatmen und seine Gedanken ein wenig sammeln konnte. Aber da er nicht wußte, was er mit sich beginnen sollte, schleppte er sich fürchterlich ermüdet durch gleichgültige öde Gassen dahin; er ging, nur um zu gehen, nur um weiter, tiefer in die Stadt zu versinken, um vor diesen schrecklichen Erinnerungen zu flüchten, vor sich selbst und vor den Leuten; doch lange noch, wie der Widerhall eines Gewitters, folgten ihm die tobenden Stimmen der Massen und die ohrenbetäubenden Klänge der Trompeten ... Und er hatte nichts vergessen, er erinnerte sich, man hatte ihm vor nicht allzu langer Zeit im Klub von dem Bestehen einer spiritistischen Geißlersekte erzählt. Damals hatte er gelacht und es nicht geglaubt. Und jetzt! Jetzt hatte er es mit seinen eigenen Augen gesehen.

Waren doch dort unter ihnen auch Joe und sie gewesen! Er schüttelte sich und erblickte den Freund wieder vor sich, nackt, zusammengekauert, wieder sah er den blutigen Körper Daisys und ihre wunderbare, straffe Brust, von blutigen Striemen zerschnitten ... Auch jede dieser Wunden hatte ihre eigene

Stimme und schrie in seinem Herzen voll Schmerz und Klage, – er fühlte sie alle in sich selbst, sie brannten ihn, ergossen lebendiges, warmes Blut über ihn und peitschten ihn mit Raserei.

Wütend schob er die Passanten zur Seite und fing an zu rennen wie ein Wahnsinniger, so daß die Leute stehen blieben und sogar ein Schutzmann ihm nacheilte; doch er rannte immer schneller, gejagt von dem Sausen der Bambusstöcke und dem Bilde ihres blutigen Körpers, den er so nahe, so lebend vor sich sah, als brauchte er nur die Hände auszustrecken und danach zu greifen ...

Erst die Themse versperrte ihm den Weg, die Dunkelheit und die Stille lähmten ihn, er setzte sich ganz apathisch auf eine Treppe, die zum Flusse führte, unter ihm plätscherte das Wasser und netzte sein heißes Gesicht; manchmal bildeten sich in der Dunkelheit lange zischende Wellen, wie Schlangen, und krochen leise heran, seine Füße zu umfangen; er fühlte es nicht, da er in die Dunkelheit starrte.

Schwarze, bewegliche Wassermassen schossen im undurchdringlichen Dunkel mit melancholischem Rauschen vorbei; sie flüsterten dumpf und ängstlich und flossen dahin, immerfort und unaufhörlich, wie auf einer ewigen Jagd, in einer ewigen Klage über diese unaufhörliche Mühe, diese tödliche Mühe. Es gab keinen Himmel, keine Sterne, nur ein fahler Schimmer lag gleich feuchtem Staub über der Stadt; das Wasser war öde und still, an den verlorenen, unkenntlichen Ufern blitzten Laternen auf und regten sich wie rote und goldene Blumen, und die weiten Brücken hallten schläfrig und spiegelten ihre bunten Lichter in dem zitternden, düsteren Flusse wieder.

Manchmal glitt ein Schiff durch die Dunkelheit, seine erleuchteten Fenster tauchten gespensterhaft auf und verschwanden wieder, wie etwas, was nie gewesen wäre. Und dann und wann drang von der Stadt der geschwächte Widerhall ihres Getöses herüber und verhallte bald wieder lautlos über dem Wasser ...

Zenon saß wie tot vor Ermüdung und so in sich verloren und so fern von allen äußeren Dingen, daß er, so oft auch auf dem Granitufer Schritte hörbar wurden, sie gar nicht hörte: ja er wußte nicht einmal, daß schon einige Male eine Gestalt hinter ihm aufgetaucht war, und daß lauernde Räuberaugen durch die Nacht funkelten ... In diesem Augenblicke wußte er von nichts, dachte er an nichts, seine Seele war bewußtlos in die Dämmerung gesunken, sie war wie jenes Boot, das sich zu seinen Füßen auf den Wogen schaukelte, – tot und leer ... Er hörte nur das leise, ängstliche Flüstern des Wassers, gleich wie das Flüstern seines eigenen Herzens, er fühlte, wie sich undurchdringliche Nacht in ihm ausbreitete, eine wohltuende Nacht, die erfüllt war von dem leisen Weinen frierender Bäume, von dem traurigen Geplätscher des Wassers und von einer wunderbaren, unsagbaren Sehnsucht.

Ihm war, als läge er mitten in den Wellen und flösse in die Unend-lichkeit des Vergehens und Vergessens dahin, als wäre er nur noch dieses unstillbare traurige Weinen, und die Nacht umfänge mit ihren kühlen mütterlichen Händen sein schweres, erhitztes Haupt, wiege es zärtlich, wiege es mit einer beseligenden süßen Bewegung und sänge irgendein vergessenes Lied, ein Lied der Kindheit und des gestorbenen Geheimnisses. Er hätte vielleicht die ganze Rache so dagesessen in die-sem seligen Sichselbstvergessen, wäre plötzlich nicht über ihm eine strenge und dröhnende Stimme laut geworden: »Ich rate Ihnen von hier fortzugehen, – es ist hier kalt und gefährlich.«

»Aber still und gut«, erwiderte er unwillig und stand auf, denn der Schutzmann hatte ihn unter den Arm genommen und führte ihn weit fort vom Flusse.

»Erlaubt ihr einem nicht einmal, sich zu ertränken?« fragte er ironisch.

Doch der Schutzmann führte ihn bis zu den beleuchteten Straßen, sah ihn genau an und entfernte sich, ohne ein Wort zu sagen.

»Wenn er mich verhaften würde, brauchte ich wenigstens nicht nach Hause zu gehen«, dachte er und überlegte einen Augenblick, ob er ihm nicht folgen und ihn darum, wie um die größte Gnade, bitten sollte; doch der Schutzmann war bereits verschwunden. Er war allein geblieben und schaute sich ratlos in der öden Gasse um, er hatte weder Lust, nach Hause zu gehen, noch sonst irgendwohin. Er hätte sich am liebsten an die erste beste Wand gesetzt und wäre da geblieben; er würde dies auch getan haben, hätte ihn nicht das Quietschen der Ratten, die in den Rinnsteinen vorüberhuschten, mit Ekel erfüllt. Er schleppte sich weiter fort und fühlte plötzlich, daß ihm furchtbar kalt war und daß er Hunger hatte.

Am Strand war es schon beinahe leer, nur dann und wann wälzten sich aus den Schenken der Seitengassen Scharen von Betrunkenen und begannen mit heiserer Stimme zu singen; die Mehrzahl der Geschäfte war geschlossen, es war schon ziemlich spät; geöffnet waren nur noch die unzähligen Bars. Und auf den Trottoiren spazierten eine Menge geschminkte Weiber und belästigten ihn immerfort mit ihren Blicken, die dreisteren nahmen ihn direkt unter den

Arm und zogen ihn in die dunklen Gäßchen hinein; er machte sich, ohne ein Wort, aber sanft, los und suchte, wo er sich etwas stärken könnte.

Er schaute in viele Schenken hinein, doch ihr Inneres, das von Alkoholdunst und dem Lärmen Betrunkener erfüllt war, schreckte ihn ab, so daß er sich zurückzog und wo anders sein Glück versuchte.

Durch die Straße huschte eine Menge von verdächtigen und merkwürdigen Gestalten, geheimnisvolle Gruppen versammelten sich in den dunkeln Seitengäßchen, und unter ihnen ging ein alter, grauer Mann umher und verteilte grüne und rote Kärtchen mit heiligen Sprüchen, die die Schande der fleischlichen Sünde verdammten; er lächelte traurig und verschwand eiligst, damit nicht eine Faust auf seinen Rücken herabsause.

Er ging auf die andere Seite der Straße, denn dort, in den dunkeln Nischen der Häuser, bei den vielen Theatern, vor den noch erleuchteten Agenturen der Zeitungen, wo sich noch mehr Leute versammelten und wo nur die Silhouetten der lesenden Mädchen zu sehen waren und ein lockendes Zischen zu hören, dort ging ein hochgewachsenes, schwarz gekleidetes Weib, welches mutig die heiligen Sprüche verteilte, manchmal sogar schleichend einem Paare den Weg vertrat, ohne auf die Beschimpfungen, die Stöße und die gemeinen Redensarten zu achten, mit denen sie die wütend gewordenen Mädchen traktierten; sie nahm alles mit Demut hin, sie neigte ihren Kopf und ging unermüdet weiter, ihr heiliges Werk der Nächstenliebe und der Barmherzigkeit zu verrichten.

Zenon blieb vor ihr stehen und streckte die Hand aus, sie hob ihr blasses, schönes Gesicht und reichte ihm eine ganze Hand voll Kärtchen. Er sagte schüchtern:

»Sie säen unermüdlich das gute Wort.«

»Ich war sündig. Der Herr hat mich erleuchtet und mich emporgehoben aus dem Abgrund der Schande, darum tue ich jetzt Buße ...« entgegnete sie streng und salbungsvoll.

»Gehören Sie zur Heilsarmee?«

»Ich gehöre zur Kirche ›Der Bezwinger der Sünde‹.«

»Zur Kirche, die das Böse mit Sprüchen bekämpfen will?« Seine Stimme klang ironisch.

»Wenn diese ihre Seele nicht speisen, wird ihnen auch das Brot zu Stein werden.«

»Und wer wird sie aus dem Elend erlösen?«

»Wer, Herr? Unsere Kirche, die das Böse bis auf den Grund vernichtet und deren Waffe das Gute ist ...«

»Hier sind Erklärungen und Berichte über unsere Tätigkeit.« Sie reichte ihm ein dünnes Heftchen.

»Fürchten Sie keine Beschimpfungen und Gefahren?«

»Mit mir ist der Herr!«

»Das mag sein, aber Sie sind jung, schön und wehrlos«, flüsterte er unwillkürlich.

Sie maß ihn düster mit ihren schwarzen, großen Augen.

»Deine Schönheit ist nur ein Schein, womit der Satan dich zur Sünde verleitet, eine Maske, die eine übelriechende Leiche verdeckt, also hasse und verachte sie!« Sie sagte es fanatisch und ging.

Er zuckte mit den Achseln und trat jetzt, ohne zu zögern, in die erste beste Schenke. Am Büfett standen zwei grell geputzte Mädchen, er achtete nicht auf ihre Einladungen und ging in einen großen niedrigen Saal, der ganz in Einzellogen eingeteilt war, und ließ sich etwas zu essen geben.

Bald hatten sich in die benachbarte Loge Mädchen gesetzt und schauten über die Scheidewand oft zu ihm hinein, doch er bemerkte es nicht, denn er aß schnell und trank gierig und viel.

Er trank fast nie, empfand also jetzt ein merkwürdig schmerzhaftes und doch aufregendes Wohlbehagen, wie er so Glas um Glas leerte. Der Schnaps beruhigte ihn, die Ermüdung wich, seine Gedanken wurden langsam klarer, und es durchdrang ihn eine wohltuende Wärme.

Er wurde schnell betrunken, wie er sich so immerzu einschenkte, es umfing ihn eine stille Wehmut und eine angenehme, wollüstige Schwerfälligkeit, und er lächelte sich selbst zu, mit einem dummen, trunkenen Lächeln. In der Schenke wurde dann und wann ein Gröhlen laut, man hörte die heiseren Schreie der Mädchen, der Rauch von Zigarren und Pfeifen verhüllte das Licht mit einer beißenden Wolke, und ein ekelhafter Geruch von Tabak erfüllte den ganzen Saal; aber Zenon fühlte nichts mehr davon, er hörte nichts, es umfing ihn eine so trunkene Rührseligkeit, daß er weinen wollte über sich selbst; er empfand plötzlich die entsetzliche Last der Einsamkeit und des Verlassenseins, die ungeheure Entfernung von irgendeinem Leben, dessen er sich jetzt nicht mehr erinnern konnte; dabei war er schon so betrunken, daß er sich nicht mehr rühren konnte, er legte seinen Kopf auf den Tisch und gab sich Mühe, sich an etwas zu erinnern, er verfiel in einen fieberartigen Schlaf, wachte zuweilen aus, versuchte aufzustehen und schlief wieder.

»Sie, Herr, kommen Sie mit mir«, flüsterte eines der Mädchen, und trat in die Loge ein.

»Wie? Was?« stammelte er polnisch, er konnte nicht verstehen, wie sie hierher gekommen wäre.

»Sie sind ein Pole? Rosa! Komm hierher, der Herr ist ein Pole«, rief sie verwundert.

»Ja, was wollt ihr? Schnell ... schnell.«

»Nun, nichts ... gar nichts ... wir hatten schon sechs Jahre nicht mehr unsere Sprache gehört ... Wir wohnen hier gleich in der Dorham-

Street ... Dort könnten wir in unserer Sprache reden, so kommen Sie doch.«

Sie setzten sich zu ihm, sie verstummten jedoch vor seiner stolzen Miene und seinem Schweigen, vielleicht auch durch irgendeine plötzliche freudige Rührung eingeschüchtert, die sie unvermutet überkam beim Klange der beinahe vergessenen Sprache, beim Klange dieser Worte, die plötzlich längst gestorbene Erinnerungen erweckten ...

Er wurde etwas nüchterner infolge dieser unerwarteten Begegnung, er ließ Essen und Trinken für sie bringen, er mußte sie beinahe zwingen, zu essen, sie weigerten sich energisch, denn sie getrauten sich nicht einzugestehen, daß sie hungrig seien, und waren von seiner Güte gerührt. Doch endlich ließen sie sich überreden und machten sich gierig über den Hammelbraten her; sie unterbrachen sich aber jeden Augenblick und erhoben ihre ängstlichen, forschenden und doch dankbaren Augen, denn er schob ihnen fürsorglich die Teller zu und goß ihre Gläser voll, während er halb bewußt darüber nachdachte, worüber er mit ihnen sprechen solle. Die Mädchen ließen hin und wieder ihre verschämten, demütigen Stimmen hören, wobei sie unbewußt englische Worte mit polnischen vermischten, in einem üblen Jargon.

Sie waren beide noch ziemlich jung und hübsch, aber so geschminkt, gepudert und mit falschen Edelsteinen behängt, sie hatten automatische und so gemeine Bewegungen, daß sie den Eindruck von Wachsfiguren in einem schlechten Panoptikum machten. Sie legten ihre Mäntel ab und präsentierten mit einem gewissen unbewußten Stolz ihren lächerlichen Putz; eine von ihnen, die größere, war ziemlich tief dekolletiert. Er zuckte plötzlich zusammen, denn er sah auf ihrem Rücken einen roten Striemen, wie von einer Peitsche.

»Von wo seid ihr?« fragte er, verstohlen hinschauend.

»Wir sind beide aus Kutno, vielleicht sind Sie dort bekannt?«

»Ja, ich kenne diese Stadt«, antwortete er und dachte über die merkwürdige Strieme nach.

»Sie kennen Kutno? Rosa, der Herr kennt unsere Heimat«, rief sie erstaunt.

»Ruhig, Sara, der Herr ist vielleicht der Herr Gutsbesitzer selbst?« beruhigte die andere sie bedächtig.

»Der Herr ist der Herr Gutsbesitzer selbst, nicht wahr?«

Er nickte bejahend, er verstand ihre Frage aber nicht, denn er konnte seine Augen nicht von dieser roten Strieme losreißen; die plötzlich erwachte Erinnerung versetzte ihn zu Yoe unter den tollen Reigen der Geißler; und die Mädchen begannen, aufs tiefste gerührt, hocherfreut und setzt schon weniger schüchtern, abwechselnd von der Heimatsstadt zu erzählen, erweckten ihre Erinnerungen und erstrahlten im Glücksgefühl ferner Tage, die plötzlich in ihrem Gedächtnis emportauchten, im Gedanken an Jahre, die längst in den Staub der Vergessenheit versunken waren und jetzt in lauter Freude und Glück wieder auferstanden. Sie hatten aufgehört zu essen, sie schrieen immer lauter, lachten wie Kinder, betranken sich an Schnaps und Erinnerungen, sprangen fortwährend von ihren Plätzen auf, verstummten plötzlich ermüdet und von Tränen erfüllt, vergaßen ihn, sich selbst und die ganze Welt und brachen in langes, klägliches Weinen aus, aber auch da hörten sie nicht auf, ihre Erinnerungen weiterzuspinnen.

»Du, Sara, erinnerst du dich noch an den Gutsbesitzer? Denkst du noch daran: er hatte vier schwarze Pferde, wie Drachen, er fuhr immer in einem Wagen, der leuchtete wie ein Spiegel? Erinnerst du dich?«

»Und du, Rosa, erinnerst du dich noch an das Haus des Bürgermeisters?«

»Ich sollte mich nicht erinnern. Das war kein Haus, das war ein Palast! Zeig mir so einen Palast in London! Auf der ganzen Welt gibt's keinen zweiten von der Art!«

»Und erinnerst du dich an den Berg hinter der Stadt? Und dahinter das Dorf?«

Er verstand nichts davon, noch hörte er etwas, aber plötzlich wachte er aus seinem Sinnen auf, berührte die Strieme mit dem Finger und fragte leise:

»Woher hast du dieses Mal?«

»Da ... habe ich mich gekratzt, – das hat mein Bräutigam ...« fügte sie eilig unter seinem befehlenden Blick hinzu und duckte sich ängstlich.

»Das ist nicht wahr ... Du mußt dort gewesen sein«, zischte er, während er sich zu ihr niederbeugte.

»Wo? Wo sollte ich gewesen sein«, rief sie, entsetzt über seine bewußtlosen Augen.

»Du warst dort ... Du triefst ganz von Blut ... bist ganz mit Wunden bedeckt ... ganz mit Striemen ... zeig her ...!« flüsterte er abgerissen und streckte die gierigen, zitternden Hände aus; und als das Mädchen fortlaufen wollte, erfaßte er es wie mit Krallen, zerriß mit blitzartiger

Schnelligkeit ihre Bluse und schälte daraus den nackten, bläulichen Rücken heraus …

Plötzlich sanken seine Hände herab, und er taumelte gegen die Wand.

Die Mädchen aber, von der Plötzlichkeit dessen, was geschehen war, überrascht, verfielen in eine Art Starrheit, sie wagten weder sich zu erheben, noch etwas zu sagen, sie schauten mit einem erstorbenen Blick vor sich hin, beinahe wahnsinnig vor Angst und Grauen.

»Fürchtet euch nicht, ich wollte euch nichts Schlimmes tun, verzeiht, nein«, flüsterte er, selbst entsetzt darüber, was geschehen war, gab ihnen, was er nur an Geld bei sich hatte, und lief fort …

In seinem Hotel schliefen schon alle, die Lichter waren ausgelöscht, das Haus war ganz in Dunkelheit und Stille getaucht, die kaum sichtbaren Korridore zogen sich wie düstere Tunnel hin, und gleich lauernden Pantheraugen funkelten nur hier und dort gedämpfte Flämmchen.

Er legte sich sofort hin, doch er schlief nicht ein, er lag mit offenen Augen, fern vom Schlaf, fern von allem, wie auf dem äußersten Grunde der Seele; an den Grenzen des scheuen, verworrenen Bewußtseins schlichen die düsteren, unheilverkündenden Spukgestalten des gespensterhaft nahenden »morgen« und durchflossen sein Hirn und bohrten die scharfen, reißenden Krallen der Halluzinationen hinein.

»Es geht etwas Schreckliches mit mir vor!« Nichts andres fühlte und wußte er jetzt noch.

Die Eingangstür schlug so heftig zu, daß er aus der Erstarrung erwachte; als ginge jemand durchs Zimmer, erzitterten die Diele und die Möbel ziemlich laut …

»Wer ist da?« fragte er.

Es wurde ihm keine Antwort, die Schritte wurden leiser, aber Hände glitten über die Tasten, und es erzitterten einen Augenblick lang leise, ernste Töne; er sprang aus dem Bett und griff nach dem Revolver.

»Wer ist da?« rief er wieder, und wieder erhielt er keine Antwort; er hörte aber das scharfe und schnelle Knirschen einer Feder auf Papier und das Geräusch umgeschlagener Blätter … Er drehte das Licht auf, stürzte ins erste Zimmer, von wo dieses Geräusch kam, doch dort war niemand; er stöberte in allen Ecken, schaute sogar im Schrank und unter dem Bette nach, – keine Spur … Er untersuchte die Tür: sie war verschlossen, der Schlüssel steckte … Er kehrte zum Schreibtisch zurück, er wußte nicht mehr, was er davon halten sollte, als sein Blick auf einen

Bogen Notenpapier fiel, der auf einem Buche lag: darauf standen in schwarzen Lettern Worte, – die Tinte war noch feucht.

»Suche ... folge dem, was dir begegnet ... frage nach nichts ... schweige ... sei ohne Furcht ... S.O.F. öffnet die Geheimnisse ...« Er las es mehrere Male, die Schrift war deutlich, die Striche energisch, und offenbar, um die Aufmerksamkeit darauf zu lenken, lief sie quer über das Papier; die noch nasse Feder lag daneben.

»Was bei allen Teufeln soll dieser Rebusscherz bedeuten, wer hat das hier hingeschmiert?« brach er hervor, da er auch nicht einen Augenblick etwas anderes annahm; er warf das Papier auf den Schreibtisch und ging ins Bett zurück, er war sicher, daß es Täuschung gewesen war, er drehte das Licht aus, hüllte sich in die Decke ein und versuchte einzuschlafen ...

Wieder tönten leise, kaum hörbare Klänge vom Klavier im anderen Zimmer herüber, – jene geheimnisvolle, merkwürdige Melodie, die er auf der Seance gehört hatte.

»Wer ...?« Aber er verstummte, ein tödliches Entsetzen würgte ihn.

Fünftes Kapitel

Mr. Zenon trieb sich schon seit beinahe drei Tagen die ganze Zeit in den Straßen herum.

Am Tage nach dem unerklärlichen Erscheinen jener Schrift wachte er auf, las jene rätselhaften Worte noch einmal, kleidete sich eilig an und ging aus.

Und seit der Zeit ging er immerfort, unaufhörlich umher, er kam nicht einmal in seine Wohnung, um zu schlafen, er aß, wo es sich gerade traf, und nur, wenn ihn der Hunger dazu zwang. Er fürchtete sich, in sein Hotel zurückzukehren, er ging täglich für einen Augenblick hin, aber nur, um vom Pförtner die Briefe von Betsy abzuholen, die er übrigens gar nicht las. Er irrte in der Stadt umher, er mied etwas und suchte es doch, er schaute mit der größten Aufmerksamkeit jedes Gesicht an, das ihm begegnete, und zitterte in der ewigen Erwartung, er würde ein Wort hören, ein Zeichen erblicken, einen Blick verstehen, und dann würde das geschehen, was man ihm verkündet hatte.

Er achtete weder auf die Kälte, noch auf den Nebel, noch auf den Regen, noch auf die Tageszeit; er schleppte sich unaufhörlich von Ort zu Ort, oft stand er ganze Stunden an den Straßenecken oder schlich lauernd umher, beobachtete die Passanten an den Auslagen, erriet in der Dämmerung ihre Gesichter und eilte blindlings jeder Gestalt, jedem ungewöhnlichen Blicke nach; zuweilen ging er in ein Cafe oder in dichtgefüllte Schenken, um auszuruhen, doch sobald er alle Gesichter gemustert hatte, sprang er auf, ohne sein Glas auszutrinken, denn er fühlte: er mußte weitergehen, mußte suchen, mußte warten ...

»Suche ... folge dem, was dir begegnet ... frage nach nichts ... sei ohne Furcht ... S.O.F. öffnet die Geheimnisse ...« Diese Worte klangen unaufhörlich in ihm wie ein festes, rücksichtsloses Geheiß. Nicht das schwächste Verlangen, sich dagegen aufzulehnen, entstand in ihm, er war wie ein Geschoß, von mitleidloser Hand geschleudert, das einem unbekannten Ziele entgegeneilt, blind, gehorsam und tot gegen alles, was nicht diese dunkle, unbekannte Notwendigkeit ist.

Und doch war ihm alles völlig gegenwärtig und bewußt, was um ihn her geschah, und war in ihm jeder Zusammenhang mit dem vergangenen Leben unterbrochen; er dachte daran, wie man manchmal an merkwürdige Geschichten denkt, die man vor langer, langer Zeit irgendwo gehört hat und die schon in den weiten Fernen der Vergessenheit versunken sind.

»Was wird geschehen?« dachte er in den seltenen Augenblicken eines inneren Erwachens, und dann wollte er mit aller Gewalt diese Vision des »morgen« aus dem Unbekannten herausreißen. Doch der Nebel, in dem er umherirrte, wich nicht, sein blinder, irrer Kreislauf nach dem Unbekannten hörte nicht auf, – so suchte er wieder, wartete wieder ...

Er lief in der City umher, und dort wurde er zuweilen ganze Stunden von der wogenden Menge fortgetragen, doch er war ihnen fremd und fern und lauerte fortwährend mit angespannten, hungrigen Augen; er ging in die Museen hinein, verlor sich tief in den öden, durchweichten und nebligen Parkanlagen, irrte an den Kais umher, fuhr mit allen Omnibussen, die ihm begegneten, wobei er fortwährend umstieg. Er besuchte überfüllte Theater und Banken, umkreiste London in Untergrundbahnen, er war überall, unermüdet und unaufhörlich, und jagte fieberhaft einem unfaßbaren Phantom nach, immer lauernd und dabei vertrauensvoll, ruhig und sicher, daß er das finden würde, was er suchte ...

Sogar die Schutzleute wurden aufmerksam auf sein blasses Gesicht und seine irren Augen, die fortwährend in den Massen nach etwas suchten, auf diese durchdringenden und doch leeren Augen, und auf seine unberechenbaren Bewegungen, denn er hatte sich schon viele Male auf dieser Jagd in das größte Gedränge zwischen Wagen und Omnibusse geworfen, direkt unter die Pferde, aber immer kam er durch einen wunderbaren Zufall unverletzt davon, ja er wußte nicht einmal, daß er in Gefahr gewesen war. Und langsam begann ihm auch das Empfinden für die äußere Wirklichkeit zu entschwinden, denn wie er so ununterbrochen mit bis zur äußersten Grenze angespannter Aufmerksamkeit lauerte, hörte er auf, die Menschen zu bemerken und zu unterscheiden, sie kamen ihm vor wie ein Ungeheuer mit tausenden von Köpfen und Gliedmaßen, das sich unaufhörlich mit einem dumpfen und entsetzlichen Geräusch dahinwände.

Und wieder schien ihm London eine phantastische Wüste zu sein, die dumpf und tot und doch voll von merkwürdigen Erscheinungen wäre, voll von einem unaufhörlichen Werden von geheimnisvollen und schrecklichen Dingen, die er nicht verstehen konnte … Er fühlte nur, daß etwas um ihn herum entstünde, daß es da sei … So ging er also in der Stille der Bewunderung und einer unerklärlichen Zerknirschung umher, denn er begann gleichsam die Seele aller Dinge zu bemerken, die dem profanen Blicke verborgen …

Er ging in der Stadt umher wie in einem von Zaubererhand geschaffenen steinernen Märchen, das erfüllt war von leuchtenden, nie gesehenen Bäumen, und jeden Augenblick bemerkte er leidende, kranke Häuser, gebeugt von der Qual eines jahrhundertelangen Bestehens, voll von Wunden, Seufzern und Ermattung … Er fühlte das schmerzliche Beben der Bäume, die im Nebel ertranken und aus Sehnsucht nach der Sonne, nach den erfrischenden Frühlingslüften hinstarben, er hörte ihr Stöhnen, das nie verstummte … nie … und die Tränen, die leise an den kranken Ästen herabflossen.

Vor dem Towerturm blieb er in Gedanken versunken stehen; der stand da, düster sinnend, tragisch, als letzter aus längst entschwundenen Tagen, aber erhaben in seiner Einsamkeit und stolz abweisend den neuen Dingen und neuen Tagen gegenüber, diesen Tagen, die verächtlich zu den Füßen seiner unsterblichen Majestät dahinkrochen.

Er floh ängstlich vor den banalen, großtuerischen und dummen Palästen des Westends, die ihn höhnend verlachten mit dem fetten, frechen Stimmchen der Vernunft, er floh die Riesenwarenhäuser und die großen Läden, wo die geraubten Schätze der ganzen Welt gefoltert stöhnen.

Und schließlich ging er wie in einem Traume, dessen man sich kaum erinnern kann, er fiel gleichsam hinab in Tiefen, wie ein Stern, der in die Unendlichkeit stürzt.

Er fand sich, ohne es zu wissen oder zu wollen, in der Westminsterabtei und saß lange, beinahe tot vor Ermüdung, unter einer Säule, ohne von sich oder der Welt etwas zu wissen.

Leer war es in diesen dämmrigen, düsteren Räumen der Kathedrale; zuweilen kam jemand, den man nicht deutlich sehen konnte, vorüber und verschwand, nur der Widerhall seiner Schritte hallte in dem hohen Schiffe; in dem erlöschenden Lichte der Glasmalereien und der in der Dämmerung verschwindenden Farben, zeichneten sich in einer Unmenge von Denkmalen aus Bronze und Marmor in gespensterhaften Umrissen alle großen Geister Englands ab, als wären sie zu einer Feier versammelt, ganze Jahrhunderte der Geschichte, tote und vergessene Epochen, Ritter ohne Furcht, Eroberer, Dichter, Bischöfe, Gesetzgeber, erhabene und gemeine Seelen, Helden und Kanaillen, Tyrannen der Welt und Narren von Königen, Heilige und Verbrecher, ein Friedhof von Zeiten, die längst in Staub zerfallen sind, und doch leben und der Menschen Gedanken befruchten; eine steinerne Erinnerung der Jahrhunderte, die hier in dieser uralten Kathedrale, zu einem stummen Parlamente versammelt, schweigend das »gestern« beraten und auf neue, kommende Tage und die Seelen ihrer Nachfolger warten, – ein Keim der Vergangenheit wie der Zukunft.

Zenon kam in dieser heiligen Stille der Gräber halb zu sich; die Denkmäler schienen ihn mit weit aufgerissenen Augen anzusehen, sich zu neigen und etwas in der tiefen Stille zu flüstern, so daß er vor Furcht zu zittern anfing und langsam aus diesen Steinmassen zum Ausgang zu gelangen versuchte.

Jedoch im Seitenschiff, das zum Ausgang führte, wich er schnell zwischen die weißen Bildsäulen zurück, denn eine bekannte schlanke, schwarze Gestalt kam gerade durch das Haupttor, bog links ab und ging in das hohe, schmale Schiff hinein, welches rings um das Presbyterium läuft. Er folgte ihr, es war schon dunkel; nur hoch oben in den gotischen Fenstern schimmerten die letzten Reste des Tages, unten jedoch war völlige Nacht: aus den gotischen Kapellen, die mit Gittern abgegrenzt waren, drang ein feiner violetter Schimmer, in dem die Grabmale der Könige kaum sichtbar waren, in einer undurchdringlichen Stille träumten Königspaare den ewigen Schlaf des Todes; Lichtstreifen fielen wie toter, verlöschender Staub auf die steinernen Profile, die steif gefalteten Hände, die geschlossenen Lider und die stolzen, harten Häupter; die Zepter und Kronen schimmerten düster in ihrer Vergoldung, und auf allem lag die schwere Majestät des Todes und die steinerne Ruhe der Gleichgültigkeit.

Daisy blieb vor einer der Kapellen stehen und schaute, an das Gitter gelehnt, einen Sarkophag an.

»Ich wußte, daß ich Ihnen begegnen müßte«, flüsterte er und trat an sie heran.

Sie blickte ihn streng an, als wollte sie ihm Ruhe gebieten.

Er fühlte keine Müdigkeit mehr, die wahnsinnige Stimmung glitt von seiner Seele herab wie ein Fetzen; er war wieder ein normaler Mensch.

»Und doch ist's ihnen besser im Reiche der ewigen Stille«, flüsterte er wieder.

»Wer weiß? Und wenn ihre Seelen an ihre körperlichen Erscheinungen gefesselt sind, dann müssen sie umherirren in den Fesseln der Materie, dann müssen sie hier sein, müssen diese Hallen mit einem für Sterbliche unhörbaren Jammern und der Sehnsucht der Erwartung erfüllen, so lange diese Bronze und dieser Marmor dauern, bis die Zeit alles in Trümmer verwandelt und sie, befreit, ihrer Bestimmung überläßt.«

»Das wäre zu schrecklich!« Er schüttelte sich unwillkürlich bei dieser Vorstellung.

»Wer weiß, wovon sein Tod oder sein Leben abhängig ist, was ihn fesselt und was ihn erlöst?«

»S. O. F.«, sprach er langsam, beinahe unwillkürlich, wie man manchmal Worte ausspricht, die einem hartnäckig im Gehirn stecken und von selbst von den Lippen fließen. Er fühlte, daß sie wankte und sich für einen Moment auf seinen Arm stützte, aber er verstand den Grund nicht. Sie gingen jetzt schweigend weiter, wobei sie der Reihe nach vor den Grabkapellen stehen blieben, welche die Dämmerung mit einem immer dichteren Vorhang verhüllte, so daß die Glasgemälde nur in schwachen Umrissen zu sehen waren, wie man durch dichten Wald die letzten Strahlen der Abendröte sieht.

»Lange schon habe ich Sie nicht mehr gesehen«, sprach sie merkwürdig weich, wie in einem leisen Vorwurf.

»Lange?« Er wunderte sich, denn er erinnerte sich plötzlich an die Geißelungsszene und an all seinen Argwohn, den er aber sogleich wieder zu ersticken versuchte.

»Sie waren doch mindestens drei Tage nicht mehr da. Mrs. Tracy war schon sehr beunruhigt.«

»Drei Tage! ... Nein ... gestern, oder sogar heute erst, bin ich ausgegangen ... Nein ... wahrhaftig, es geschieht mir zum ersten Male, daß ich mich nicht mehr gut erinnern kann.«

»Sie haben die Erinnerung an diese Tage verloren ...?« Eine diskrete Frage tönte in ihrer Stimme.

»Nein ... woher denn ... Ich weiß schon, daß Sie heute nach dem Frühstück im Reading Room auf dem Harmonium gespielt haben«, sagte er schnell und suchte mühsam einen Zusammenhang in seine Erinnerungen zu bringen.

»Sie täuschen sich, seit drei Tagen habe ich keine Taste mehr berührt.«

»Also ... was ist mit mir vorgegangen? Seit drei Tagen ... seit ...« flüsterte er ängstlich.

Es dämmerten plötzlich abgerissene und traumhafte Erinnerungen in ihm auf an etwas, was er nicht fassen und seinem Bewußtsein verständlich machen konnte.

»Und doch ... doch habe ich auf Sie gewartet.«

Sie antwortete nicht, der Pförtner begann zu läuten, und durch die Kathedrale huschten Lichter, man durchsuchte die Winkel, ehe man absperrte.

Sie gingen auf den Square hinaus.

»Manchmal vergessen wir unsere eigene Existenz, oder sie kommt uns vor wie etwas Fremdes, nicht zu uns Gehörendes ... Und manchmal verliert die Seele, von einem geheimnisvollen Wirbel fortgerissen, den Körper, und bemerkt es nicht einmal«, sprach sie sinnend.

»Also auch ich muß mich in der Zeit verloren haben, ja ...«

Sie streckte ihm die Hand entgegen, als sie an die Ecke der Victoria-Street gekommen waren.

»Sie gehen nicht nach Hause?« fragte er und suchte sich gewaltsam aus diesem Dämmerzustande herauszureißen.

»Ich muß noch vor dem Essen meine Freunde aus Kalkutta besuchen«, sagte sie fröhlich, und in dem Lichte der Laternen und Schaufenster erblickte er auf ihrem wunderschönen Gesichte einen merkwürdig süßen, merkwürdig freundschaftlichen Ausdruck, wie er ihn nie bisher gesehen hatte.

Sie schaute ihm gerade in die Augen, mit einem sanften, beinahe zärtlichen Blick, sie schaute ihm sogar aus dem Cab nach, so daß ihn ein Schauer freudiger Rührung durchrieselte und er ihr lange, lange nachblickte. Und sofort fuhr er nach Hause und trieb den Kutscher zur Eile an.

Der Pförtner begrüßte ihn freudig und erzählte ihm diskret, während er ihm einen ganzen Stoß Zeitungen und Briefe übergab, daß zwei Damen heute schon zweimal nach ihm gefragt hätten; an verschiedenen Einzelheiten erkannte er, daß dies Betsy mit einer der Tanten gewesen sein müßte. Diese Entdeckung war ihm unsagbar unangenehm.

»Was haben Sie den Damen gesagt?«

»Mr. Yoe ist doch zu Hause?« fügte er eilig hinzu.

»Er ist vor kurzer Zeit nach oben gegangen.«

Er eilte in seine Wohnung hinauf, machte Licht und blieb verblüfft vor dem Spiegel stehen, beinahe entsetzt über seinen eigenen Anblick, denn er war schmutzig, unrasiert und abgerissen und sah aus, als hätte er in den Parkanlagen oder unter Brücken geschlafen.

»Wo habe ich mich denn so zugerichtet?«

Und als er sich umgezogen hatte und daran ging, die Briefe zu lesen, war das erste, was er bemerkte, jenes Papier mit dem geheimnisvollen Geheiß; er entsann sich seiner sofort, ohne zu wissen, wie sehr er ihm gehorcht hatte.

»Ich muß erfahren, wer das geschrieben hat«, dachte er, während er es in seiner Tasche verbarg.

Die Briefe Betsys betrübten ihn aufrichtig, er konnte gar nicht verstehen, weswegen es ihrer so viele waren.

Er stellte die Daten fest und wich vor der Lösung des Rätsels zurück; denn so oft eine leise Erinnerung an diese Tage in ihm aufdämmerte, fühlte er ein Rauschen im Kopf, als stände er über einem Abgrund, er flüchtete schleunigst und vertiefte sich in diese guten, süßen Bitten Betsys, die sich darüber beklagte, daß er gar nie schreibe und sie ganz vergessen hätte.

Er antwortete ihr ausführlich und bemühte sich von ganzem Herzen, sie zu beruhigen, versprach auch, noch vor dem Sonntag zu kommen.

Der Diener meldete, daß das Essen serviert wäre, und reichte ihm ein Telegramm.

Es war Betsy, die seinen Brief nicht mehr erwarten konnte und ihm eine lange, von Befürchtungen erfüllte Klage telegraphierte und ihn um einige Worte der Nachricht anflehte, was mit ihm und Yoe vorgehe.

Im Nachsatz berichtete sie lakonisch von der Krankheit des Vaters.

Er schrieb einige beruhigende Zeilen, schickte das Telegramm ab und ging zum Essen.

Mrs. Tracy, die ihre Katzen zärtlich in ihren umfangreichen Schoß schmiegte, begann ihn gerührt nach seiner Gesundheit zu fragen, und was er getrieben habe.

»Ich war verreist«, entgegnete er kurz, da er Miß Daisy bemerkte, die bereits auf ihrem alten Platze saß; der Kopf des Panthers ruhte auf ihren Knieen, die grünen Augen des Tieres bohrten sich mit solcher Kraft in ihn, daß er verwirrt und unruhig war, als er sich setzte.

»Was ist mit dir vorgegangen?« fragte Yoe und ließ sich auf den Stuhl neben ihm nieder.

Ehe Zenon antwortete, reichte er ihm das Telegramm von Betsy.

»Ich werde gleich nach dem Essen hinfahren … Sie beunruhigt sich ganz unnötig … Wirst du mit mir fahren?«

»Ich weiß nicht; was hat der Mahatma denn da für ein Gefolge?«

»Es sind Professoren aus Eton und verschiedene Gelehrte«, flüsterte Yoe, während er verstohlen auf einige alte Herren wies, die am Ende des Tisches um Guru herumsaßen.

»Es wird richtig ein platonisches Gastmahl«, fügte er mit Nachdruck hinzu.

»Ja, Bileams Eselin wird eine prophetische Rede schwingen«, warf Zenon ironisch hin.

»Du hast mir meine erste Frage noch nicht beantwortet?«

»Aber ich frage dich ja auch nach nichts … nach nichts.«

Der faszinierende Blick des Panthers reizte Zenon immer mehr, so daß er seine Wut nicht mehr zurückhalten konnte.

»Frage nur immerzu, ich verberge nichts vor dir«, sagte Yoe sanft, über seinen mürrischen Ton verwundert.

»War auch Miß Daisy bei euch?«

»Wo? Ich verstehe nichts, sprich offen …«

»Nun damals, bei jener blutigen Zeremonie der Geißelung, – du wirst doch nicht bestreiten wollen … du wirst nicht etwa auch sagen, daß ich alles vergessen hätte«, flüsterte Zenon hart, doch da er in Yoes weit aufgerissenen Augen nur aufrichtiges und tiefes Erstaunen las, brach er ab.

»Daß du da Sachen sagst, die mir ganz unbekannt sind, darauf gebe ich dir mein Ehrenwort.«

»Ich werde sie dir ausführlich erzählen, wenn du aus Bartelet Court zurückkehrst ... Und inzwischen sage mir, kennst du diese Schrift?« Zenon reichte ihm jenes geheimnisvolle Papier.

Yoe las und dachte lange nach, indem er einen leisen, ganz unmerklich forschenden Blick auf Daisy warf, die heute ganz besonders gesprächig, beinahe heiter war.

»Ich kenne diese Schrift nicht ... Ich werde darüber nachdenken«, antwortete er endlich ohne die Augen zu Zenon zu erheben. Und als das Essen zu Ende war, schlich er leise hinaus. Niemand hatte es bemerkt, denn die ganze Aufmerksamkeit hatte sich dem Streite zugewandt, den die Gelehrten immer lauter mit dem Mahatma führten.

»Gehen wir doch in den Reading-Room, sie schreien wie Elefantenführer, wenn die Tiere nicht folgen wollen«, schlug Daisy Zenon vor.

Der Panther eilte leise, mit gesenktem Kopfe witternd und vorsichtig voraus, sprang in einen Fauteuil, rollte sich zusammen und schien zu schlafen.

»Das Wetter in London ist ekelhaft«, begann Mrs. Tracy und schaute durch das verregnete Fenster hinaus.

»Es ist Februar, überall ist's ebenso kalt, überall gibt's jetzt Regen und Nebel.«

»Nicht überall, Mrs. Barney. Vor einem Jahre war ich im fernen Süden, und ich erinnere mich, wie sonnig und warm es dort war«, protestierte Zenon.

»In Italien?« fragte Daisy und setzte sich neben ihn.

»Ja, in Amalfi, hinter Neapel.« Er begann mit Begeisterung die Wunder der sonnigen Tage zu schildern, die Wunder des azurfarbenen Meeres, die Zitronenhaine, die Berge, die vom Äther umflossen in die Ewigkeit schauen; die Fernen voll Lieblichkeit, wo durch die Tiefen des heiteren Himmels und des Meeres rote Segel dahingleiten, wie Flügel unbekannter Vögel; die Inselchen, durchsichtigen Smaragden vergleichbar; die Buchten inmitten grüner, bemooster, epheuumrankter Felsen, als wären sie in einen einzigen riesigen Türkis gemeißelt; alte, tote Türme, voll grüner Eidechsen und schneeweißer Möwen; das stille, holde Leben dieser weltvergessenen Gestade, wo nicht einmal der Tod schrecklich ist, denn er kommt wie die Abenddämmerung und schließt die glanzgeblendeten Augen zu süßem Traume, in einem Land, wo es keine Fabriken gibt, keine lärmenden Städte, kein Chaos der Menschen, die sich gegenseitig um jeden Bissen auffressen, – nein, ein Land, wo man die ganze Wonne des Daseins auskostet ... wo in den Herzen noch die guten Gottheiten Griechenlands gemeinsam mit der Madonna herrschen, die immer über dem Lose der Menschen wacht.

Er sprach lange, er strahlte, er ließ sich von seiner Begeisterung hinreißen, als hätte ihn eine plötzliche Sehnsucht ergriffen, so daß Rührung in seiner Stimme mitklang und Tränen in seinen Augen erglänzten.

Sie unterbrachen ihn nicht, sie vertieften sich in diese süße Vision, und Daisy, die den schwarzen Kopf des Panthers streichelte, schaute ihn an und sah gleichsam mit seinen Augen diesen weiten, zauberischen Horizont, ein merkwürdiges Lächeln erblühte auf ihren heißen Lippen, und ihre saphirblauen Augen waren wie jene fernen Meere, umwoben von sonnigen Spinnweben der Melancholie, und über ihr blasses, wunderbares Gesicht huschten leichte Schatten einer plötzlich erblühten Sehnsucht, träumerisches Verlangen und leidenschaftliches stummes Rufen, – sie war wie ein tiefes, durchsichtiges und ruhiges Wasser, durch dessen glatte Oberfläche die Umrisse des geheimnisvollen Grundes hindurchschimmern.

»Sie erzählen so verlockend, daß ich plötzlich Sehnsucht empfinde, diese Wunder kennen zu lernen.«

»Sie, die Sie das Märchen der Welt, die Sie Indien kennen ...?«

»Das Unbekannte weckt die Sehnsucht immer mehr ...«

»Doch es kann ebenso enttäuschen.«

»O nein, denn ich würde dies alles mit Ihren Augen sehen, mit den Augen eines Dichters, und unter einem solchen Gesichtswinkel gesehen, ist alles ein Wunder, ein Zaubermärchen.«

Diese Worte, die sie mit einem besonderen, hypnotisierenden Klange aussprach, erfüllten ihn mit unsagbarer Wonne, er erhob die dankbaren, geblendeten Augen zu ihr, ihre Blicke trafen sich und versanken ineinander, wie zwei lodernde Abgründe; plötzlich gähnte der Panther, sprang auf die Erde und kroch, die schrecklichen Zähne zeigend, zu ihm heran.

»Haben Sie nur keine Angst, ich bürge für ihn.«

Bagh legte den schweren Kopf auf seine Knie, Zenon berührte ihn ziemlich ängstlich, denn das Tier trug keinen Maulkorb, und das grünrote Schillern seiner Augen war beunruhigend.

Daisy flüsterte Bagh zärtliche Worte zu, streichelte seinen Rücken und hatte sich bei dieser Bewegung so tief geneigt, daß Zenon mit seinen Lippen beinahe ihr bronzefarbenes Haar berührte, es streichelte sein Gesicht, gerade vor seinen Augen hatte er ihren weißen Hals, der aus dem Kragen hervortauchte, er umfing ihn mit einem Blicke, denn er wollte die Spuren der Geißelhiebe entdecken, aber der Panther knurrte drohend, und Daisy, die schnell zurückwich, bemerkte noch die Richtung seiner Blicke …

»Still, Bagh! – Er weiß alles … ahnt alles und ist bereit, für jedes Unrecht, das mir geschieht, Rache zu nehmen«, sagte sie mit einem eisigen Lächeln, während sie ihre wilden, messerscharfen Augen in Zenon hineinbohrte.

Er verstand ihre Worte nicht, aber er fühlte, daß sie an ihn gerichtet waren, daß sie drohend warnten.

Er erhob sich mechanisch, tief berührt von ihrem Blick.

»Ich habe Sie nicht mit einem Worte beleidigt, Miß Daisy«, flüsterte er demütig.

»Es gibt Blicke, die mehr beleidigen als die brutalsten Worte …«

»Vielleicht, wenn sie ein ängstlich gehütetes Geheimnis enthüllen …« fügte er noch leiser hinzu.

»Oder wenn sie sich widerlich wie Schlangen herumwinden.«

»Das paßt auf mich nicht«, sagte er streng und aufrichtig.

»Ihre Augen schleudern Blitze!« Sie wendete sich ihm mit ihrem früheren Lächeln zu.

»Ungerechtigkeit verletzt am schmerzlichsten!«

»Sie war unbewußt, darum verwandelt sie sich in die Bitte um Verzeihung«, sagte sie ganz leise und bittend.

Das Gewitter war vorüber, doch die frühere ungezwungene und heitere Stimmung kehrte nicht wieder. Sie saßen stumm, sogar Mrs. Tracy wußte nicht, wovon sie reden sollte.

Zenon aber ging hinaus. Er benutzte die Gelegenheit, daß die Professoren, mit dem Mahatma an der Spitze, in den Reading-Room übersiedelten; sie sprachen jetzt schon sehr laut und waren im besten Streiten begriffen. Doch Yoe war von Bartelet Court noch nicht zurück; es war noch ziemlich früh, noch nicht zehn Uhr, aber merkwürdig: Zenon hatte keine Lust, zu Betsy zu fahren, er fühlte sich unsagbar müde, die letzte Szene mit Daisy hatte ihm den Rest gegeben.

Indes er sich ihr merkwürdiges, ungleiches Verhalten ihm gegenüber vergegenwärtigte, diese ihre zuweilen eisige Gleichgültigkeit und dann wieder ihre beinahe aufmunternden Blicke, verlor er sich in ein Gefühl von Unsicherheit, in einen geheimnisvollen, beunruhigenden Nebel, der voll von Schatten war, die, kaum sichtbar, einen durch ihre Rätselhaftigkeit peinigten.

Er machte kein Licht in seiner Wohnung, er hatte keine Kraft zu irgendeiner bewußten Bewegung, er sank in einen Fauteuil und starrte in die trübe, schwärzliche Nacht hinaus, aus der nur der gelbliche Schimmer von Laternen hervorschimmerte, er dachte nach, seine Augen wankten zugleich mit den Schatten der Bäume, deren schwarze Umrisse sich schläfrig hinter den Scheiben wiegten.

»Und sie war doch dort!« dachte er und sah sie wieder vor sich, ganz mit Striemen bedeckt, die ihren Körper umringelten wie ein Knäuel von blutroten Schlangen.

»Sie war dort, sie war dort …!« wiederholte er, und seine Augen weideten sich an ihrer Schönheit und an der Schmach dieser Nacktheit, als räche er sich an ihr, während er sich ihr zugleich näher fühlte durch dieses ihr entrissene Geheimnis.

»Ein Medium für Geißelungen«, flüsterte er mit verächtlicher Bitterkeit und sprang plötzlich auf: die Eingangstür schlug zu, und alle Lichter im Kronleuchter brannten plötzlich hell.

Er schaute sich verwundert um, denn die Tür war geschlossen, und im Zimmer war niemand, nur auf dem Schreibtisch lag die Eisenbahnkarte ausgebreitet, eine Anzahl von Orten darauf war mit einem roten Stift dick unterstrichen, und daneben lag ein Führer durch Italien, bei Amalfi aufgeschlagen und gleichfalls mit zahlreichen Strichen versehen …

Er sah sich das mit gespannter Neugier an und konnte nicht verstehen, wer das gemacht haben könnte, und wann? Es mußte jemand vor einem Augenblick dagewesen sein, vielleicht war er noch da … denn der schwere Vorhang an der Tür schwankte noch in einer letzten, ersterbenden Bewegung, als wäre soeben jemand vorbeigegangen … Die Diele im anderen Zimmer knarrte … Irgendein Stuhl wurde fortgerückt … Dort war ganz sicher jemand … Die Möbel zitterten … Ganz deutlich war das Geräusch von leisen Schritten zu hören …

»Annie!« rief er, denn er dachte, es wäre das Zimmermädchen.

Er erhielt keine Antwort, das Geräusch verstummte, dafür aber tönte gleichsam aus dem letzten Zimmer ein gedämpfter, ferner Gesang herüber ...

Er stürzte mit fieberhafter Eile hin.

Auch dort war niemand, doch der Gesang schwoll an und tönte so vernehmbar in der Stille der Wohnung, daß er Daisys Stimme und jenes merkwürdige, geheimnisvolle Lied erkannte ...

Er stand, wie erstarrt, in stiller Furcht da, und ließ seine Augen lauernd im Zimmer umherschweifen. Nein, ganz sicher war niemand da, nur die Klänge flossen immer noch dahin, man wußte nicht, von wo sie kamen, sie ertönten ganz nahe bei ihm, dann wieder schienen sie von oben zu kommen, sie flossen dahin in trägen, erlöschenden Wellen, wurden voller und lauter, klangen von weiter her, wie im ersten Zimmer ... Er eilte ihnen unbewußt nach ... Doch schon erstarben sie fern, gleichsam hinter dem Fenster, in den dichten Bäumen, die im Nebel versanken ... Oder vielleicht klangen sie in ihm selbst.

Er war völlig bei Bewußtsein und legte sich genau Rechenschaft über alles ab, was ihm in diesem Augenblick geschah; so hatte er denn, ohne auf irgend etwas Rücksicht zu nehmen, plötzlich das Verlangen, zu erfahren, von wo dieser Gesang käme, denn er nahm an, Daisy müsse in ihrer nebenanliegenden Wohnung sein.

Er klopfte energisch an die Tür, es antwortete ihm ein kurzes und böses Knurren des Panthers, und dann erst versicherte ihm das Zimmermädchen, ohne zu öffnen, Miß Daisy wäre in die Stadt gefahren.

Doch er glaubte es nicht und ging in den Reading-Room.

»Sicher ist sie in die Stadt gefahren, ich selbst habe sie bis an die Treppe begleitet«, erklärte Mrs. Tracy, erstaunt über seine hartnäckigen Fragen, und führte ihn etwas abseits, denn die Professoren disputierten äußerst erregt; der Mahatma saß in der Mitte, und seine durchdringenden, schwarzen Augen ruhten für einen Augenblick mit einem bösen Ausdruck auf ihm. Er wendete sich ab und sagte in verächtlichem Tone:

»Eure materialistische Kultur, Eure Erfindungen, Eure Entdeckungen führen nur zu einem Ziele: zur Anbetung der brutalen Gewalt und des Goldes, sie dienen dem Bösen und säen das Böse, Ihr seid wie Geier, die in den Lüften kreisen, blind gegen das Licht der Wunder und gierig in die Tiefen nach Aas ausschauend ... Ihr werdet in der Unendlichkeit der Zeiten früher und spurloser verschwinden, denn ...«

Zenon hörte nicht weiter zu. Der scharfe Ton dieses Mannes reizte ihn, er ging schnell hinaus, doch im Flur hörte er wie ein schwaches, fernes Echo wieder jenen merkwürdigen Gesang.

»Sie ruft mich! So deutlich ruft sie mich!« dachte er plötzlich und erinnerte sich dessen, wonach er schon so viele Tage jagte.

»Folge dem, was dir begegnet … folge dem, was dir begegnet«, wiederholte er mit fahlen Lippen; und ohne weiter nachzudenken, ohne Zaudern, ohne die geringste Lust, zu widerstreben, ruhig, beinahe kalt, völlig bewußt, beschloß er, gehorsam diesem unerbittlichen Geheiße zu folgen, das ihn völlig in der Gewalt hatte.

Er ging in unbekannter Richtung fort, jenem Liede nach, welches manchmal mit leisen Tönen aus dem Schatten hervorquoll und ihm ein Wegweiser zu jenem Ungekannten war.

»Ich gehe … ich komme«, flüsterte er dann und wann und beschleunigte seine Schritte.

Erst in Picadilly lösten sich diese Klänge völlig auf und versanken in dem Lärm und dem Getöse der Straßen. Da blieb er ratlos stehen und schaute sich in den Straßen um.

Auf der anderen Seite, in der Beleuchtung eines Schaufensters, erblickte er deutlich Daisy, er eilte ihr sofort nach, doch konnte er sich ihr nicht nähern infolge des Gedränges der Massen, über denen er ihren Kopf sah.

»Möge denn geschehen, was geschehen soll«, dachte er, nicht im geringsten über diese Begegnung verwundert und völlig überzeugt, daß er deswegen hierher gekommen wäre, daß es so sein solle.

Er folgte ihr in kurzer Entfernung und näherte sich ihr nicht einmal dann, wenn sich die Menge zerstreute, wenn sie durch beinahe leere Straßen gingen, so daß nur ihre Schritte dumpf widerhallten; er folgte ihr wie ihr Schatten, wie die Notwendigkeit.

Sie gingen durch allerlei Straßen, über leere Plätze, durch schlafende Parkanlagen und stiegen auf breiten Stufen zu einem Bahnhof hinauf.

Er kaufte eine Fahrkarte bis zu derselben Station, deren Namen sie dem Kassierer genannt hatte.

Er verbarg sich gar nicht vor ihr, sie betraten den Wartesaal beinahe zugleich, doch sie schaute ihn an, als bemerke sie ihn nicht, ihre Augen glitten über sein Gesicht hinweg, wie über eine fremde Sache; er fühlte sich dadurch nicht verletzt, er verstand, daß es so sein müsse, manchmal schien es ihm sogar, daß sie er selbst sei, – eine so merkwürdig harmonierende Identität des Rhythmus fühlte er zwischen ihren Seelen .. sie glitten nebeneinander dahin, wie zwei Schatten, die ineinander aufgingen, oder wie zwei Lichter, sie schauten auf dieselben Dinge und sicherlich mit demselben Gefühl des Nichtsbemerkens, sie waren wie jene Bäume, die, im Winter gestorben, aus dem Nebel des erwachenden jungen Frühlings hervortauchen.

Unbewußt wollte er in das gleiche Abteil wie sie steigen, doch ehe er herangekommen war, hatte sie die Tür geschlossen, so setzte er sich denn in das benachbarte und stand den ganzen Weg am Fenster; vor seinen leeren Augen glitten die Umrisse der Landschaft vorüber, die aus einer wolkenbedeckten Nacht auftauchten; der Mond floß langsam vorüber, und wenn er etwas bemerkte, so war es nur ihr Schatten, die schwarze Silhouette ihres Kopfes, der in dem Lichtfleck lag, der durch das Fenster drang und neben dem Zuge auf der Erde dahinlief; sie stand offenbar die ganze Zeit gleichfalls am Fenster.

Sie stiegen an einer stillen, schlafenden Station aus, durchschritten die schweigenden und leeren Säle, die finstere und ebenfalls leere Einfahrt und tauchten in einer schwarzen Allee aus riesigen Bäumen unter.

Der Wind fing zu heulen an, die Zweige rauschten, es erscholl ein düsteres Jammern, und ein leises Flüstern huschte über die Erde dahin, die Angst schlug wie eine Eule mit den Flügeln und duckte sich lauernd in der Dunkelheit.

Sie kamen in einen schlafenden Park, in undurchdringliches, schwarzes Dickicht. Nur Streifen vom Himmel leuchteten düster über ihren Köpfen und zogen sich hin wie lange verzweigte Wege, von Wolkenfetzen verschüttet und von den Umrissen der Bäume begrenzt; der Mond tauchte manchmal auf, und dann fielen die Schatten der Bäume mit einer leblosen Dunkelheit auf den Weg und durchschnitten ihn, wie Leichen, mit schwarzen Schwellen.

Zenon ging ohne Furcht und starrte auf die jeden Augenblick in der Dunkelheit verschwindende undeutliche Silhouette Daisys und lauschte dem düsteren Geflüster der wogenden Bäume.

Er dachte in diesem Augenblick an gar nichts; Schatten voll eines geheimnisreichen Leuchtens ergossen sich über seine Seele, mit wogenden, unfaßbaren Visionen dessen, was kommen sollte; diese kommenden Augenblicke wurden in ungekannten Tiefen geboren und ließen ihn in die dämmerhafte, ungreifbare Scheu vor dem Geheimnis hinabgleiten.

Sie kamen auf ein ödes, großes Feld; in der Tiefe tauchte aus den Schatten ein gewaltiges schwarzes Haus, der Mond hatte sich wieder auf einen Augenblick gezeigt, so daß Zenon deutlich die harten Umrisse eingestürzter Türme und Wände sah und alten Efeu, der die leeren Fensterhöhlen und die zerfallenden Mauern umrankte. Doch ehe er genau Umschau halten konnte, drang plötzlich von irgendwoher, wie aus dem Kellergewölbe, ein blendender Lichtstreifen, und es erscholl das Getöse einer zufallenden Tür.

Daisy verschwand auf einer ruinenhaften gewaltigen Stiege. Er war allein und schaute sich ratlos um. Rings stand eine dunkle Wand von wogenden Bäumen, hin und wieder fegte der Wind darüber hinweg, so daß sie sich ächzend neigte, und über ihr schimmerten die Lichter von London wie ein verlöschender, ferner, gewaltiger Brand.

Und nirgends eine Spur von Menschen, nirgends Licht noch Stimmen, nur das düstere Schweigen der toten Mauern, durch die der Wind pfiff, nur das Ächzen der Bäume, und überall in der Dunkelheit lauernd Gebüsch, das Zenon gleichsam unerwartet mit seinen Zweigen erfassen wollte; eine Menge Geröll versperrte den Weg, und hie und da schimmerten in Löchern die blinden Augen von Tümpeln.

Er ging langsam um das ganze Haus herum, aber alle Eingänge waren vermauert, so daß er zu den gewaltigen Treppen zurückkehrte, auf denen sich die zerschlagenen Säulen und Balustraden schwarz abzeichneten; er kam an eine große Tür und blieb stehen, ohne zu wissen, was er anfangen solle.

Der Wind wurde immer heftiger und heulte immer düsterer in den Ruinen, manchmal fiel ein Stück Mauer zur Erde, die Bäume wogten und rauschten in der trüben Dunkelheit, denn der Mond war ganz in Wolken versunken, die wogenden, schäumenden Wellen glichen; gedämpfte ferne Stimmen, die Stimmen von Gräbern, drangen mit entsetzlichem Ton aus den Ruinen und aus der Erde, oder sie flossen aus unbekannten Höhen, – oder sie waren im Grunde der Nacht entstanden, – er wußte es nicht.

»Sei ohne Furcht ... schweige ... S. O. F. öffnet die Geheimnisse«, wiederholte er plötzlich, sich der geheimnisvollen Formel erinnernd, und ergriff nunmehr dreist und ohne Zögern den Hammer, der an einer Kette hing, und schlug an die Tür.

Schweigen ... nur die Bronze stöhnte, und ein langes, dumpfes Echo erscholl.

Er sagte noch einmal, jeden Buchstaben betonend:

»S. O. F.«

Die Tür öffnete sich leise, und als er eingetreten war, schloß sie sich dröhnend.

Er befand sich in einer gewaltigen, beinahe dunklen Halle, in der Mitte stand aus einem niedrigen Dreifuß ein mächtiges Weihrauchgefäß mit glühenden Kohlen, die einen betäubenden, schweren Duft ausströmten, dahinter dämmerte eine Kolossalstatue, die mit einer veilchenfarbenen Draperie verhüllt war; und außerdem nichts: nur nackte Wände, glatte, schimmernde Steine, aus denen hier und da von der Nacht verdunkelte Malereien sichtbar waren, und allerlei goldene Buchstaben, die geheimnisvollen Symbole des Feuers, des Wassers und der Luft, und in visionären Umrissen Ungeheuer, Tiere, angstverzerrte Larven, und alles dies kaum zu sehen in den blutroten Rauchwolken und in dieser purpurnen Dunkelheit.

Er sah sich um, konnte aber niemand erspähen und fühlte Entsetzen über diese tote Stille, die wie ein Grabstein auf seiner Seele lag; da spürte er, daß die Steintafel, auf der er stand, erbebte und langsam mit ihm hinabzugleiten begann, in einem kaum fühlbaren Sinken. Er rührte sich nicht, er zuckte nicht einmal zusammen, er schloß nur die Augen, denn die Angst würgte ihn und schüttelte ihn mit eisigen Schauern, doch bald kann er zur Besinnung, da er an eine Wand anstieß; völlige Nacht umhüllte ihn, er hatte keine Ahnung, wo er sei, in diesem Augenblick der Angst hatte er das Bewußtsein dessen verloren, was mit ihm geschehe. Er verstand nur soviel, daß er sich in einem niedrigen, schmalen Gang befand. Sich an den Wänden entlang tastend, fing er an, ohne Furcht gebückt vorwärts zu gehen.

Ein Chor von fernen, gedämpften und tiefen Stimmen, die dem Rauschen ersterbender Wellen an fernen Gestaden glichen, ertönte irgendwo vor ihm ... schluchzte wie in einer dumpfen Leere ... zitterte immer leiser und näher, näher; er eilte diesen traumhaften und unerklärlichen Tönen entgegen, voll Scheu und voller Neugier zugleich.

Der Gang hörte plötzlich an einer kalten und schlüpfrigen Wand auf, die Töne verloren sich in Stille; er begann fieberhaft tastend die Tür zu suchen, als sich wieder der Boden unter ihm senkte ... Er fühlte, daß er hinuntersank, daß er mit blitzartiger Schnelligkeit in einen Abgrund fiel ... Der Schreck und jenes entsetzende Gefühl des Versinkens ohne eine Möglichkeit der Rettung raubten ihm die Kraft.

Als er wieder zu sich kam, saß er auf einer steinernen Bank; er ließ vorsichtig seine Hände über die Wände gleiten: sie waren kalt und glatt wie aus Porphyr; das Zimmer war klein, quadratisch und sehr hoch, denn er konnte, wenn er sich auf die Bank stellte, die Decke nicht erreichen; nur eine der Wände schien ihm kälter zu sein, wie aus Glas, und voll von merkwürdig erhabenen, harten Stellen und verschlungenen Linien, doch nirgends eine Spur von Türen oder Fenstern ...

Er fiel hin, fürchterlich ermattet und wie tot von dieser unergründlichen und schrecklichen Stille; steinerne Nacht, die Stille einer absoluten Leere und das unbeschreibbare Grauen eines toten Schweigens lasten auf ihm.

Er saß erstarrt da, ohne sich zu bewegen und ohne zu denken, wie auf dem tiefsten Grunde einer seit Millionen von Jahren gestorbenen Welt, in den ewigen Abgründen des Schweigens; er hatte das unklare Gefühl, als träume er einen steinernen Traum, die ewige Leblosigkeit, aus der man nie erwacht, als wäre er ein lebendiges Atom, das plötzlich in die tiefsten Tiefen ewigen Schweigens und ewiger Nacht hinuntergerissen wurde. Und so flossen ihm in dieser Gefühllosigkeit unbewußte Augenblicke dahin; so muß die Zeit Basaltblöcken gleich auf dem Meeresgrunde dahinfließen, oder gleich Seelen, die in der Unendlichkeit umherirren, oder gleich Sternen, die gestorben sind und ewig, ewig fallen ...

Er war nur noch das Schweigen einer versteinerten Angst, er träumte einen bewußtlosen Traum von sich selbst, und wie im Traume fühlte er, daß seine Augen etwas zu ersuchen begannen, daß in ihm etwas in gespensterhaften Umrissen entstand ...

Die Wand drüben begann langsam aus der Nacht hervorzutauchen, wurde durchsichtig wie ein grünliches Meer, durch das man die blassen, zitternden Umrisse des Grundes sehen kann ... wundersame Grotten eine phantastische Pflanzenwelt und die leise vorübergleitenden Larven eines Gespensterlebens ...

Er wußte genau, daß er nur träume; er rührte sich nicht vom Platze, damit die Visionen nicht wichen, mit schweren Augen starrte er auf einen Punkt, auf den Grund dieses langsam hervortauchenden Raumes ... auf einen Felsen, der mitten darin emporragte, ganz in blutige Flammen getaucht, und der aussah wie eine Feuergarbe oder eine vom Sturm gepeitschte Fackel; rings in der grünen Dämmerung lagen, wie auf dem Meeresgrunde, gewaltige Steine ... und Bäume mit Ästen wie

Klauen wiegten sich ... es zitterten die Bewegungen unklarer Gegenstände.

Ja, diese gewaltige Grotte, von Tropfsteinen übersäet, die wie lange, schwere Eiszapfen herunterhingen, konnte nur ein Traum sein. Sie war ganz in grünes Licht getaucht, in dem es undeutlich golden zu schimmern anfing, wie ein Schwarm leuchtender Schmetterlinge, und dahinter tauchten schwere, unkenntliche Gestalten auf, sie krochen gleichsam unter dem Stein hervor, aus diesen grünen Höhlen, dem Dickicht grüner Schatten und bewegten sich in stiller, kaum sichtbarer Prozession in dieser smaragdenen Flut, wie in einem leise wogenden Wasser ... als schwämmen sie, die blutige Vision der Flammen umkreisend ... es erzitterten Töne, als wenn tausend Harfen auf einmal seufzten und erstürben ... Die Schatten zerstreuten sich auf dem Gestein wie rostfarbene Kröten ... und gleich darauf tauchte wieder eine lange Prozession weißgekleideter Gestalten auf, barfuß mit entblößten

Brüsten ... Köpfe von Schlangen ... Köpfe von Vögeln ... Köpfe von Tieren, der ganze teuflische Hofstaat des unheilverkündenden Seth; sie gingen langsam, rhythmisch, und schleppten auf ihren Schultern eine lange, schwarze, verhüllte Bahre, sie umkreisten die Flamme, und als sie die Bahre dicht vor diese hingestellt hatten, entfalteten sie sich nach beiden Seiten wie zwei weiße Flügel.

Plötzlich erdröhnte ein erschütterndes Getöse, ein Blitzstrahl erhellte wie ein goldenes Band die Grotte, alle fielen mit den Gesichtern zur Erde, blutigrote Flammen sprühten empor wie ein Vulkan und sanken wieder leise herab, dafür aber begannen goldfarbene Wolken von Opferrauch emporzusteigen, durch die langsam in der unheimlichen Stille des Werdens die Gestalt Baphomets hervortauchte ... Er stieg empor aus den scheuen, zuckenden und erblassenden Flammen, er wuchs heraus wie eine drohende Wolke aus einem Abgrunde ... bis er ganz erschien, düster wie die Nacht und furchtbar wie der Tod ... Er saß auf seinen Bocksbeinen, die goldenen Hörner des Halbmondes erstrahlten auf seinem schmalen entblößten Haupte ... Er war ganz nackt, schlank und jugendlich, er saß mit breitgespreizten Knieen, zwischen denen sich wie eine Giftschlange ein blutiger Blitz wand ... Die herabhängenden langen Hände berührten mit gekrümmten Krallen die Hülle der Bahre, die unter seinen goldenen Hufen stand ... Die roten Augen sprühten Licht wie glühende Karfunkel und schienen über die Häupter der vor ihm in scheuer Demut im Staube Liegenden zu gleiten. Er war furchtbar in seiner kalten, wie mit einem tödlichen Zauber vergifteten Schönheit … düster wie die Unbarmherzigkeit … Ein wildsüßer Ausdruck lag um seinen schmerzhaft zusammengepreßten Mund … Die zusammengezogenen und drohenden Brauen waren gespannt wie ein Bogen der Rache und des Zornes … Und in dem schmalen Antlitz und der erhabenen, stolzen Stirn lag die Qual ewiger Empörung, nie endenwollender Nacht, ungesühnten Unrechts und ewigen Irrens, sein Körper war vorgeneigt und gleichsam zu lauerndem Sprunge gespannt, so daß es schien, als wäre er nur für einen Moment erschienen und würde sich gleich wieder in den Abgrund stürzen, die eisigen Wüsten des Schweigens zu durchrasen und immer, ohne Ende, ewig und rastlos zu wandern …

Zenon kam unter dem Eindruck dieser Vision zum Bewußtsein, er fühlte, daß er nicht schlief, und konnte es doch nicht glauben, er wehrte sich vor dem Wahnsinn … Er wollte fliehen … Doch es umringten ihn die kalten, unbarmherzigen, nicht weichen wollenden Mauern, er wollte in plötzlicher wahnsinniger Angst schreien, doch die Stimme erstarrte in seiner Kehle, er begann mit den Fäusten gegen die durchsichtige glasartige Wand zu schlagen, doch sie gab nicht einmal ein Geräusch von sich, er verwundete nur schmerzlich seine Hände und seine Kniee und sank erschöpft hin.

Erst nach einiger Zeit erhob er den Kopf, die Wand leuchtete noch, ein monotoner, langgedehnter Gesang erscholl, merkwürdige Worte fielen schwer wie Blumen leise herab und verwoben sich mit einem feierlichen, gebetartigen, glühenden Flüstern:

»O Herr der Nacht und des Schweigens!«

»Sei mit uns«, antwortete das Echo.

»O Herr der Furchtsamen und Bedrückten!«

Immer leidenschaftlicher schluchzten die Stimmen; Zenon erhob sich und preßte das Gesicht an die etwas geschwärzte Wand. Die Grotte war beinahe unsichtbar, Nacht erfüllte sie, nur in der Mitte leuchtete die Figur Baphomets wie ein im Fallen versteinerter Blitz, und die schwarze Bahre stand noch immer unter ihm, aus den Tiefen der Schatten drang langsam die feierliche, packende Psalmodie.

»Der du die Verdammten erlösen wirst.«

»Du Einziger«, antwortete ein sterbendes Echo.

»Der du die Unterdrückten schützest.«

»Unsterbliche Rache.«

»Der du gleich bist an Macht.«

»Schmerzhafter Schatten.«

»O Licht du, das Habgier in den Abgrund gestürzt.«

»Gefesselte Macht!«

»Barmherzige Macht!«

»Heilige Macht!«

Zenon verstand plötzlich diese wunderliche Litanei, er erinnerte sich ihrer, es war dieselbe Melodie, die er damals auf der Seance gehört hatte, es waren dieselben Worte, deren er sich bisher nicht hatte entsinnen können, – wo und wann hatte er sie gehört?

Die Gesänge verstummten, in der trüben Dunkelheit begann etwas zu geschehen … Zenon konnte die undeutlichen Umrisse nicht unterscheiden … weiße Nebelschatten führten einen Reigen auf … schienen die Statue zu umfließen … zitternde Lichter schimmerten … und ein Schatten neigte sich über die Bahre … deutlich unternahm er das Auftreten unsichtbarer Füße auf dem Kiesboden … ein Flüstern … das Zischen der Flammen … und nicht zu unterscheidende Bewegungen.

Plötzlich erscholl ein langgedehntes klägliches Brüllen.

»Das ist Bagh, Bagh«, flüsterte Zenon, denn er bemerkte die Umrisse des Panthers, der sich auf die Bahre stürzte.

Die Hülle fiel herab, und eine nackte, hohe Gestalt erhob sich langsam, Zenon erzitterte bis in die tiefsten Tiefen, er hätte in diesem Augenblick sein ganzes Leben hingegeben für die Möglichkeit, ihr Gesicht zu sehen … Er sah nur, wie durch einen dichten Nebel, einen schlanken, nackten Körper, von dem Mantel der in der Ferne rostfarbenen Haare umhüllt, zwischen den Knieen Baphomets stehen.

Eine starke Stimme ertönte mit ehernem Klange.

»Was willst du?«

»Sterben für ihn«, antwortete unerschrocken eine zweite.

»Willst du dem Tode angetraut werden?«

»Ich bin der Rache und dem Geheimnis angetraut.«

»Verfluchst du das ›A‹?«

»Ich verfluche es!«

»Verfluchst du das ›O‹?«

»Ich verfluche es!«

»Verfluchst du das ›M‹?«

»Ich verfluche es!« erklang in wohltönenden unerschrockenen Worten die Antwort.

Zenon verstand nichts von der weiteren Litanei der schrecklichen Schwüre und Verwünschungen, die das Blut erstarren machten; denn er lauschte mit ganzer Seele dem Widerklang der schwörenden Stimme, er fühlte an dem Schauer, der in ihm erwachte, daß er sie schon irgendwo gehört hatte ... So haschte er denn danach wie nach einem Schmetterling, ohne auf das entsetzliche Ritual zu achten, das sich ununterbrochen hinzog, bis er schließlich ganz deutlich erkannte, daß es Daisy war, daß man sie mit diesen geheimnisvollen Zeremonien dem Baphomet weihte; doch er wunderte sich nicht darüber, – als wäre er bereits der Fähigkeit beraubt, über irgend etwas in Verwunderung zu geraten.

Die Dunkelheit wich, und in der Grotte begann es etwas heller zu werden.

Daisy saß zwischen den Knien Baphomets in derselben Stellung wie er, die herabhängenden Hände berührten den Panther, der zu ihren Füßen kauerte, und über ihren Kopf, der von goldgelbem Opferrauch umflossen war, neigte sich das grünlich-blutige Antlitz des Teufels, und seine langen Arme schienen sie zu umfangen und sie an sich zu schmiegen; dies eine nur sah Zenon klar, das übrige verschwand vor seinen geblendeten Augen wie ein Reigen von traumhaften Erscheinungen, deren man sich nur unklar erinnern kann.

Er wußte nicht, von wo sie herniederschwebten, und wußte nicht, ob sie außerhalb seiner Seele wären.

Da führte das halb tierische unheilverkündende Gefolge Seths ein weißes Lamm herbei, ein Mensch mit einem Hundekopfe schlachtete es mit einem schweren, steinernen Messer, und dann wurde es unter düsteren Gesängen und Verwünschungen dem Panther zum Fraße vorgeworfen ...

Dann verbrannte man sieben Zauberkräuter, die mit dem Blute eines unschuldigen Kindes besprengt waren, und verstreute die Asche nach den sieben Himmelsrichtungen.

Dann dämmerte ein Reigen von Würmern und riesigen Kröten auf, die an Strohseilen ein Kreuz hinter sich herzogen. Unter Schmähungen und Ausspeien mit dem höllischen Chor von Kichern und Spotten zertrümmerten sie es zu Splittern, trampelten auf diesen mit den Füßen und warfen sie der Statue schließlich unter die Hufe.

Dann wieder erschien eine Schar von unbeschreiblichen Ungeheuern, eine Herde von Gespenstern, Vampiren und Spukgestalten, als entsprängen sie einem kranken Gehirn, die trugen auf dem Deckel eines vermoderten Sarges eine symbolische weiße Hostie und warfen sie unter markerschütterndem Getöse, unter Schmähungen und Gegröhl Baphomet zu Füßen.

Dann begannen im Lichte gleichsam alle Gespenster der mittelalterlichen Kathedralen aufzutauchen, alle Larven der Versuchung und der Angst, die sich in der heiligen Seele verbergen, sie erschienen schweigend, düster und trugen heilige Bücher, Symbole, Bilder, Meßgewänder und warfen dies alles auf einen großen Haufen; sieben blutige Blitze schossen aus den Augen Baphomets, sieben Blitzstrahle trafen die geschändeten Heiligtümer, Flammen loderten empor, und alle diese Höllenerscheinungen begannen einen wilden, tollen Reigen um den Scheiterhaufen zu tanzen.

Beißender, schwarzer Rauch verhüllte die Gestalt Daisys und stieg in hohen, wirren Säulen empor und verhüllte die Grotte mit einer düsteren, undurchdringlichen Wolke.

Zenon neigte sich in sich selbst hinein, wie über die Schwelle einer unbekannten Welt, er schaute auf die Geheimnisse, und die Augen seiner Seele eilten zum ersten Male weit über ihn selbst hinaus, weit hinaus über die dummen, trägen Gedanken von Tatsachen und sichtbaren Dingen; zum ersten Mal durchmaßen sie einen unübersehbaren Raum, zauberhafte Fernen, flogen sie über Höhen und unergründliche Abgründe dahin, so daß er geblendet zurückwich, voll von jener heiligen Stille der Ahnungen und Visionen; der Hauch einer unsterblichen Macht wehte durch seine Seele.

»Fürchte dich nicht, ich bin bei dir«, hörte er ganz nahe bei sich die Stimme Daisys.

Er versank plötzlich in Demut, fiel auf das Gesicht, gleichsam zu Füßen der Unsichtbaren und flüsterte mit einer Stimme voll tiefster Hingebung:

»Ich weiß nichts, ich verstehe nichts, aber ich fühle, daß du bei mir bist.«

»Denke, und du wirst mich immer und überall finden.«

Seine Seele verschloß sich gegen alles und verfiel in lange Erstarrung.

Als er sich von der Erde erhob, war die Grotte ganz in eine blasse, bläuliche Helligkeit getaucht. Baphomet stand da wie ein Gebüsch aus purpurrotem Feuer, und zu seinen Füßen kroch auf dem weißen Körper

Daisys, welche dalag, als wäre sie ans Kreuz geschlagen, ein Schatten, wie der des Panthers, und schien sie zu umarmen.

Die Grotte war leer; die übermenschliche Angst um Daisy spannte Zenons ermattete Kräfte so an, daß er vor Angst wie wahnsinnig aus ganzer Kraft aufschrie und sich gegen die Wand warf, als wollte er ihr zu Hilfe eilen.

Plötzlich war alles verschwunden, die bronzene Tür schlug krachend zu, er stand wieder vor der düsteren Ruine, unsicher, zögernd und ratlos wie zuvor, als wenn er nie dort Eingang gefunden hätte.

Wohin kann sie verschwunden sein, dachte er wie zuvor; er konnte sich an nichts mehr erinnern, seine verwunderten Augen glitten über die Ruinen; er ging wieder um das Haus herum, und da er alle Eingänge wieder vermauert fand, blieb er unwillig stehen. Er wußte nicht, was er mit sich beginnen solle.

Es dämmerte schon, der Widerschein Londons schimmerte kaum sichtbar am blassen Himmel, die Sterne begannen zu erlöschen, wie Augen, über die sich eines Sterbenden Lider senken; riesige, zerfetzte Wolken flogen mit einem stummen Schrei ganz niedrig vorüber, der Sturm zerrte an den Bäumen, die in einem schweren Schlafe die durchnäßten schwarzen und schweren Äste erhoben, der Tag stieg langsam und schwer, als wäre er von Kälte und Nässe erstarrt.

Überall schimmerten graue Wasserpfützen, die harten Umrisse der Ruine schienen in der Morgenröte gewaltiger zu werden, die dumpfen und blinden Felder hoben sich mühsam aus der Dunkelheit empor, die Welt wurde langsam sichtbar im Chaos der weichenden Dämmerung.

Auch Zenon war es, als stünde er auf nach einer Nacht des Selbstvergessens, die Kälte und der Sturm hatten ihn wach gemacht. Er dachte nicht mehr nach, er riß sich von den Ruinen los und machte sich eiligst auf den Weg zur Bahnstation.

Unter den Bäumen verbarg sich noch die scheue Nacht.

Er ging durch eine Allee von riesigen Bäumen, die der Wind schüttelte, und die gleichsam das wilde Lied eines Wintermorgens heulten … Im Gebüsch schrie ein verirrter Pfau … Eine Schar von Krähen erhob sich von den Zweigen und verschwand in der grauen Dämmerung des Morgens; zerbrochene Zweige fielen auf Zenon herab; er ließ sich, ohne es zu wissen, in einem Gebüsch nieder, um den Sturm abzuwarten, der immer heftiger wütete.

Und so blieb er dort, als hielte ihn der Sturm gefangen, bezaubert von dem Erwachen der Lebewesen, er wurde eins mit ihnen, vereinigte sich mit ihnen in dem düsteren Heulen des Orkans und sang mit ihm jenes wilde und übermächtige Lied ohne Worte, das Lied der blinden und unsterblichen Gewalten der Natur. Er vergaß, daß er nach Hause wollte, er ging in den Park hinein, irrte unter den Bäumen umher und versank in ihrer Dunkelheit, er war bei Bewußtsein und wußte doch nichts, er erblickte ein Blümchen im verwelkten Grase und preßte es an seine heißen Lippen; eine plötzliche, übermächtige Sehnsucht ließ seine Seele von solcher Liebe und einem so hungrigen Verlangen, mit allem zusammenzufließen, anschwellen, daß er sich erhob, verbrüdert mit Nacht und Sturm, in seinem Empfinden den Bäumen und dem Himmel ähnlich, mächtig durch die Gewalt einer unermeßlichen Rührung, daß er sich an die Bäume schmiegte, vor den Sträuchern niederkniete, daß er die Äste umarmte und das trockene Gras küßte und mit herzlichen Tränen des Glücks diese teuersten und heiligsten Wesen begoß, die er längst verloren und jetzt unverhofft wieder gefunden hatte.

Sechstes Kapitel

Das Zimmer war grau und traurig. Denn der Tag war regnerisch, und der Nebel drang wie Rauchschwaden in die Wohnung und überzog die Wände und Möbel mit einer aschgrauen, klebrigen und kalten Hülle; der Regen schlug an die triefenden Scheiben und verursachte das einzige Geräusch, das in dieser toten Stille unaufhörlich zu hören war. Yoe saß an dem Bette Zenons mit dem Arzte, der jeden Augenblick nach dem Puls des Schlafenden fühlte und ungeduldig auf die Uhr schaute.

Das Schweigen wurde unsagbar langweilig und einschläfernd.

»Ich bin neugierig, wie lange dieser Schlaf noch dauern wird?« flüsterte der Arzt.

»Höchstens eine halbe Stunde.«

»Drei Tage und drei Nächte, das ist ein geradezu unbegreiflicher Schlaf.«

»Ja, für die Medizin!«

»Für jeden«, entgegnete der Arzt mit Nachdruck und hob stolz den Kopf.

Yoe lächelte mit sanfter, aber vernichtender Nachsicht.

Und wieder herrschte Schweigen und eine mühsam unterdrückte Ungeduld; der Arzt schaute durchs Fenster, auf das durchsichtige, schräge Gewebe des Regens, der auf die schwarzen, gebeugten Bäume niederfiel, Yoe saß unbeweglich da, mit geschlossenen Augenlidern, und der im Nebenzimmer umhergehende Mr. Smith schaute jeden Augenblick durch die Portiere, bis er sich endlich leise hineinschob und ängstlich sagte:

»Er muß vor allem vergessen, – das wird ihn am ehesten heilen ...«

»Was soll ich vergessen?« fragte plötzlich Zenon und schlug die Augen auf.

»Die ... eigene Krankheit!« beeilte sich Yoe zu entgegnen, während er seine Hand faßte.

»Was, ich bin krank?« Zenon war ganz erstaunt.

»Es ist schon alles vorüber, bemühe dich nicht, dich daran zu erinnern, – es war nichts Gefährliches.«

»Aber ich kann mich an nichts erinnern.«

»Sie sind offenbar infolge von Überarbeitung ohnmächtig geworden«, flüsterte Mr. Smith.

»Nein, nein, Mr. Smith scherzt«, widersprach Yoe energisch.

»Ich bin in Ohnmacht gefallen, wann?« Zenon versuchte die Fetzen von Erinnerung, die in seinem Hirne herumschwirrten, zusammenzuleimen, doch er fühlte sich plötzlich völlig im Dunkeln, die schwachen Funken entglitten seinem Bewußtsein, wie das Rettungsseil den Händen des Ertrinkenden, er schaute Yoe an und erbebte ... Er bemühte sich aufzustehen ... Er wollte schreien ... Er wollte etwas sagen und blieb steif liegen, mit ausgestreckter Hand ... mit einem stummen Laute auf den erbleichten Lippen ... mit verdrehten Augen ... Doch plötzlich weckte er sich, gebannt von dem stahlharten, hypnotisierenden Blicke Yoes, und verfiel wieder in Schlaf.

»Du wirst bis zum Morgen fest und ruhig schlafen und wirst gesund erwachen, – du erinnerst dich an nichts mehr, an nichts!« suggerierte ihm sein Freund mit aller Kraft, während er lange einschläfernde Handbewegungen über ihm machte.

Der Arzt wollte protestieren, aber es war schon zu spät. Zenon war in einen steinernen Schlaf verfallen, taub gegen alle Zurufe und Versuche, ihn zu wecken.

»Du hörst mich allein, verstehst nur mich und antwortest nur mir«, flüsterte ihm Yoe zu und preßte mit den Fingern seine Augen und Schläfen.

»Ich wünschte, daß er ein wenig ausruhte und Nahrung zu sich nähme; er ist fürchterlich erschöpft«, rechtfertigte sich der Arzt.

»Ich wartete auf sein Erwachen, um ihn sofort einzuschläfern, ehe das Bewußtsein in ihm erwachte, – später wäre es zu spät, niemand wäre dann imstande, die erwachten Gedanken zu bändigen.«

»Kann man denn den Gedanken so einschläfern, daß er, wenn er aufwacht, sich an nichts mehr erinnert?«

»Aber man kann ihn herausreißen und im Vergessen ertränken.«

»Ein interessantes Experiment, doch scheint mir der Erfolg zweifelhaft.«

»Es ist durchaus notwendig für seine Rettung und das Sicherste!« sagte Yoe hart.

Sie gingen in das andere Zimmer hinüber. Der Arzt fühlte Zenon nach dem Puls, maß die Temperatur und ging hinaus.

Mr. Smith flüsterte, nachdem er die Tür hinter ihm geschlossen hatte, ängstlich:

»Was ist ihm zugestoßen? Ist das der Einfluß Daisys?«

»Ich weiß nicht … Ich fürchte, es ist so … Die Sache ist völlig rätselhaft … Ich weiß selbst nichts und verstehe nichts … Aber ich werde mit ganzer Kraft über ihm wachen … Ich werde bis zum Morgen bei ihm sitzen.«

Mr. Smith machte sich im Zimmer zu schaffen, sah mit seinem hungrigen Schätzerblicke alle Bilder an, streichelte mit wollüstigen Fingern die Bronzefiguren und fragte, mit einer katzenartigen Bewegung heranschleichend, demütig:

»Trittst du wirklich aus unserer Gemeinde aus?«

»Ich habe es Euch doch deutlich und entschieden genug mitgeteilt.«

»Brichst du für immer mit uns?«

»Nein, ich gehe nur von nun an meinen eigenen Weg.«

»Ich bitte dich im Namen der ganzen Bruderschaft, geh mit uns!«

»Wozu, wohin?« entgegnete Yoe ungeduldig, beinahe ärgerlich.

»Du weißt, du hast zusammen mit uns den Tempel errichtet.«

»Ja, aber ich bin sehend geworden und gehe dem Lichte entgegen.«

»Er wird zusammenstürzen, wenn du ihn nicht mehr stützest.«

»Möge alles zusammenstürzen, was nicht von selbst steht, was nicht von der Macht des eigenen Inhalts gestützt wird. Ihr wart mit eine Etappe auf dem mühseligen Weg zur Wahrheit, ich hin Euch dankbar dafür, aber ich muß weiter gehen auf der Bahn meiner Bestimmung.«

»Ich fühle es, aus dir spricht Verachtung«, flüsterte Smith traurig.

»Nein, ich habe nur genug von diesen tanzenden Tischen, diesem Klopfen, diesem Gestammel aus dem Grabe und diesem Herumtappen im Staube dummer Tatsachen! Euer Spiritismus ist nur ein vulgärer und wilder Fetischismus von zufälligen Kräften und halluzinären Erscheinungen, ist nur der Glaube von Blinden und Schwachen. Ihr habt eine Kirche gegründet, in der ein Medium regiert, das mehr oder minder betrügerisch ist; eine Kirche, die zu nichts führt, nichts erhellt und niemand erlöst!«

»Warst du denn nicht ihr Apostel?« stöhnte Mr. Smith.

»Das ›gestern‹ ist nur ein Schatten im Lichte des ›heute‹, das vom ›morgen‹ träumt ...«

»Arbeiten wir denn nicht für das ›morgen‹?«

»Nein, die Welt verfault in Schande und Verbrechen, und Ihr bettelt um Mitleid bei toten Schatten und verlangt nach Wundern, nur um Eure erhitzte Einbildungskraft zu befriedigen. Das von Millionen heiß ersehnte ›morgen‹ wird nicht daraus erstehen, denn das alles ist nur erniedrigende Furcht vor dem Unbekannten. Man erlöst keinen mit Jammern und Tränen ... Die schlechte Welt muß man zermalmen und bis auf die Fundamente zerstören, damit sie neu auf den Ruinen erstehe, man muß sie schaffen durch eine Tat, durch eine Tat des Willens, dem Gnade Kraft verleiht. Wer ihrer nicht teilhaftig wird, ist nur Dünger für die kommenden Geschlechter ... Wer sein will, muß seinen eigenen Leichnam töten; damit er werden kann, muß er das Leben und sich selbst bezwingen. Die Unsterblichkeit durchfließt alles in endlosem Strome, doch unsterblich ist der Wille allein, von der Gnade und der wiederkehrenden Sehnsucht nach ›Ihm‹ erleuchtet. Ich sage zu viel und zu wenig zugleich, verzeih, ich will mich kurz fassen: unsere Wege gehen an diesem Scheidewege auseinander, dort am Baume mögen die Furchtsamen und Schwachen stehen bleiben, mögen sie auf Erbarmen warten, wir werden in den Abgrund hinuntersteigen!«

»Überhebung ist dein Glaube«, sagte Mr. Smith bebend und ging hinaus.

»Nein ... nein ...« flüsterte Yoe, in Nachdenken verfallend.

Die Dämmerung begann zu sinken, das Geräusch in den Straßen verstummte, entfernte sich, Lichter begannen im Nebel durch unbewegliche, grauumwobene Bäume zu schimmern.

Zenon schlief einen gleichmäßigen und festen Schlaf, das gedämpfte Licht neben seinem Bett leuchtete in der Dunkelheit wie ein goldener Schimmer, sonst war die Wohnung in undurchdringliche Dämmerung gehüllt.

Yoe schloß die Türen, ließ die Vorhänge an den Fenstern herunter und stand lange im tiefsten Nachdenken, in ein stummes Gebet versunken, wie er es immer vor einer Seance verrichtete, endlich ging er in das erste Zimmer, setzte sich aus den Boden neben den Kamin und lehnte seinen Rücken an die Wand; durch die geöffneten Türen und geteilten Portieren konnte man in der Ferne die schwachen Umrisse des Schlafenden sehen. Yoe saß auf gekreuzten Beinen, um in sich selbst zu versinken und sich zu spalten, um als sein eigener Doppelgänger nach außen in Erscheinung zu treten und sich selbst vor sich zu sehen, ohne die Einheit zu zerstören, sich zu spalten und zwei Identitäten dieser Einheit zu sein, sich in dieser Spaltung zu verdoppeln, ohne aufzuhören, er selbst zu sein; dies waren die einleitenden Übungen Yoes, die er mit eiserner Konsequenz unter dem Einfluß und der Anleitung des Mahatma durchführte.

Bald wurde er unbeweglich und erkaltete gleichsam; trotz der Qual dieser krampfhaften Stellung bewegte er sich nicht ein einziges Mal, zuckte er auch nicht vor Schmerz, er überwand langsam den Körper, tötete die Empfindlichkeit, und während er sich an diesen ohne Zucken ertragenen Schmerzen labte, konzentrierte er die zerstreuten Gedanken auf einen Punkt, er verschloß sie alle in das eine in seiner Gewalt entsetzliche Verlangen: sich selbst zu erblicken.

Vergebens erwachten in der Tiefe seines Hirns lebendige, zuckende Erinnerungen; vergebens drangen lange Reihen von Ereignissen, bekannte Gesichtszüge und Stimmen geräuschvoll in das Feld seines Bewußtseins und erfüllten seine Seele mit beinahe sichtbaren Visionen, er tötete sie und stieß sie hinab auf den tiefsten Grund des Vergessens, immer gewaltiger nahm er Besitz von sich selbst, erstarrte er und verfiel er in eine bewußt hervorgerufene Katalepsie.

Die weit geöffneten Augen schauten unbeweglich, gläsern und wachsam vor sich hin, in der schrecklichen Erwartung des Wunders.

Er drängte sich langsam aus sich heraus, befreite sich von den Fesseln des Körpers, schälte mit den Krallen des Willens die eigene Seele aus sich heraus, indem er aus ihr sein zweites, eigenes und nur von ihm selbst gesehenes und gefühltes Dasein schuf.

Die Stunden flossen langsam, leise und unbemerkt dahin, sie glitten vorüber wie die Bilder eines nächtlichen Traumes, sie wurden, ohne zu sein, sie kamen aus unbekannten Tiefen und erstarben vergessen, die Uhr kündete sie an, als sie nicht mehr da waren und noch nicht nahten, sie schufen alles selbst und wurden nichts, sie zeichneten ihre blassen Spuren mit Sehnsucht und Träumerei, manchmal mit Tränen und zuweilen mit dem Tode.

Die Stadt schlief den schweren Schlaf arbeitsmüder Steine, in beunruhigende Träume versunken, die stille Nacht schaute mit blindem Gesichte auf die erkaltete Welt.

Zenon schlief ununterbrochen, über die Wohnung breitete sich ein starres, schlafendes Schweigen aus, nur dann und wann flüsterten längst erstorbene Klänge und Farben ... Irgendein ängstlich verborgenes Leben begann zu erstehen ... Totes schien zu leben ... Die Wände flüsterten ... Die Bronzestatuen sangen traurig, – wie stöhnende Seelen, die um ihre körperlichen Awatare irren ... Die harten Mahagonimöbel erhoben ihre sehnsüchtige Stimme ... Und aus den auf dem Kamine liegenden Muscheln klang leise das sehnsüchtig traurige Rauschen ferner Meere, die sich in der Sonne badeten ... Ein anderes Leben, das Leben jedweden Dinges, bebte in der Dunkelheit.

Im Schatten verbergen sich furchtbare Erscheinungen, die Nacht hat ihr ewiges Geheimnis.

Die Einsamkeit und die Stille enthüllen manchmal ihren unbekannten Schoß, alte Spiegel fangen zu plaudern an und zeigen, was sich einst in ihnen widerspiegelte.

Alles, was da ist, hat seine eigene Seele, dem Schweigen und dem Geheimnis angetraut.

Yoe saß immer noch da, in der äußersten, beinahe versteinerten Anspannung des Willens, er war nur noch ein Traum, der ihn außerhalb seiner selbst gebar ...

Ihn hüllte das Schweigen langsam sterbender Stunden ein, er wußte von nichts, starr in die Tiefen des furchtbaren Verlangens schauend, seine zusammengekauerte Gestalt begann wie ein phosphoreszierendes Bild aus der Nacht emporzutauchen, er leuchtete, wie von einem bläulichen Schimmer übergossen, seine Augen glänzten wie erstarrte bläuliche Lichtstreifen … Und seine gekrümmten Finger, seine Haare, alle seine Gelenke strahlten einen leuchtenden Staub aus, er war ganz darin gebadet! Plötzlich erbebte er in sich selbst, als hätte er sein Sehnen noch mehr angespannt … Denn siehe, vor ihm dämmerte ein Schatten … In dem schwarzen Abgrunde vor ihm wirbelte ein nebliger, verwehter Umriß … der erzitterte leuchtend … Er wurde langsam, nahm menschliche Gestalt an und wurde unbeweglich … Er begann einen zu sehen, der ihm gegenübersaß und vor sich hinstarrte …

Yoe verstand, daß jenes ersehnte Wunder geschehen war, er sah sich schon auf gekreuzten Beinen sitzend und unbeweglich, sich gleich und er selbst, er schaute in seine eigenen Augen, in sein eigenes Gesicht, als hätte sich sein Spiegelbild losgelöst und ihm gegenübergesetzt.

Er wankte plötzlich, für einen Moment wurde sein Bewußtsein umnebelt … Als er sich wieder erhob, konnte er nicht verstehen, wo er sei, welche von diesen beiden Spaltungen er wäre.

Er erhob sich plötzlich von der Erde, in der heiligen Freude über das Wunder, das zweite Ich erhob sich gleichfalls, sie standen einander gegenüber, mit demselben glückseligen Lächeln, mit demselben gegenseitigen Sichfühlen.

Jede Regung der Seele, jeder Gedanke, jede Gefühlsaufwallung war doppelt und zugleich dieselbe, geteilt und doch eins.

»Das dort bin ich, ich!« dachte er, fühlte er vielmehr, sich vorwärts neigend, – sein Doppelgänger tat dasselbe, und mit demselben Gefühl der Verblüffung.

Er rückte um einen Schritt näher an sich heran, jener gleichfalls, sie schauten sich in die Augen, sie schauten lange fest in ihre tiefsten Tiefen, mit jenem Gefühl furchtsamen Staunens, mit dem der Mensch manchmal in sich selbst hineinschaut, denn es gibt nichts Furchtbareres, als bewußt in die Abgründe des eigenen Ichs hinabzugleiten.

»Und wo bin ich denn?« Er bemerkte mit seinen ewig wachen Gedanken, daß er das ganze Zimmer gleichzeitig von zwei einander entgegengesetzten Punkten sah … Und doch empfand er sich in beiden Erscheinungen mit der gleichen Macht und Vollkommenheit.

Er schloß die Augen, um stiller und freudiger diesen wunderbaren Traum von sich selbst zu träumen, er vertiefte sich in einen nicht mehr zu beschreibenden Traum, in den Traum vom Traume.

Zuweilen kehrte er aus dem unsterblichen Lande der Sehnsucht zurück, wie ein vom einsamen Fluge im grenzenlosen Raum ermüdeter Vogel, er umkreiste das Leben und enteilte erschrocken in neue Abgründe der Träume von Träumen.

Zuweilen öffnete er die Augen, schaute sich mit einem Lächeln unsagbarer Rührung an, mit einem Lächeln übermenschlichen Glückes, und wieder träumte er die Unsterblichkeit.

Zuweilen aber kehrte er mit der ganzen Gedächtniskraft des Körpers auf die Erde zurück, er erinnerte sich an das Leben und umfing alles, und dann erhob sich jenes zweite Ich vor ihm, bewegte sich langsam und unaufhörlich in der Wohnung umher und beschäftigte sich mit etwas, was ihm nicht ganz verständlich war, mit etwas Nichtigem, sicher Irdischem, denn er flüsterte, als er dies sein Lebens Awatar sah, beinahe befehlend:

»Gehe, du mein Gedanke, werde Leben ... erfülle deine Bestimmung ... Gehe ... ich kehre zu Ihm zurück ...«

Und er neigte sich voller Sehnsucht in die Arme der Unendlichkeit und fiel langsam in das geheimnisvolle, einsam thronende Schweigen.

Die Nacht nahte bereits ihrem Ende, das Zimmer wurde langsam von grauer Dämmerung erfüllt, wie von dem aschgrauen Schimmer in Staub aufgelöster, in der Stille gestorbener Stunden ... Aus der Dämmerung tauchten langsam und träge die Umrisse der Möbel hervor.

Der Alltag erwachte aus tiefem Schlaf der Ruhe ... Die ersten schüchternen Stimmen des Tages wurden laut ... Der Morgenwind schüttelte rauschend den kalten Tau von den gekrümmten Bäumen, die Straßen begannen dumpf zu stammeln, der Tag stürzte sich auf die Erwachenden wie ein hungriger Wolf und packte sie mit den reißenden Klauen blutiger Mühsal.

Nur Zenon schlief immer noch, und Yoe saß unter der Wand auf gekreuzten Beinen wie erstarrt, mit weitgeöffneten Augen, doch in völliger Katalepsie.

Erst ein schrilles, heftiges Läuten an der Eingangstür riß ihn plötzlich aus der Erstarrung; er sprang auf.

Der Malaie stand auf der Schwelle, sichtlich befangen.

»Was willst du? Ich habe dir doch gesagt, du solltest zu Hause auf mich warten.«

»Miß Daisy hieß mich Sie wecken und Ihnen sagen, Mr. Zenon hätte genug geschlafen, und man müßte ihn allein lassen.«

»Bist du ihr auf der Treppe begegnet?« Yoe war erstaunt über dieses merkwürdige Geheiß.

»Sie kam nach oben ... befahl mir zu gehen«, entschuldigte der Malaie sich ängstlich.

»Es ist gut, richte das Bad, ich komme sofort.«

Yoe war noch verblüffter, als er Zenon erblickte, der im Bette saß und mit den Fingern auf der Decke verstreute Veilchen zusammenraffte.

»Schläfst du schon lange nicht mehr?«

»Vor einem Augenblick bin ich erwacht ... Wer hat das gebracht und hergestreut?«

»Gerade wollte ich dich danach fragen.«

»Ich träumte, Daisy hätte einen Strauß Blumen auf mich geworfen, ich träumte es vor einem Augenblick; als ich erwacht war, dachte ich, es wäre nur ein Traum, – diese Blumen.«

»Nein, das sind wirkliche Blumen, irgendein geheimnisvoller Apport!« flüsterte Yoe, während er ihm half, die Veilchen aufzulesen; sie bedeckten das ganze Bett, sie waren frisch und dufteten und glänzten noch vom Tau, so daß sie die ganze Wohnung mit Frühlingsduft erfüllten.

»Wie fühlst du dich?« fragte er dann.

»Völlig wohl, doch was ist mit mir eigentlich vorgegangen? Ich erinnere mich an nichts.«

»Ach, es ist nicht der Rede wert, du bist auf der Straße ohnmächtig geworden, das ist alles ...«

»Ich bin ohnmächtig geworden? ... Merkwürdig, ich kann mich an nichts mehr erinnern ... Ich habe zwar eine Spur von Erinnerung, aber die ist so nebelhaft, daß ich gar nicht klug daraus werden kann ... Ich fühle nur eine Art Unruhe, es ist, als wäre ich im Nebel ... Und jetzt diese Veilchen ...«

»Sie sind von ihr!«

»Sie war hier, war bei mir?« rief er erstaunt.

»Ein gewöhnlicher Apport, sie brauchte nicht erst hierherzukommen, um sie dir auf die Brust zu werfen.«

»Es kann sein, aber ich kann an diese wundersamen Apporte nicht recht glauben.«

»Wunder geschehen mit dir, geschehen um dich herum, du aber bemerkst nichts, bist blind gegen das Licht«, sagte Yoe mit einer gewissen Bitterkeit.

»Es ist wahr, es gehen außergewöhnliche, unerklärliche Dinge mit mir vor ...«

Er erinnerte sich plötzlich an zerstreute Trümmer von Geschehnissen und Gefühlen.

»Hast du heute Nacht bei mit gewacht? Ich entsinne mich dessen unklar.«

»Ich war bei dir, ich war ...« Yoe zuckte plötzlich zusammen und warf sich heftig nach hinten, denn wieder erblickte er sich gegenüber – sich selbst.

»Was hast du denn?«

»Nichts ... nichts ... sage mir, wo ich bin«, flüsterte Yoe ängstlich, indem er mit den Blicken sein zweites Ich verfolgte, das sich gleichfalls über Zenon neigte und ihm etwas ins Ohr flüsterte.

»Nun, hier, bei mir, ich verstehe nichts.« Die Erregung Yoes beunruhigte Zenon.

»Nimm meine Hand ... halte sie fest ... fester«, stöhnte Yoe kläglich und sank auf den Stuhl; mit geschlossenen Augen, nur halb bei Bewußtsein, saß er lange da, ohne sich zu bewegen, in der furchtbarsten Angst, er würde, sobald er die Augen öffnete, sich wieder erblicken.

»Sind wir allein?« fragte er kaum hörbar.

»Aber vollkommen allein, niemand ist hereingekommen.«

»Schau nach, schau nach, ich bitte dich ...« Angst zitterte in Yoes Stimme.

»Ich versichere dir, außer uns ist niemand hier.«

Da öffnete Yoe die Augen und schaute sich ängstlich spähend um.

»Ich fühle mich furchtbar ermüdet und schläfrig«, sagte er nach einer Weile.

»Was war dir?«

»Es schien mir einen Augenblick, als ob jemand hier hereingekommen sei.« Yoe schüttelte sich nervös und sah sich im Zimmer um. »Aber wenn es dir möglich ist, fahre heute nach Bartelet-Court, dort erwartet man dich mit Sehnsucht.«

»Ich werde sicher hinfahren, gestern mit dir konnte ich nicht hin, es war spät und ...«

»Gestern? Vor drei Tagen war ich dort, erinnere dich nur, erinnere dich«, wiederholte Yoe und bohrte seine Stahlaugen in ihn.

»Drei Tage ... Also war ich die ganze Zeit nicht bei Bewußtsein ...
Ich konnte damals nicht zu Betsy fahren, weil ... Ja, ich weiß schon ...
Ich erinnere mich ...«

Er sprang auf, von Erinnerungen geblendet, der Schleier in ihm zerriß,
so daß er plötzlich alles sah, was er erlebt und gesehen hatte.

»Erinnerst du dich jetzt«, fragte Yoe leise, – er wollte ihm sein Geheimnis entlocken.

»An alles, an alles ...«

»Erzähle es der Reihe nach, das wird dich weniger ermüden ...« flüsterte der andre ihm hinterlistig zu, ohne die hypnotisierenden Augen
von ihm abzuwenden.

»Nein, ich kann nicht, nein!« Zenon wehrte sich heftig, denn plötzlich
erklang es in seinen Ohren: »Sei ohne Furcht, schweige!«

»Wenn es ein Geheimnis ist, dann behalte es für dich, aber noch
einmal sage ich dir: hüte dich vor Daisy, sie wird dein Unglück werden«,
flüsterte Yoe drohend.

»Es wird sein, was kommen wird ... Möge geschehen, was geschehen
soll, – es liegt nicht in meiner Macht, die Bestimmung abzuwenden«,
antwortete Zenon mit unerwarteter Sicherheit.

»Vergib, doch ich mußte meine Pflicht als Freund erfüllen.«

»Deine Warnungen sind mir nicht unangenehm; im Gegenteil, sie
erfüllen mich mit Dankbarkeit gegen dich ...«

»Und du fürchtest nichts?« fragte Yoe.

»Ich weiß nicht, mir ist, als wäre sogar die Möglichkeit, Furcht zu
fühlen, in mir erstorben.«

Yoe drückte ihm die Hand und entfernte sich schweigend.

»Möge geschehen, was geschehen soll«, flüsterte Zenon sich selbst
zu, mit einer stillen und vollkommenen Entschlossenheit. Er wehrte
sich nicht mehr und versuchte nicht, sich seinen Bestimmungen zu
entwinden, er fühlte plötzlich in den Tiefen seines Wesens, gleichsam
im Urkeim seiner Seele, daß er gehorsam sein müsse, – so neigte er
sich denn demütig vor dem Unbekannten und erwartete sein Urteil
ohne Beben.

Er erinnerte sich jetzt an alles, auch in den kleinsten Einzelheiten,
doch er wunderte sich über nichts mehr, war über nichts entsetzt, noch
wollte er die ihn umgebenden Geheimnisse verstehen ... Es kam ihm
nicht einmal der Gedanke: Warum? Wer? Es war ihm, als wäre er in
einer Schlacht gefallen und würde von den gedrängten Reihen der

Kämpfenden zusammengepreßt, im Sturmschritt fortgerissen, als ginge er zusammen mit allen, als sähe und täte er etwas unbewußt, als denke er sogar automatisch; doch wenn sich die Reihen auflösten, müßte er leblos hinsinken. Er fühlte sich nur körperlich merkwürdig schwach und so gerührt, daß er, als er Betsys Briefe las, über ihre Besorgnisse in Tränen ausbrach.

»Das arme Kind!« dachte er mitleidig, ohne zu wissen, warum er Mitleid mit ihr empfand.

Doch das dauerte nicht lange, dagegen bemächtigte sich seiner eine unerklärliche Unruhe und Erregung; er war nicht imstande, an etwas zu denken, noch sich mit etwas zu beschäftigen; er sprang alle Augenblicke auf, denn es schien ihm, daß ihn weit in der Ferne jemand rufe, daß er irgendwohin eilen müsse, etwas tun, mit jemand zusammentreffen müsse … Er erinnerte sich einer dringenden Angelegenheit und vergaß wieder alles, denn diese rufende Stimme tönte immer vernehmbarer in ihm. Aber wer riefe und wo, – das konnte er nicht verstehen. Er war ratlos und lauschte angespannt.

Ja, er war schon ganz sicher, daß ihn irgendeine gedämpfte, ferne Stimme rufe, daß ihn jemand erwarte, an ihn denke … Tausendmal stürzte er sich mit angespannten, suchenden Gedanken in die Leere des Enträtselns, und tausendmal sank er wieder zusammen, von vergeblicher Anstrengung erschöpft.

»Wer ruft mich?« fragte er laut, in höchster Ungeduld.

Es wurde ihm keine Antwort, doch auch dies dumpfe Rufen hörte nicht einen Augenblick auf, es zitterte in seinem Herzen wie ein ferner, ferner Schrei der Sehnsucht.

Und zuweilen hörte er es so deutlich, als riefe ihn jemand hinter dem Fenster, durch die Wand, oder draußen im Flur, doch hinter den Fenstern rauschten nur die Bäume und zwitscherten die frierenden Vögel, und im Flur war es leer.

Er kehrte in seine Wohnung zurück, immer erregter und so ermüdet von der vergeblichen Anstrengung, etwas zu enträtseln, daß er sich schließlich auf die

Ottomane legte und einschlief. Mittag war vorüber, schon sank die Dämmerung, als er erwachte.

»Komm!« so erscholl eine Stimme über ihm.

Er erhob sich eiligst und schaute sich mit bewußtlosen Augen im Zimmer um. Es war niemand da, schon breitete sich dichtere Dämmerung aus, graue, trübe Wolken verhüllten alles, die Möbel waren kaum in ihren Umrissen zu sehn, die Spiegel schimmerten grau wie trübe Eisblöcke.

Noch lauschte er diesen in der Stille ersterbenden Tönen, als der Spiegel plötzlich von einem Blitze erhellt wurde; in den Tiefen des Spiegels schien etwas zu werden, Gruppen von Bäumen und Blumen tauchten hervor wie aus sonnendurchleuchtetem Nebel.

Er blickte sich ängstlich um, das Zimmer wurde langsam dunkel und versank in Nacht, doch dort hinter der Spiegelfläche, in einer wundersam aufleuchtenden Helle, tauchte gleichsam die Vision eines Tropenwaldes auf, ein hoher Palmenwald überdachte einen unendlich langen Weg, – wie ein grüner Tunnel. Er näherte sich, er konnte die Augen nicht losreißen, denn aus jenen Tiefen kam ihm Daisy entgegen.

»Komm!«

Er sah die Bewegung ihrer Lippen, ihre rufenden, glühenden Augen. Er erbebte in den tiefsten Tiefen, er hatte die Stimme erkannt und ging zu ihr, ging gleichsam in jene Spiegeltiefen hinein; er hatte das Bewußtsein davon verloren, was mit ihm geschehe, doch ging er mit einem freudigen Beben, weil er die Gesuchte endlich gefunden hatte. Er schritt durch das dunkle Speisezimmer, immer auf Daisy starrend, die auf ihn zukam.

Er kam plötzlich zur Besinnung: er befand sich in der Orangerie.

Ja, Daisy erwartete ihn dort am Springbrunnen mit einer Magnolienblüte in der Hand; Bagh schmiegte sich zärtlich an ihre Knie und schaute ihr in die Augen.

»Da bin ich«, flüsterte er, vor ihr stehenbleibend.

»Sie haben eine widerspänstige Seele.«

Er schaute sie verständnislos an.

»Längst schon sehnte ich mich danach, Sie zu sehen, schon lange habe ich Sie herbeigesehnt!«

»Ich hörte es, ohne zu wissen, wer mich riefe.«

Der Springbrunnen flüsterte leise und übersäete die Mandelblüten, die wie eine rosige Wolke aus dem grünen Strauchwerk emporragten, mit seinem Wasserstaub; ein starker, betäubender Blumenduft erfüllte die Orangerie.

»Erinnern Sie sich?« fragte sie, seine Hand berührend.

»An alles ...«

»Wer mit mir dort war, gehört ›Ihm‹.«

»Ich bin dein, Herrin, dein«, wiederholte er, den Kopf vor ihr neigend.

Ein Lächeln, wie ein heiteres Wetterleuchten, erhellte ihr blasses Gesicht, ihre Augen flammten auf, und die purpurnen Lippen flüsterten:

»Soll es also geschehen, ja?«

»Das, was geschehen soll! Ja, ja, das dachte ich, das ersehne ich.«

»Und bist du bereit?«

»Und gälte es auch, zu sterben!« rief er leidenschaftlich, die ganze Welt vergessend. Er hatte seine ganze Seele in ihr ertränkt. Er blickte demütig zu ihr auf, mit sklavischen Augen der Hingebung und der Abhängigkeit, er fühlte, er war für immer an ihre Seele gefesselt; wenn sie sagen würde: Stirb! – er würde diesem Befehl mit Wonne gehorchen.

Sie nahm ihn bei der Hand und führte ihn tief in das Dunkel der Bambusbüsche. Dort setzten sie sich. Der Panther schaute mit grünen, wachsamen Augen auf sie.

»Ich habe dir einige Worte zu sagen, einige wichtige Worte.«

»Ich habe mit Sehnsucht darauf gewartet.«

»Wenn du willst, können wir zu jenem sonnigen Gestade fahren, von dem du einmal erzähltest ... Auf einige Wochen ... Wir werden für die Menschen verschollen sein ... Wir werden ein übermenschliches Glück träumen ...«

»So führte also der Weg, der damals auf der Karte bezeichnet war, dorthin?«

»Er führte zu dem Glück, das dem Leben gestohlen ist ...!« flüsterte sie.

»Ich kann nicht erwachen!« sagte er, seinen Kopf zwischen die Hände pressend.

»Wir werden auf einige Wochen verschwinden, – aber dann muß die Erinnerung an diese Zeit in uns sterben ... Wir werden einander so fremd und fern sein, wie je.«

»Wie kann die Erinnerung an das Glück in uns sterben!«

»Willst du ...?« fragte sie wieder und sah ihm ganz nah in die Augen. Er erfaßte ihre Hände und preßte sie an seine Lippen.

»Sprich zu mir, erwecke mich, daß ich glauben kann, daß dies kein Traum ist, ich flehe dich an!« flüsterte er ohne Besinnung und wie im Fieber.

Sie zog sich fest an ihm, mit glühenden Augen, die einem stammenden Abgrunde glichen, sie wurde wie eine wunderbare Blume, die plötzlich ihre volle Blütenpracht entfaltet und erfüllt ist von betäubenden Düften; ihre Lippen bebten, sie neigte sich fast bis an seinen Mund und flüsterte:

»Nur einen Traum können wir zusammen träumen; das Leben – dürfen wir nicht.«

»Und wann soll das geschehen?« fragte er voller Furcht, daß alles bald entschwinden würde.

»Vielleicht heute noch ... Vielleicht morgen ... Ich weiß nicht; aber wenn der Augenblick gekommen ist, werde ich vor dir erscheinen, und du ...«

»Und ich werde dir folgen! O Daisy! O Daisy! Ich träume Unsagbares.«

»Wir werden voneinander träumen ... Wir werden unsere früheren Leben und Awatare noch einmal träumen.«

»Deine Worte erwecken mich, ich bin in dir auferstanden.«

»Denn ich bin du, wie eine Blume ihr Duft ist!«

»Ich muß dich schon früher geliebt haben, früher und immer ...«

»Denn immer war ich bei dir, und immer war ich deine Seele ...«

»Ich weiß ... vorzeiten ... vor dem Sein ... Ich muß eine Sonne gewesen sein und war erloschen und untergegangen in der Grenzenlosigkeit deines heiligen Auges.«

»Wirst du mit mir gehen? ...« Sie bohrte ihre Augen in die seinen, die unbeweglich waren.

»Und wäre es in den Tod! Liebst du mich?« Er erstarb in übermenschlicher Rührung.

Doch Daisy war von ihrem Platz aufgesprungen, denn der Panther hatte sich plötzlich erhoben und begann, sich mit den Pfoten auf das Bassin des Springbrunnens stützend, düster zu heulen ... Und Zenon war es, als ob hinter den Wassergarben das traurige, drohende Antlitz Baphomets auftauchte und seine blutigen Augen Blitze schleuderten.

»Ich gehe in den ewigen Traum von dir«, stammelte er wie im Fieber ...

Siebentes Kapitel

Und dann nur noch den Tod«, dachte er nach langem Schweigen und schlug die glühenden Augen auf.

Daisy war nicht mehr da, nur Bagh, der langsam am Rande des Bassins hinkroch, winselte sehnsüchtig, nur der aufgewirbelte Federbusch des Springbrunnens plätscherte mit einem ängstlichen, schluchzenden Geräusch; die Blätter der Palmen bewegten sich, und durch das grüne Gebüsch schimmerten Blumen, die stummen und so beutegierig lauernden Augen glichen, daß er schauderte und schnell die Orangerie verließ. Doch die Stimme Daisys sang immerfort in ihm; immer hörte er ihre Worte, die wie duftender, brennenden Tau auf seine Seele fielen; immer sah er ihre Augen, sie durchdrangen ihn wie Dolche, mit quälender, schmerzhafter Wonne. Es durchglühte ihn die furchtbare Glut der Ekstase, der Sturm glückseligen Wahnes schüttelte ihn, trug ihn empor zum Himmel und warf ihn in den Strudel eines unfaßbaren Grauens auf den dumpfen, toten Grund der Erschöpfung. Und in diesem Chaos von Gedankentrümmern wand sich durch ihn nur das eine starke und bewußte Gefühl, daß er ihrem Willen gehorsam sein müsse, daß er es müsse, und daß diese Notwendigkeit, sich zu opfern und zu verderben, die unsagbare Wonne des Ersterbens berge.

»Aber vielleicht träume ich nur, vielleicht ist alles nur Halluzination?« Er wurde wankend bei diesem plötzlich aufsteigenden Zweifel.

Durch die Fenster schaute der traurige, verregnete Tag herein, das Chaos der Stadt, die ganz in Strömen von Wasser, die unaufhörlich herabflossen, und im Nebel versunken war.

Plötzlich schaute er zum Spiegel hin, dessen leblose Fläche grau schimmerte und das ganze Zimmer und sein Gesicht widerspiegelte, das sonderbar blaß und verändert war.

»Aber bin das denn ich?« Er kam sich so unfaßbar anders vor, so furchtbar fremd und unbekannt, daß er in ratloser Angst zurückwich.

»Ich bin doch da! Ich sehe, ich fühle es, ich überzeuge mich davon!« dachte er, während er verschiedene Gegenstände berührte; er spürte die Kühle der Bronzen, die Weichheit der seidenen Überzüge, er unterschied Farben und Formen, er bemerkte die Unterschiede; und dadurch ein wenig beruhigt setzte er sich an das Klavier. Doch er war nicht imstande, seiner Herr zu werden, denn unter seinen Fingern hervor ertönten gleichsam stammelnde, verworrene Schreie. Er schlug die Tasten mit Kraft an, daß das Klavier ächzte, und es floß eine wilde Melodie dahin, die dem Stöhnen und Kichern rasender Tobsüchtiger glich

»Ich bin heiter und glücklich, und doch weint etwas in mir, etwas ängstigt sich, aber was ist es? Was?« fragte er hartnäckig und warf sich, da er keine Antwort fand, auf die Ottomane; er bemühte sich, alles zu vergessen. Doch ehe er in Vergessen sank, erscholl gleichsam gerade über ihm die Stimme Daisys. Er sprang heftig auf, die Stimme tönte schon in einer gewissen Entfernung und wurde leiser.

»Wo bist du? Wo?« rief er, die ganze Wohnung durchsuchend Sie mußte doch irgendwo sein, denn er roch den Duft ihres Parfüms, hörte ihre Schritte; das Rauschen ihres Kleides war deutlich zu vernehmen.

»Daisy! O Daisy!« schrie er plötzlich auf, die Hände zum Spiegel ausstreckend, in dem ihre Umrisse dämmerten, als wären sie aus Nebelperlen gewebt, ihre veilchenblauen Augen schimmerten, ein Lächeln spielte um ihren Mund, doch ehe er hineilen konnte, war alles verweht und verschwunden.

Er wartete lange, auf die leere Fläche wie auf eine zugefrorene Tiefe starrend, die neidisch ihre unglaublichen Wunder vor der Sterblichen Auge birgt. Dann fiel er in stilles, düsteres Sinnen, so daß er gleichsam in Kraftlosigkeit versank, und blieb so, frei von allem Aufbäumen, von aller Freude und allen Schmerzen, vergessend und vergessen, fern sogar von sich selbst und nur so viel wissend, wie Sterne von sich wissen können, die durch die Unendlichkeit rasen.

Ihn weckte erst wieder das Geräusch des Lebens, das mit wildem, brutalem Getöse an die Fenster stürmte, Angst schnürte sein Herz zusammen und füllte seine Augen mit Tränen einer unerklärlichen Traurigkeit. Seine Augen schweiften ängstlich in der Wohnung umher, denn es schien ihm, als streckten sich von allen Seiten die reißenden Klauen des Löwen nach ihm aus, und als riefe seine eigene Stimme streng und befehlend.

»Nein, ich werde nicht mehr zu dir zurückkehren, nie mehr«, antwortete er, auf irgend ein Gestade schauend, das immer schwächer in der Ferne schimmerte.

»Ich werde meinen eigenen Weg gehen, ich werde in den Traum von einem neuen Leben gehen ...« sann er.

Der Diener trat herein und meldete ihm einen unbekannten Herrn.

»Ich bin nicht zu Hause«, rief er ungeduldig und ging durch die andere Tür nach oben zu Yoe.

Der Malaie vertrat ihm sehr entschieden den Weg.

»Es geht nicht.«

»Ist jemand da?«

»Es geht nicht.«

»Ach, vielleicht hat die Seance schon begonnen?« fragte er hinterlistig.

»Es geht nicht«, wiederholte jener hartnäckig und verstellte die Tür.

»Irgendwelche spiritistische Übungen«, dachte Zenon verächtlich und ging in die Stadt.

»Aber vielleicht sind es wieder Geißelungen? Und vielleicht ist auch sie dort?« Ein Blitz der Erinnerung glitt als eine Reihe schändlicher Bilder durch sein Gehirn.

»Der Verdacht allein ist schon Wahnsinn.«

Er irrte lange im geräuschvollen Strudel der Stadt umher, sah Mauern und Menschen aus einer unermeßlichen Entfernung und gleichsam zum letzten Mal, als nähmen seine Augen Abschied für immer. Er fühlte sich schon fern von all dem Hasten und Treiben, in dem diese unzähligen Massen lebten und starben, so fern, daß ihm ihr ganzes Dasein traumhaft erschien, durchaus unverständlich und völlig fremd.

»Wer von uns phantasiert, ich oder sie?« fragte er sich manchmal und bemühte sich, sein Verhältnis zu den andern zu begreifen, doch dann krochen die Erinnerungen an Daisy hervor, und jene ernüchternden Gedanken rissen in Fetzen, so daß er wieder in den Nebel unbeschreiblicher Träumereien und einer quälenden Sehnsucht versank. Und wieder ging er durch Gedränge und Lärm, gleichsam hypnotisiert bewegte er sich automatisch mit gewohnten Bewegungen, er irrte umher wie eine lebendige Leiche, schweigend und in einer unfaßbaren Öde. Erst in einem düsteren Winkel blieben seine Augen, die leblos über alles hinwegglitten, mechanisch auf einem weißen, grell leuchtenden Schilde haften.

»Hier werden russische Zigaretten verkauft«, las er einige Male, und von einer dunklen Regung getrieben, betrat er den Laden. Eine alte Jüdin mit einer Perücke schlummerte hinter dem Ladentisch, eine Schar von Kindern in Lumpen balgte sich quietschend auf dem Fußboden in dem Nebenzimmer, das niedrig und furchtbar schmutzig war; die Maschinen ratterten, und einige Menschen, die über der Arbeit saßen, sangen langgedehnt ein unendlich trauriges Lied.

Doch als er eingetreten war, schlug ihm eine so verfaulte und gleichsam eiterige Luft entgegen, daß er kaum imstande war, ein Wort herauszuwürgen, worauf die Jüdin von ihrem Platze sprang, die Maschinen leiser wurden und aller Augen sich zu ihm wendeten.

»Sie sind wohl aus Warschau selbst?« fragte die Jüdin schüchtern, und ihr ausgemergeltes Gesicht wurde von stiller Freude erleuchtet.

»Ja, ja«, antwortete er verwirrt, da alle die Leute ihn dicht umdrängten und ihn mit aufdringlichen Blicken musterten. Plötzlich fingen alle zu reden und durcheinander zu fragen an, es entstand ein unerhörter Lärm; einer schob ihm einen Stuhl zu, einer hielt seinen Hut, ein anderer reichte ihm Wasser, und von allen Seiten berührten ihn zart ihre Finger, und die geröteten Augen sogen sich gleichsam gefräßig an ihm fest.

Er antwortete mechanisch, denn eine mächtige Welle von Erinnerungen ergoß sich über seine Seele und rief in ihm Bilder ferner Jahre wach, längst verklungene Tage dämmerten in ihm auf, schmerzhafte Visionen vergangener Augenblicke und das Echo der fernen Heimat …

»Wo bin ich, was tun diese Leute hier? Warum?« dachte er, sich ängstlich umschauend, denn das Elend, das aus jedem Winkel und jedem Gesicht hervorlugte, antwortete ihm mit mächtiger Stimme, warum und wozu. Da erfüllte ihn ein so tiefes Erbarmen, daß er den Widerwillen und Ekel vor ihrem Schmutz und ihren Lumpen überwand und ein längeres Gespräch mit ihnen anknüpfte. Sie klagten nicht, sie verwünschten niemand, doch jedes von ihnen entfaltete in einigen leise und ungeschickt hingeworfenen Sätzen die furchtbare Litanei der Leiden, der Erniedrigung und der Ungerechtigkeit, das ganze Gehenna der Enterbten. Er lauschte wie auf eine phantastische Erzählung aus Tausendundeiner Nacht, daß ihm die Haare zu Berge standen und seine Seele sich krümmte in bitterer, brennender Scham. Einige Male wollte er schon fliehen, doch konnte er, von Staunen und Grauen gebannt, sich nicht von der Stelle rühren. Zum ersten Male in seinem Leben hatte er aus den tiefsten Grund der Wirklichkeit geschaut, auf den tiefsten Grund menschlichen Elends.

»Furchtbar! Furchtbar!« flüsterte er und bemerkte, als er sich von ihren geröteten Augen abwendete, ein kleines Mädchen, das unter dem Tische zusammengekauert saß und alle Augenblicke eine Puppe, die sie sich aus Lumpen gemacht hatte, mit ihren Fäustchen bearbeitete und ihr drohend etwas zuflüsterte.

»Was macht sie denn dort?«

»Sie müssen wissen, Herr, sie ist etwas schwach im Kopf«, stotterte die Alte.

»Ist das Ihre Tochter?«

»Nein, nein!« Sie schaute sich mißtrauisch um und flüsterte gleichsam, als wäre es ein Geheimnis: »Sie wissen, wie der Pogrom in Kischineg war, hat man ihren Papa totgeschlagen, ihre Mama ermordet und ihre ganze Familie, man hat ihr das Gesicht zerschlagen, alle Waren geraubt, und noch das Haus hat man angezündet. Wie das war, das kann man nicht einmal erzählen. Man fand sie unter den Leichen, kaum noch atmend. So ist sie Waise geworden, wir haben sie mitgenommen. Aber seit der Zeit hat sie immer Angst, und wenn sie einen Soldaten sieht, weint sie gleich, schreit und läuft fort! Sie hat große Angst! Röschen komm zu uns, Röschen. Hab keine Angst, der Herr wird dir nichts tun!«

Und trotz heftigen Widerstrebens zog sie das Kind unter dem Tische hervor und führte es zu Zenon. Das erschrockene Mädchen zitterte und weinte, große Tränen rollten über sein blasses Gesicht, über das eine blutige Strieme lief, in den blauen Augen mit den goldenen Wimpern barg sich Wahnsinn und Entsetzen. Er wollte ihre roten Locken streicheln, aber sie schrie entsetzt auf und floh in das Innere der Wohnung.

Auch Zenon hatte genug davon.

»Und trotz alledem haben sie noch Lust zu leben«, dachte er, als er in seine Wohnung zurückgekehrt war; ziemlich lange konnte er den unangenehmen Eindruck nicht von sich abschütteln, lange noch erinnerte er sich an das

Kindergesichtchen mit der blutigen Strieme, an die irren, verblödeten Augen und die ausgemergelten Gesichter jener Elenden.

Was geht dort vor? Sein Hirn wurde wieder von Erinnerungen an die Heimat erfüllt. Er versuchte sie auf den tiefsten Grund des Vergessens hinabzustoßen, doch sie ließen sich nicht ersticken, sie erhoben sich wie das Lied der Sehnsucht und kehren wieder, in immer traurigerer Tonart. Er blieb vor dem Bücherschrank stehen und las mechanisch die polnischen Aufschriften, schon hatte er die Hand nach einem Band ausgestreckt, doch zog er sie eilig wieder zurück.

»Nein, wozu Begrabenes von den Toten auferwecken? Ich bin für sie tot, dort denkt niemand mehr daran, daß ich einst unter ihnen lebte! Niemand!« wiederholte er traurig und mit einer gewissen Bitterkeit.

»Auch ich erinnere mich an niemand und an nichts mehr!« versuchte er sich mit aller Macht einzureden, denn gerade in diesem Augenblicke erinnerte er sich an alles.

»Ein schreckliches Land und schreckliche Menschen!« Er wehrte die Sehnsucht ab, die sein Herz schmerzhaft umkrampfte.

»Alles wegen dieser Juden!« Er wurde ärgerlich. »Zum Teufel, wozu bin ich dort hingegangen! Dumme Sentimentalität!« warf er sich ungeduldig vor, doch erst am Abend beim Essen vergaß er unter den feurigen Blicken Daisys alles. Daisy war schweigsam und wie von Melancholie umwoben, nur Bagh kroch alle Augenblicke zu seinen Füßen, legte seinen Kopf auf seine Kniee und schaute fast lieb mit seinen grünen Augen zu ihm auf.

»Ich stehe bei Bagh heute ganz besonders in Gnade!«

»Er weiß sehr gut, wer seine Liebe verdient«, entgegnete Daisy und umfing ihn mit einem langen Blick, der ihn doch nicht sah.

»Höchstens, weil wir derselben Herrin dienen«, sagte er leise.

»Nein, aber weil wir alle drei dem ›Einzigen‹ dienen.«

Er hatte keine Zeit, um eine Erklärung zu bitten, denn man hatte sich erhoben, und Daisy war sogleich hinausgegangen.

Das Leben floß dahin, wie immer, wie jeden Tag. Wie immer, schleppten sich die Tage langsam und langweilig hin; der Morgen erhob sich schläfrig und neblig, der Mittag kam blaß heran, erschöpft und traurig, die Abende waren von Fieberluft und Nervosität durchschwängert, die Nächte aber dehnten sich ohne Ende und lauschten, gleichsam ganz versunken, dem unaufhörlichen Regen, dem Rauschen der Bäume; ein unendlicher Reigen vergessener Augenblicke, Tausende von Gesichtern, Tausende von zerstobenen Gedanken glitten wie in den Tiefen eines Spiegels durch Zenons Hirn, das keiner Sammlung mehr fähig war, und an seinen Augen vorüber, die blind waren für alles Äußerliche und nur immer angestrengt in eine geheimnisvolle, zauberhafte Ferne des Erwartens starrten. Er wartete auf das Zeichen von Daisy.

Auf das versprochene »morgen«, dort an jenen fernen, blauen Meeren. Er wartete ruhig, voll Vertrauen, bis sie käme und sagte: Komm!

Und Tag für Tag stand er auf mit dem glühenden Hoffen, daß es sogleich in Erfüllung gehen würde, daß sich heute die Pforten des erträumten Paradieses öffnen müßten, doch nach einigen Tagen voll ekstatischer Erwartung fuhr Daisy mit dem Mahatma auf einige Zeit nach Dublin. Er wurde unruhig, aber er begleitete sie zur Bahn, zusammen mit Yoe und vielen Anhängern. Im letzten Augenblick noch, ganz kurz vor der Abfahrt, versenkte Daisy ihre glühenden Augen in seine und flüsterte:

»Bald … Denkst du daran?«

»Ich warte, warte …« antwortete er mit stummen Lippen. Und er starrte so lange und hartnäckig dem Zuge nach, der langsam in der Ferne verschwand, bis Yoe, der seinen Zustand erkannt hatte, sein Handgelenk heftig preßte und ihm leicht in die Augen blies.

»Komm jetzt, es ist kalt«, rief er befehlend. Zenon schüttelte sich wie im Fieber, und als erwache er, ließ er seine Augen fragend umherschweifen.

»St. Pancrace-Station! Erkennst du's nicht?«

Zenon lachte sonderbar nervös aus.

»Es ist doch merkwürdig: ich habe wahrhaftig einen Augenblick nicht gewußt, wo ich bin, ich hatte das Empfinden, als führe ich im Zuge und unterhielte mich. Ich verstehe nicht, was mit war!« Er strich sich über die Stirn, er versuchte die losen Trümmer irgendwelcher Erinnerungen zusammenzufügen.

»Das sind die Reste irgendeiner Krankheit, oder vielleicht ihr Anfang …« sagte Yoe.

»Es kann sein, ich fühlte mich seit einigen Tagen unglaublich überreizt! Ich war sicher, es müßte mir etwas Außergewöhnliches begegnen.«

»Du solltest verreisen! Sogar unser Arzt sagte mir, ich sollte dir raten, das Klima und die Umgebung zu wechseln, vor allem aber die Umgebung.«

»Das ist wahr: unsere Pension ist etwas verrückt.«

»Und verschiedene Personen üben einen etwas sehr gefährlichen Einfluß auf dich aus.«

»Du irrst dich …« Zenon unterdrückte noch auf den Lippen ihren Namen.

»Ich glaub' aber doch … Du kennst nicht die ganze Macht ihres Willens, weißt nicht, wer sie ist, du ahnst es nicht einmal!«

»Reden wir offen, du nimmst an, daß Daisy einen zauberischen Bann auf mich ausübt?« lachte Zenon spöttisch.

»Ich bin dessen sicher«, entgegnete Yoe hart und entschieden.

»Wenn du's weißt, dann könntest du mir mit gleicher Sicherheit erklären, weshalb sie das tut.«

»Betsy sagt, sie wäre verliebt in dich!« begann Yoe ausweichend.

»Betsy? Woher sollte Betsy das wissen?«

»Sie ahnt es intuitiv.«

»Das fehlte noch, daß sie sich auch damit befaßt.«

»Aber ich denke mir, diese Liebe ist nur eine Lockspeise, nur Schein, denn Daisy geht es um etwas anderes ...«

Zenon blieb stehen und schaute ihn fragend an.

»Um deine Seele!« schloß Yoe ernst.

»Wollen wir die Zeiten der Teufelsverschreibungen auferstehen lassen?«

»Man kann nicht auferstehen lassen, was nie gestorben ist. Das Böse ist ebenso unsterblich wie Er.«

»Verzeih mir, was ich jetzt sage; aber ich sehe, ich muß wirklich auf einige Zeit meine Umgebung wechseln. Ich bemerke schon lange, daß ich unter Wahnsinnigen lebe. Vergib mir diese Offenheit; aber wenn ich dich und die anderen höre, und noch dazu von deinen Zauberübungen weiß, könnte ich bald selbst einen Rappel bekommen. Ich bin zwar ziemlich nüchtern und widerstandsfähig, ich fühle aber, dieses mystische Fieber könnte ansteckend sein.«

»Du wirst erliegen, mit aller Sicherheit ... Deine Widerstandsfähigkeit wird nichts nützen, Daisys Wille wird sie besiegen ... Du wirst erliegen ... Deswegen gerade rate ich dir zur Abreise. Zuweilen liegt in der Flucht der größte Sieg. Du weißt, mein Vater und Betsy planen eine Reise auf den Kontinent, fahr mit ihnen. Fliehe dieses Haus, solange es noch Zeit ist! Rette dich«, bat Yoe inbrünstig und schaute Zenon flehend in die Augen.

»So droht mir also eine so schreckliche Gefahr?«

»Du scherzest, du glaubst es nicht, und ich sage dir: du stehst schon wankend am Abgrund und kannst jeden Augenblick hinunterstürzen.«

»Ich liebe Aphorismen und symbolische Anspielungen, aber ich höre nur auf mich selbst und meinen eigenen Verstand«, entgegnete Zenon ziemlich kühl.

»Das glaubst du, und doch wirst du dem Geheiß eines mächtigeren Willens folgen.«

»Zum Glück unterliege ich nicht so leicht Suggestionen, und mediumistische Fähigkeiten besitze ich schon ganz und gar nicht.«

»Du bist die größte mediumistische Kraft, die ich kenne.«

Zenon mußte das nicht gehört haben; denn als er das Boarding-House betrat, war er zu sehr mit einer Depesche beschäftigt, die ihm der Portier überreicht hatte.

»Du hast mir nichts auf den Plan einer Reise mit dem Vater geantwortet.«

»Ich werde morgen bei ihnen sein.«

Sie gingen ziemlich kühl auseinander.

Zenon öffnete ungeduldig das Telegramm.

»Wir warten seit zwei Tagen auf Dich. Komm oder antworte. Heinrich.«

Die Depesche war in polnischer Sprache, und er verstand ihren Inhalt trotz grober Schreibfehler, nur konnte er nicht begreifen, von wem sie käme?

»Offenbar ein Landsmann! Das Ende vom Liede wird sein, daß er mich um einige Pfund bittet«, dachte er bitter, während er seine Wohnung betrat.

»Wir warten seit zwei Tagen. Sind Briefe da?«

»Es liegt alles auf dem Schreibtisch«, erklärte der Diener.

»Sind die von heute?«

»Seit vier Tagen lege ich sie zusammen ...«

»Ja ... seit vier Tagen ... richtig, ich habe vergessen, sie durchzusehen.«

Ganz oben leuchtete ein blaues Kuvert, welches mit nicht englischen Schriftzügen adressiert war. Er wog es in der Hand, besah es von allen Seiten, endlich riß er es auf, las den Brief in einem Atemzuge und war starr.

Da schrieb ihm sein Vetter, der vor einigen Tagen nach London gekommen war und ihn dringend zu sehen wünschte. Ganz unten war ein kurzer Nachsatz:

»P. S. Ich bitte sehr und warte sehnsüchtig. Ada.«

»Ada! Ada!« Er starrte auf die Reihe zierlicher, vornehmer Buchstaben, aus denen sich gleichsam ein Duft längst verwelkter Erinnerungen erhob.

»Sie warten auf mich ... Ada! Ich muß gehen, muß unbedingt.« Er schwankte einen Augenblick, da er nicht wußte, was er tun sollte, doch es zog ihn etwas so mächtig, daß er es gar nicht merkte, wie er sich

plötzlich in einem Cab befand und dem Kutscher befahl, ihn ins Cecil-
hotel zu fahren.

»Zehn Jahre! Gespenster jagen mit nach. Tote stehen auf!« dachte
er und erinnerte sich an ein Gesicht, das er längst vergessen hatte.

»Und doch ist das alles schon gestorben in mir, gestorben!« wiederholte er, als wolle er den Erinnerungen wehren. Vergebens, der Nebel
zerriß plötzlich, und unter den vielen Jahren des Vergessens, unter dem
stürmischen Chaos des neuen Lebens hervor drang das Echo ferner
Zeiten immer stärker, immer gewaltiger und lauter.

»Ich erinnere mich kaum jener Liebe, erinnere mich kaum«, sagte
er herausfordernd zu seinem eigenen Herzen und wartete voll Unruhe
auf dessen Antwort, doch das Herz zuckte nicht einmal, es begann
nicht heftiger zu schlagen, erzitterte nicht in Sehnsucht, nur die Erinnerung an furchtbare Augenblicke erwachte. Der letzte Tag vor der
Flucht aus der Heimat kroch in sein Hirn und fraß mit scharfen Zähnen
der Erinnerung an ihm.

Das Cab rollte langsam dahin, von einer unendlichen Kette von
Wagen, Omnibussen und Automobilen eingeengt. In den Straßen
wogte es geräuschvoll. Die Stadt dämmerte in grauem, kaltem Nebel.
Im Innern der Läden schimmerten Lichter, die schwarzen Menschenwogen strömten wie Flüsse ohne Zahl und Ende.

»Wie sie wohl aussehen mag? Wie wird sie mich empfangen?« sann
er, in die Erinnerung an Tage versunken, die immer deutlicher empor-
stiegen. Alle längst gestorbenen Worte erklangen in seinen Hirn, alle
ihre Blicke glitten an ihm vorüber wie ein Blitzknäuel und erweckten
die vermoderten Erinnerungen an Leiden, an Stunden heftiger Krämpfe,
Stunden des Zweifels und der Verzweiflung, Augenblicke übermenschlicher Qual; das ganze Golgatha jenes Lebens ergoß sich über ihn wie
eine bittere, giftige Welle. Und wenn sie auch vorüberglitten wie ein
Reigen von Gespenstern, wenn sie auch nur quälenden Träumen glichen,
die, in farbloses Grau gehüllt, zu Staub zerfallen, so erfüllten sie doch
seine Seele mit einer Trauer vergeblicher Reue.

»Jedes ›heute‹ ist ein Grab für das ›morgen‹! Das ist eine sehr kluge
Notwendigkeit.« Er seufzte jedoch traurig auf und beschloß, als er das
Hotel betrat, sich auf keinen Fall aus dem Gleichgewicht bringen zu
lassen und dem Zauber der Vergangenheit bestimmt nicht zu unterliegen.

»Ich bin ihnen fremd und werde ihnen fremd bleiben. Zehn lange Jahre liegen zwischen uns. Aber was will diese marmorkalte Dame von mir? Habe ich es nicht teuer genug erkauft?« fragte er, und Unwille, Empörung und Ärger kochten in ihm. Doch als er das Vorzimmer betreten hatte und der Diener gegangen war, ihn anzumelden, empfand er plötzlich ein heftiges Verlangen, fortzulaufen. Es war schon zu spät, jemand kam eilig herbei, die Tür ging auf, und Ada stand vor ihm. Sie streckte ihm die Hände entgegen, mit einer heftigen Bewegung der Freude. Er vermochte gleichfalls kein Wort hervorzubringen, nur ihre Hände umschlossen sich, ihre Augen versanken ineinander, sie standen beinahe besinnungslos da, in einer sonderbaren Rührung.

»So kommt doch«, wurde eine Stimme in der Tiefe der Wohnung laut.

Sie zog ihn weiter, ein Mann kam ihnen, auf einen Stock gestützt, entgegen. Zenon konnte ihn im ersten Augenblicke nicht erkennen. Der Fremde warf sich in Zenons Arme.

»Heinrich!« rief dieser unangenehm überrascht.

Der andre umarmte ihn noch einmal und flüsterte äußerst herzlich:

»Endlich! Wir haben so gewartet.«

»Seit zwei Tagen zählen wir jede Stunde«, sagte Ada mit leiser, erstickter Stimme.

Zenon begann sich zu rechtfertigen, doch Heinrich, der seine Hand nicht losließ, zog ihn zu einem Fauteuil und rief freudig:

»Entschuldige dich nicht, jetzt ist ja alles gleich. Du bist bei uns, das übrige lassen wir ruhen. Wie viel Jahre haben wir uns nicht mehr gesehen?«

»Beinahe zehn«, flüsterte Ada ganz leise und schloß die Augen.

»Eine furchtbar lange Zeit. Aber ich habe nicht angenommen, daß wir uns in London treffen würden.«

»Ich war sicher, Sie würden in die Heimat zurückkehren.«

»Ja, die Sehnsucht nach dem teuren Vaterlande ist noch nicht in mir erwacht!« bemerkte Zenon ironisch, er war schon ganz ruhig und hatte Gewalt über sich.

»Was, du hast dich nie nach der Heimat gesehnt? Nie?«

»Niemals, denn hier habe ich alles gefunden, wonach ich in der Heimat vergeblich verlangte.«

»Auch die Ruhe?« fragte sie, die Augen zu ihm erhebend.

»Ja, auch die Ruhe«, entgegnete er mit Nachdruck.

»Und Sie haben nie etwas bereut?«

Er schwankte einen Augenblick und sagte kühl:

»Nein, ich habe mit der Vergangenheit völlig gebrochen, und das übrige habe ich in mir getötet. Übrigens, was könnte mir leid tun? Das Schicksal Polens? Nicht einmal der Teufel könnte uns darum beneiden, wenn es auch sein Einfall ist, – Verzeihung, ich berühre diese Frage ganz überflüssigerweise.«

»Und du begehst eine grobe Ungerechtigkeit gegen deine Freunde.«

»Ich habe in der Heimat keine Freunde und hatte nie welche.«

»Also auch wir zählen nicht?«

»Ich dachte jetzt nicht an die Familie.«

»Ada kann es dir bestätigen, wie schmerzhaft wir deine Abreise empfunden haben.«

»Natürlich, es war ein Partner weniger da zum Whist.«

Heinrich räusperte sich unangenehm berührt.

»Und Ihr habt es nicht einmal fertig gebracht, ein Wort an mich zu schreiben!«

»Haben Sie uns denn ein Lebenszeichen gegeben?«

Eine tiefverborgene Klage klang in Adas Stimme.

»Also ist es meine Schuld?« Zenon schaute sie herausfordernd an.

Sie neigte den Kopf und ging in das andere Zimmer.

»Hören wir auf mit Vorwürfen!« schlug Heinrich vor. »Ärgern wir uns nicht, machen wir einen Strich durch die beiderseitige Schuld. Zu meiner Rechtfertigung will ich dir sagen, daß ich erst vor einigen Jahren erfahren habe, daß du lebst. Ada hat nie daran gezweifelt, und erst seit einem Jahre bin ich im Besitze deiner Adresse.«

»Mein Pächter muß sie dir verraten haben.«

»Nein. Wir haben ihn oft gequält, aber er wollte sie uns nicht sagen. Dein Rechtsanwalt aber versuchte immerfort, uns zu überzeugen, du wärest gestorben; und als wichtigsten Beweis dafür führte er an, du hattest dein ganzes Vermögen gemeinnützigen Zwecken vermacht. Wir mußten es schließlich glauben, nur Ada ließ es sich nicht einreden. Sie allein ahnte die Wahrheit. Vor einigen Jahren lernten wir in Kairo Herrn W. P. Grey kennen.«

»Den Dichter? Meinen Freund? Und er hat es euch gesagt?«

»Er verschnappte sich und bedauerte es dann sehr; er beschwor uns, niemand etwas davon zu sagen.«

»Also man weiß in der Heimat von mir?«

»Nein, niemand weiß, wer sich unter dem englischen Pseudonym Walther Brown verbirgt. Ada behauptete, wir hätten kein Recht, dein Geheimnis zu verraten.«

»Ich bin euch unendlich dankbar!«

»Doch sie hat noch mehr getan, sie hat einige deiner Bücher übersetzt, und du bist in der Heimat bekannt, mein lieber Herr Walther Brown.«

»Ich besitze diese Übersetzungen sogar, sie sind hervorragend, aber es kam mir nicht in den Sinn, Ada im Verdacht zu haben. Das ist eine Überraschung.«

»Sie hat nur zu diesem Zweck englisch gelernt. Und seitdem wir wissen, wer Walther Brown ist, wissen wir alles von dir. Du kannst dir nicht vorstellen, wie sehr wir uns über deine Erfolge gefreut haben, wie stolz wir waren.«

Zenon schwieg, von widerstreitenden Gefühlen erfüllt.

»Und wir warteten immer auf deine Rückkunft, aber es vergingen Jahre, und meine Krankheit machte solche Fortschritte, daß ich aufhörte, mit deiner Heimkehr zu rechnen. Ich hätte sie wohl nie erlebt?«

»Ich dachte nie an Heimkehr«, flüsterte Zenon düster.

»Ich habe das schließlich geahnt. Du erinnerst dich: ich war immer kränklich, aber seit einigen Jahren begannen Herz und Nieren immer schneller an mir zu fressen. Vergebens suchte ich überall in der Welt meine Gesundheit wieder zu erlangen; endlich gab ich es auf, doch um so mehr wollte ich dich sehen. Deswegen sind wir ja nach London gekommen.«

»Meinetwegen?«

»Ja, und weißt du auch, daß man einem Sterbenden nichts versagen darf?«

»Ich verstehe nicht, was das mit dir zu schaffen hat.«

»Ich habe eine große, letzte Bitte an dich.«

»Du scherzest wohl. Du übertreibst deinen Zustand.«

»Leider kenne ich ihn besser als die Ärzte und weiß, daß ich jeden Augenblick sterben kann. Deswegen bin ich hier, und ich bitte dich, wie ein Sterbender bitten kann: nimm dich meiner Frau und Tochter an.«

»Ich? Deiner Frau und Tochter?« Zenon sprang verblüfft auf.

»Nach meinem Tode nimm dich ihrer an«, wiederholte Heinrich voll Kraft und schaute ihn mit einem herzlichen, tränenfeuchten Blick an.

»Denk doch, nach meinem Tode werden sie niemanden außer dir haben. Bedenke!«

»Du scheinst nicht zu wissen, was du sagst«, schrie Zenon auf, er konnte seinen eigenen Ohren noch nicht trauen.

»Ich habe lange darüber nachgedacht! Was siehst du so Außergewöhnliches darin?«

»Ja, in der Tat, aber es kam mir so unerwartet.«

»Setz dich zu mir, wir wollen ausführlicher darüber reden. Hab nur keine Angst wegen der Mühe, – ich habe alles geregelt. Gib mir die Hand, als Zeichen, daß du einverstanden bist. Ja, ich wußte, du wirst es mir nicht versagen, ich danke dir von ganzem Herzen, ich darf es nicht aufschieben.« Heinrich küßte ihn herzlich und begann ihm leise mit gequälter Stimme seine Sorgen um die Zukunft Adas und des Kindes anzuvertrauen.

Zenon hörte zu und schaute ihn mit einer Art Entsetzen an. Wie, er empfahl Ada seinem Schutze? Ada! Ihr eigener Mann. Jetzt, nach so vielen Jahren, wo alles in ihm tot war. War es eine scheußliche Rache oder eine Ironie des Schicksals? Die Gedanken rasten wie blendende Blitze durch sein Hirn, und Gefühle sagten sich, die so verworren und unklar waren, daß er zeitweise glaubte, er unterliege einer quälenden Halluzination! Doch nein, Heinrich saß ganz nahe neben ihm, er hörte seine Stimme, er schaute ihm ins Gesicht, er fühlte es, fühlte die Hand Heinrichs in der seinen, – sie war kalt und feucht. Er schüttelte sich heftig. Er war jetzt mit allem einverstanden, sagte zu allem Ja, er wagte nicht mehr zu widersprechen. Unter dem Einflusse von Heinrichs Worten, die voll eines grenzenlosen Vertrauens waren, bemächtigte sich seiner eine brennende Scham, er fühlte sich furchtbar gedemütigt.

»Ich wußte nicht, daß ihr eine Tochter habt!« unterbrach er ihn, in der Hoffnung, dem Gespräche eine andere Wendung zu geben.

»Ich werde sie gleich rufen! Wanda!«

»Wie alt ist sie denn?« fuhr Zenon in der gleichen Absicht fort.

»Sie ist jetzt im zehnten! Sie ist einige Monate nach deiner Abreise geboren!« Heinrich umfing Zenon mit einem sonderbar rätselhaften Blick.

Zenon zog die Brauen zusammen, als blende ihn ein plötzlicher Blitzstrahl, und zündete sich schnell eine Zigarette an. Da trat Ada mit einem schlanken Mädchen ein, dessen Gesicht ganz von hellblonden Locken umrahmt und überaus reizend war.

»Wanda, das ist dein Onkel!«

Das Mädchen tauchte seine großen, blauen Augen in die seinen.

»So begrüßt euch doch!« kommandierte Heinrich.

Das Mädchen überwand seine Schüchternheit und umarmte ihn. Er küßte es mit erzwungener Zärtlichkeit und etwas allzu ostentativ, um eine sonderbare Rührung zu verbergen.

»Sie ist sehr schön; das typische polnische Kind!«

»Sie sieht dir außerordentlich ähnlich.«

»Ein ganz anderer Typ!« Zenon fühlte sich unangenehm berührt.

»Im Gegenteil, es ist ganz der Familientyp! Früher, vor der Krankheit, war Heinrich Ihnen doch auch sehr ähnlich«, sagte Ada, den Kopf des Kindes an sich schmiegend, und in ihren Augen glomm etwas Rätselhaftes, ihre Lippen umspielte ein nicht zu entzifferndes Lächeln; auch Heinrichs Gesicht hatte den traurigen Ausdruck der Resignation, nur die kleine Wanda, die sich an ihre Mutter schmiegte, warf Zenon heitere, belustigte Blicke zu.

Das Gespräch stockte immerfort, es schleppte sich schwer weiter und sprang unaufhörlich von Gegenstand zu Gegenstand, ohne bei einer Sache bleiben zu können. Denn es lag zwischen ihnen die Trennung so vieler Jahre, und es verbanden sie nur Erinnerungen von früher her, die schon ein wenig verwischt waren, und die man nur hin und wieder, doch gleichsam voll Scheu, berührte. Beide waren sie überaus herzlich zu Zenon, doch er wahrte immer einen gewissen Abstand und speiste sie mit kurzen, kühlen Antworten ab. Er fühlte sich allen den Angelegenheiten, die man berührte, so fern und fremd wie diesen Leuten selbst gegenüber. Ermüdet schaute er auf die Uhr, doch Heinrichs Augen trafen ihn mit einer stummen und so glühenden Bitte, daß er noch blieb und versuchte, ein Interesse an ihnen zu gewinnen und die Langeweile zu verdecken, die sich seiner immer hartnäckiger bemächtigen wollte.

Plötzlich fragte ihn Heinrich mit der ganzen Aufrichtigkeit eines Landedelmannes:

»Sag uns offen und ehrlich: weswegen hast du die Heimat verlassen?«

Er war darauf vorbereitet, denn er entgegnete lächelnd:

»Ich hatte Polen satt, ich wollte mich als Europäer fühlen.«

»Bei uns sprach man anders davon, ganz anders ...«

Zenon fühlte sich gereizt durch sein dummes, zweideutiges Lächeln.

»Wie sprach man denn. Das kann ja interessant sein.«

»Vor allem sagte man dir eine unglückliche Liebe nach. Viele behaupteten auch, ein amerikanisches Duell hätte dich aus der Heimat vertrieben. Aber es gab auch Leute, die weniger harmlose Gründe annahmen ...«

»Mord oder Diebstahl! Ich erkenne darin die üppige Phantasie meiner Kollegen von der Feder.«

»Etwas Ähnliches; meistens aber sprach man von einem Selbstmord infolge von unglücklicher Liebe.«

»Der dümmste Beweggrund, aber dafür ist er romantisch. Bei uns daheim erklärt man sich so etwas gern mit Liebe oder irgendeiner Schurkerei.«

»So ist es ja auch meistens.«

»Es kommt vor, ich geb' es zu, aber es kommen auch viele andere Anlässe vor. Es kann Gründe geben, die tausendmal tiefer und wichtiger sind.«

Ada hatte sich abgewandt, eine flammende Röte übergoß ihr Gesicht.

»Die Leute erklären sich's lieber mit Sachen, die sie besser verstehen.«

»Ganz recht. Hätte ich gesagt: Ich reise fort, weil mir das Leben unter euch zu langweilig geworden ist, dann hätte mir niemand geglaubt. Das wäre zu einfach gewesen.«

»Und er hätte recht gehabt?«

»Wenn ich dir aber versichere, daß dies allein der Grund meiner Abreise gewesen ist!«

»Ich würde es glauben, selbstverständlich, ich müßte es glauben, aber ...«

»Was bedeutet der Grund gegen die Tatsache selbst«, bemerkte Ada.

»Die Tatsache war von Bedeutung, ich bestreite es nicht, aber nur für mich allein!« warf Zenon unwillig hin, doch da er sah, daß ihr Gesicht sich plötzlich umwölkte, begann er scherzend: »Ihr müßt mir einmal allen Klatsch erzählen, der nach meinem Verschwinden im Umlauf war. Und wie man mich bedauerte. Die Trauer muß allgemein gewesen sein über diesen unersetzlichen Verlust!«

»Du spottest, und alljährlich lassen deine Verehrer einen Trauergottesdienst für deine Seele abhalten.«

»Soweit geht es? Das sind wohl meine Verleger, die mit aus Angst, ich könnte wieder lebendig werden und meine Rechte geltend machen, den Himmel sichern wollen?«

»Früher konnten Sie nicht über alles spotten.«

»Der Mensch lernt immer etwas Neues, immer wieder was zu ...«

Ada hatte sich erhoben und begann im Zimmer umherzugehen, wobei sie alle Augenblicke durchs Fenster schaute. Er konnte seine Augen nicht losreißen von ihr. Sie war hochgewachsen, schön und stolz, wie einst. Manchmal trafen sich ihre Blicke und stoben wieder auseinander, wie gescheuchte Vögel. Zuweilen blieb sie am Fenster stehen, ihre Brauen bäumten sich, wie zornige Schlangen, und ihr wunderbar gezeichneter purpurroter Mund nahm einen boshaften Ausdruck an. Es schien, als höre sie nicht auf das Gespräch, das sie führten, nur manchmal hob sie ihre klugen, forschenden Augen zu Zenon, und dann schwellte ihre Brust ein tiefer Seufzer.

Zenon blieb zum Essen, denn die Stimmung wurde, nachdem das Eis gebrochen war, immer freier und angenehmer. Alle waren sie lebhafter geworden, und die Mahlzeit verlief sehr heiter. Zenon hatte ihr Gesicht vor sich, die vollen schwarzen Haare beschatteten es wie eine Wolke, unter der hervor große, abgrundtiefe Augen funkelten, und die tiefe, wunderbare Stimme erweckte in ihm eine ganze Reihe von Erinnerungen und ließ die Vergangenheit mit unerhörter Macht auferstehen.

»Zuweilen habe ich den Eindruck, als säße ich bei euch auf dem Lande ... vor Jahren. Sogar der Diener erinnert mich an den alten Valentin ...«

»Du wirst heimkommen, und alles wird wieder beim alten sein. Bei uns zu Hause hat sich nichts verändert. Du wirst gar nicht merken, daß du so lange fortgewesen bist.«

»Ich könnte nicht mehr zum früheren Leben zurückkehren.«

»Sie lieben die Vergangenheit nicht?« Ada lächelte melancholisch.

»Denn ich hatte nie einen Augenblick, den ich mir zurücksehnen könnte.«

»Nicht einen einzigen Augenblick?« fragte sie schnell.

»Und wenn einer da war, so ist er ertrunken in einem ganzen Meer von Bitterkeit.«

Zenon fühlte sich plötzlich gereizt, Bitterkeit hatte sich auf seine Lippen gesetzt und seinen Blick geschärft, und das alte Leid wühlte so in seinem Herzen, daß er, als sie sich kaum vom Tische erhoben hatten, sofort gehen wollte.

»Wir haben eine Loge für die Oper, und wir hofften diesen Abend zusammen mit Ihnen zu verleben! Können Sie's uns denn abschlagen?«

Wieder diese sonderbar süße, berauschende Stimme, wieder diese Augen, die bittend befahlen, dieses entwaffnende Lächeln … Nein, nein, er konnte keine Ausrede finden und fuhr mit ihnen ins Theater.

Die Aufführung hatte bereits begonnen.

Zenon saß hinten in der verdunkelten Loge und schaute Ada nur mit kühlen, prüfenden Augen an, diesen wunderbaren Kopf mit dem scharfen Adlerprofil. Sie hatte das Gesicht einer Muse und der Sünde zugleich. In dieser Halbdämmerung und so nah, so verlockend nah, prangten ihre roten Lippen, diese beunruhigenden, gleichsam ewig durstigen Lippen. Er sah sie an wie ein Kunstwerk, sättigte seine Augen an ihrer Schönheit, freute sich mit der reinen Freude des Künstlers an ihr und bemerkte daher mit einer gewissen Unruhe, daß sie ein wenig zugenommen hatte; und daß ihr prachtvoller Busen die Fülle reifender Trauben annahm. Sie schien weder die Vorstellung, noch seine Augen zu sehen, denn ihre Blicke irrten irgendwohin, weit fort, gleichsam zu fernen Erinnerungen.

Ob sie sich erinnerte? Ob sie es immer noch mit derselben Gleichgültigkeit duldete, daß man sie vergötterte? Hatte sie auch anderen die Brosamen ihrer königlichen Gnade zum Geschenk hingeworfen? War sie immer noch ebenso kalt und gleichgültig?

Auf der Bühne sang man »Romea und Julia«.

Das Theater war überfüllt. In den Logen leuchteten weiß die entblößten Schultern, begeisterte Augen glänzten, unaufhörlich rauschten leise die Fächer.

Die Luft war von Parfüm- und Blumenduft durchtränkt.

Im Saale war es halbdunkel, und auf der beleuchteten Bühne sangen heuchelnde Liebende von einer geheuchelten Liebe. Aus süßen Kantilenen sickerte das Gift des Sinnenreizes und weckte eine wahnsinnige Sehnsucht nach Küssen und die Schauer eines leidenschaftlichen Verlangens. Das Verlangen sang das schamlose und nie gestillte Lied der Wollust.

Und in einem Augenblick, als die Liebenden auf der Bühne sich in die Arme fielen, ließ Ada den Fächer fallen und flüsterte, als er ihr ihr reichte, kaum hörbar:

»Erinnerst du dich?«

In ihm war gerade die Erinnerung an diesen einzigen und nie erfaßten Augenblick erwacht, darum erzitterte er bei ihren Worten und schaute sie erstaunt an. Sie saß ruhig und kalt, als wäre sie aus Marmor.

Wie erinnerte er sich jetzt an jenen Abend des Grauens und der Leidenschaft!

Es war bei ihnen auf dem Gute.

Der Frühlingssturm brauste über die Erde dahin, zuweilen goß es in Strömen, der Wind heulte um die Mauern, der Park stöhnte, der Donner rollte und Blitze zuckten. Die ganze Gesellschaft spielte Karten im Nebenzimmer, und er spielte in dem großen, dämmrigen Saal auf dem Harmonium Bach; er spielte wie immer für sie und sang wie immer von seiner hoffnungslosen Liebe.

Sie kam, von den Klängen angelockt, und glitt durch den Saal dahin wie ein weißer, stiller Blitzstrahl. Die Nacht wurde immer furchtbarer, der Donner rollte drohend, als stürze die ganze Welt zusammen. Sie starrte in das Gewitter und in die blendenden Blitze, ohne Furcht, ruhig wie immer, erhaben, schweigend und so tot, so gleichgültig, daß ihm wie immer die Worte eines Geständnisses auf den Lippen erstarben und seine Seele Tränen hoffnungsloser Verzweiflung erfüllten.

An diesem Abende sprachen sie kein Wort miteinander.

Er blieb über Nacht bei ihnen, denn es war unmöglich, in dem tobenden Sturm nach Hause zurückzukehren.

Und als er in seinem Zimmer war, die Kerzen gelöscht hatte und anfing darüber nachzudenken, daß er dieses Haus verlassen müsse, daß er sofort und für immer gehen müsse ... da ging die Tür auf ... es war jemand mit bloßen Füßen hereingekommen ... und ehe er sich erheben und fragen konnte, fiel ihm jemand auf die Brust ... es umarmte ihn jemand ... küßte ihn mit gierigen, hungrigen Lippen ... er hörte eine gedämpfte Stimme ... die Stimme der Verheißung ... die Stimme der Leidenschaft, der Verzückung ...

Er konnte jetzt nicht mehr ruhig daran denken, er sprang ganz unbewußt von seinem Platze auf, er rang nach Luft, und ein wahnsinniges Verlangen dehnte seine Arme ...

Zum Glück war der Akt zu Ende, der Vorhang fiel, der dröhnende Beifall gab ihm sofort die Besinnung wieder.

Sie gingen beide ins Foyer hinaus, denn Heinrich wollte lieber in der Loge bleiben.

»Ich weiß, woran Sie gedacht haben!« begann sie, ohne ihn anzuschauen.

»Könnte ich denn an etwas anderes denken?«

Ein eindringliches, rätselhaftes Lächeln huschte über ihre Lippen.

»Wäre diese Begegnung nicht, – ich hätte es vergessen«, flüsterte er gleichsam vorwurfsvoll. – »Ich hätte es für immer vergessen.«

Eine Menschenwoge trennte sie für einen Augenblick.

»Wir müssen uns morgen treffen. Ich komme um elf Uhr ins British Museum. Werden Sie auf mich warten?«

»Sie befehlen, also werde ich dort sein.«

»Ich bitte, ich bitte«, wiederholte sie gerührt.

»Werden Sie lange in London bleiben?« fragte er schon ruhiger.

»Das hängt davon ab, was Sie mir morgen sagen werden.« Sie schaute ihm in die Augen, ängstlich, voll Erwartung.

»Ich soll entscheiden? Niemals wollten Sie mich auch nur anhören, und jetzt ... Welch neues Unrecht gegen mich haben Sie in Vorbereitung?« Er lächelte in schmerzhaftem Spott.

Sie war erblaßt, ihre Augen flackerten, sie stöhnte beinahe auf.

»Sie hassen mich!«

»Ich wehre mich nur, denn ich erinnere mich des Vergangenen nur zu gut.«

»Also bis morgen! Alles werde ich Ihnen sagen und enthüllen ...«

»Zehn Jahre habe ich darauf gewartet ...« flüsterte er, als sie wieder die Loge betraten.

Ein neuer Akt hatte begonnen; auf der Bühne gingen allerhand Dinge vor, doch er bemerkte nichts, nicht einmal die flammenden Blicke, mit denen sie ihn umfing. Er saß zusammengekauert da und dachte an vergangenes Leid; wollüstig quälte ihn die Erinnerung an jene Zeiten und jene unfaßbare Nacht ...

Sie war gekommen und hatte sich ihm freiwillig hingegeben.

Mit welch furchtbaren Gewissensbissen waren diese Augenblicke des Liebeswahns geschwängert!

Und warum? Warum? Warum?

Ja, richtig, morgen würde er endlich alles erfahren! ...

Doch wer wird ihm die Qualen aller dieser Jahre bezahlen, wer und womit? Soll diese Marmorschönheit hier der Preis sein, die er nicht liebte und nach der er kein Verlangen trug? Er träumte doch von jener andern, von jener

Toten, die auf ewig in seinem Herzen begraben lag! Nie würde auferstehen, was schon in Staub zerfallen war.

Wie erinnerte er sich jetzt an jene Morgenröte, da sie ihn verließ und auf alle seine Beschwörungen und Fragen kein einziges Wort sagte.

Sie war gegangen wie ein Traum. Trotzdem ihm bald der Tag in die Augen geschaut, die Sonne geschienen, die Vögel gesungen hatten, war es ihm immer noch gewesen, als hätte er nur einen Traum gehabt. Und in jener Freude, die ihn zuweilen durchdrungen hatte, war soviel Unruhe, soviel Scheu und so wenig Glauben an sein eigenes Glück gewesen, daß er wie betäubt das Frühstück erwartete. Sie war nicht bei Tische erschienen.

Er allein verstand, weswegen sie nicht gekommen war, und er hatte Lust gehabt, die ganze Welt in seinem grenzenlosen Glücksgefühl zu umarmen. Zunächst Scheidung und dann das Leben mit der Geliebten! Alles fand für ihn eine klare und einfache, ehrliche Lösung; er wäre nicht imstande gewesen, jemand zu betrügen, er verachtete die Verführer. Er berauschte sich an diesen Träumen von der Zukunft; er wartete mit unsagbarer Sehnsucht aus sie.

Doch sie zeigte sich zwei lange Tage hindurch vor keinem Menschen.

Heinrich erzählte, sie wäre krank und läge im Bett.

Er konnte nicht länger warten und schrieb ihr einen Brief, der seine ganze Liebe, seinen ganzen Glauben und sein ganzes Hoffen auf ihre gemeinsame Zukunft barg.

Er kam ungeöffnet zurück.

Und am dritten Tage, als sie wieder erschien, war sie wieder wie immer, – kalt, gleichgültig und beinahe verachtungsvoll.

Er wurde beinahe wahnsinnig vor Schmerz und verlangte, da er nicht verstehen konnte, was mit ihr vorgegangen war, und sich am Rande der Verzweiflung fühlte, kategorisch Erklärungen, – da ging sie fort, ohne ein Wort zu sagen.

Er begann anzunehmen, alles wäre ein furchtbarer Irrtum gewesen. Doch in einem Augenblick des Erbarmens sagte sie ihm offen:

»Bitte, fragen Sie mich nicht. Alles muß beim alten bleiben, später einmal werde ich Sie aufklären.«

Und da er nicht imstande war, wie früher zu leben, indem er sich nebelhaften Hoffnungen hingab, da Wochen vergingen und sie immer gleich kalt, unnahbar und fern blieb, zerriß er in einer letzten verzweifelten Anstrengung alle Bande, die ihn an die Heimat fesselten, und floh weit in die Welt hinaus; er hatte sich ein neues Leben geschaffen und beinahe vergessen.

Und jetzt, nach so vielen Jahren, steht plötzlich dieses Gespenst der Vergangenheit vor ihm.

Und was will sie denn von mir? sann er düster, während er voll Unruhe in ihre stolzen königlichen Augen blickte. – Ich gehe nicht ins alte Joch, nein! Er empörte sich immer verbissener.

Nachdem sie das Theater verlassen hatten, mahnte ihn Heinrich sehr herzlich, er müsse mit ihnen die ganze Zeit verleben.

»Ich habe Herrn Zenon schon für morgen ins British Museum gebeten.«

»Ich werde kommen, wenn meine Braut mich nicht rufen läßt ...«

Adas Augen fingen an, unheimlich zu funkeln, aber sie sagte ungezwungen:

»O ja, die Braut hat den Vorrang, sogar vor uns.«

Heinrich begann voll Neugier nach ihr zu fragen.

»Morgen werde ich es euch ausführlicher erzählen. Ihr müßt sie kennen lernen. Es trifft sich sogar sehr gut, daß sie jemand von den Meinen kennen lernt! Auf Wiedersehen!«

Damit trennten sie sich. Zenon war nervös und ärgerlich auf sich, auf Ada und auf die ganze Welt und beschloß feierlichst, morgen nicht ins British Museum zu gehen.

»Ja, warum denn auch? Alte Wunden wieder aufwühlen? Was werde ich erfahren? Daß es unter dem Eindruck des Gewitters und einer momentanen Schwäche geschehen ist!«

»Weswegen hat sie so an mir gehandelt?« so wurde plötzlich wieder in ihm die alte quälende Frage laut, und er konnte sich nicht mehr für etwas Bestimmtes entscheiden. Zu Hause fand er einen Brief von Betsy vor, die ihn bat, er möchte so schnell wie möglich zu ihnen kommen, um eine Entscheidung wegen der Reise nach dem Festland zu treffen. Der Brief war mit so rührender Zärtlichkeit geschrieben, daß er unter seinem Einfluß zunächst die Qualen vergaß und sehr herzlich und ausführlich antwortete. Er hatte sich gerade erhoben, um den Brief zum Portier zu tragen, als jemand an die Tür klopfte.

»Herein!« Er wunderte sich, denn das ganze Hotel schlief längst. Auf der Schwelle stand der Malaie und stammelte etwas ohne Zusammenhang.

»Was ist los? Sprich doch deutlich, ich verstehe nicht.«

»Kommen Sie schnell ... Schon seit Nachmittag sitzt er da ... Ich ...«

Zenon hörte nicht weiter zu und lief nach oben.

In dem runden Zimmer, dort wo damals die Geißelungsszene stattgefunden hatte, saß Yoe mitten auf dem Fußboden, mit gekreuzten Beinen, zusammengekauert und starrte mit gläsernen Augen vor sich hin. In der Kristallkugel an der Decke schimmerte das blasse, grünliche Licht.

»Yoe! Yoe!«

Aber Yoe zuckte nicht einmal bei der Stimme des Freundes, nur ein bewußtloses Lächeln huschte über seine fahlen Lippen, er bewegte sie tonlos und neigte sich etwas vor.

Zenons Augen folgten der Richtung seines Blickes und blieb wie gelähmt stehen. Drüben an der Wand saß jemand, der Yoe so völlig ähnlich war wie sein Spiegelbild, ebenso zusammengekauert, ebenso vor sich hinstarrend mit gläsernen Augen, mit demselben bewußtlosen Lächeln auf den fahlen Lippen.

Zenon sah sich ängstlich im Zimmer um, der Malaie war nicht mehr da, aber die beiden saßen immer noch da, als wären sie in diesem angestrengten leblosen Aufeinanderstarren erkaltet. Schweiß perlte auf Zenons Stirn, und sein Herz hörte auf zu schlagen.

»Träume ich, oder was ist das? Was soll das bedeuten?« dachte er und rieb sich die Augen.

Doch er träumte nicht, und das, was er vor sich sah, war eine völlig unfaßbare Wirklichkeit und dauerte unverändert fort. Er forschte mit tiefster Aufmerksamkeit, er konnte jedoch nicht unterscheiden, wer von ihnen nur ein Spiegelbild des andern sei, denn jeder war Yoe, jeder war derselbe, und doch in zwei Gestalten.

»Also das ist möglich, das ist wahr?« flüsterte Zenon mit bleichen Lippen und zog sich zurück in die Tiefen der Erinnerung an alle die Dinge, die er selbst gesehen und gehört und über die er nur gescherzt hatte, da er annahm, es wäre Wahnsinn oder Betrug. Und jetzt kamen Augenblicke einer so furchtbaren Verwirrung über ihn, daß er sich an dieser unfaßbaren Wirklichkeit wie an einem Granitblock zerschlug, er kämpfte mit ihr, rang mit seinem eigenen Hirn, trat gegen seine eigene Seele in die Schranken, – er wollte sich nicht in den Abgrund des Wahnsinns hinunterstoßen lassen. Ja, war es denn möglich, daß eine physische Unmöglichkeit zur Tatsache werden konnte? Daß sich der Mensch in zwei Identitäten spalten konnte? Ein Wunder vollzog sich vor seinen Augen, ein Wunder, das er mit ansah, mit vollem Bewußtsein feststellte. Er sah es und konnte es dennoch nicht verstehen; schließlich erfaßte ihn das Grauen und zwang ihn vor irgendeiner unbekannten Gewalt in den Staub. Er wurde plötzlich gleichsam sehend, und indes seine geblendeten Augen in unermeßliche Fernen tauchten, wankte er an der Schwelle des Geheimnisses und wäre vielleicht in den plötzlich sich öffnenden Schlund gestürzt, wäre nicht jenes furchtbar bittere Empfinden seiner ganzen menschlichen Nichtigkeit gewesen.

»Gott, mein Gott!« seufzte er klagend, und sein erschrockenes Herz empfand ein tiefes Verlangen, zu beten. Zum erstenmal in seinem Leben lastete über ihm das Unbekannte; zum erstenmal im Leben hatte er in die blinden Augen des Rätsels geschaut und war erstarrt in heiligem Entsetzen, aus seinem Herzen rissen sich die Worte irgendeines vergessenen Gebetes heraus. Er wußte nicht, vor wem er seine angstgeschwollene Seele enthüllte, wen er pries, noch vor wen er sich demütige, doch er wußte, daß er es tun mußte mit seiner ganzen Seele, mit der ganzen Tiefe seines stammenden Gefühls.

Und dann ging er hinaus, zündete alle Lichter in der ganzen Wohnung an und begann in den Zimmern umherzuwandern, in einem schwer zu verstehenden Zustand.

Der Malaie kniete in dem chinesischen Kabinett vor einer goldenen Buddhastatue und ließ eifrig die Perlen des Rosenkranzes durch die Finger gleiten.

Die Stunden schleppten sich still hin, sie waren dabei so erfüllt von Furcht und Unruhe, daß jeder Klang der Uhr Zenon als ein furchtbares Getöse ins Herz schnitt. Zuweilen trommelte der Regen an die Scheiben, zuweilen erzitterten die Bäume, und die gekrümmten kahlen Äste schimmerten in gespensterhaften Umrissen hinter den Fenstern.

Ziemlich oft schaute er im runden Zimmer nach, doch immer traf er das gleiche an; sie saßen verschaut ineinander da, in der gleichen Unbeweglichkeit. Wie zwei Bildsäulen mit lebendigen und doch bewußtlosen Blicken dämmerten sie in dem grünlichen Licht, wie unter trübem, wogendem Wasser. Zenon näherte sich ihnen, sprach zu ihnen, berührte ihre eiskalten

Hände, versuchte sie aufzuheben, doch sie waren wie mit dem Fußboden verwachsen, so daß er sie trotz heftiger Anstrengung nicht von der Stelle bewegen konnte.

»Welcher von ihnen ist Yoe, welcher?« dachte Zenon in unsagbarer Pein, doch da er es nicht entscheiden konnte, wanderte er wieder in der Wohnung herum. Er wartete immer ungeduldiger aus die Lösung dieses betäubenden Rätsels. Es schlug sechs Uhr, als endlich ein langgezogenes Stöhnen aus dem runden Zimmer herüberdrang. Zenon stürzte erregt hin, Yoe lag bewußtlos in der Mitte des Zimmers und war allein. Sie trugen ihn auf das Bett und versuchten so energisch, ihn zum Bewußtsein zu bringen, daß er bald die Augen aufschlug, sich durchdringend nach allen Seiten umsah und, völlig bei Bewußtsein, flüsterte:

»Ist er noch da?« Etwas wie Furcht zitterte in seiner Stimme.

»Es ist niemand da, wie fühlst du dich?«

»Ich bin furchtbar ermüdet … furchtbar … furchtbar …« wiederholte er immer langsamer und schläfriger. Zenon blieb bei ihm sitzen, bis er fest eingeschlafen war, kehrte dann in seine Wohnung zurück und legte sich sofort zu Bett.

Doch um elf Uhr war er schon im British Museum, unter der Säulenhalle. Er fühlte sich heute merkwürdig traurig und schwerfällig und konnte trotz angestrengter Bemühung seine Gedanken auf nichts konzentrieren.

Alle Gedanken liefen durch ihn hindurch, wie das Wasser durch ein Sieb, nicht einmal die Erinnerung an die Nacht erweckte lebhaftere Gefühle in ihm, – dies war ihm ebenso gleichgültig wie alles. Er war wie das Wetter: matt, neblig und langweilig.

Endlich tauchte Ada auf, so schön und bezaubernd, daß man ihr mit Bewunderung nachschaute.

Sie begrüßten sich schweigend; denn er hatte nichts zu sagen, sie dagegen so viel, daß nur ihre Augen die Hymne der Freude sangen und auf den Lippen ein Lächeln strahlte, wie der Widerschein eines inneren Feuers.

»Sie sehen wunderbar aus!« flüsterte er.

»Weil ich in diesem Augenblick glücklich bin!« Sie schmiegte ihren Arm an den seinen, er fühlte, wie sie bebte. – »Sprich zu mir! Ich lechze nach deiner Stimme, ich habe so viele Jahre gewartet!« bat sie zärtlich.

»Gestatte, daß ich diesen ersten Augenblick schweigend genieße«, sagte er gekünstelt, und ein blutloses Lächeln spielte um seinen Mund.

Sie betraten den ägyptischen Saal. Sphinxe, gewaltige Sarkophage, Götter und Statuen geheiligter Tiere, gewaltige Bruchstücke von Säulen und uralte Überreste eines vor Jahrtausenden gestorbenen Lebens standen dichtgedrängt und zahllos in der gewaltigen, etwas finsteren Galerie. Der glänzende Porphyr, die verblaßten Farben der Malereien, die geheimnisvollen Inschriften, das nicht zu enträtselnde Lächeln der Gottheiten, die mit leeren Augen in unfaßbare Fernen schauten, - das alles verbreitete ringsumher eine düstere, furchterregende Stille. Das Grauen des Geheimnisses sprach die Sprache des Schweigens. Die Ewigkeit barg sich in einem dumpfen und gleichgültigen Dauern. In den Augen der Gottheiten war Unerbittlichkeit und starre Notwendigkeit, und ihre steinerne Ruhe reizte, beunruhigte die menschliche Seele und erfüllte sie mit tragischer Furcht ...

»Weswegen hast du die Heimat verlassen?« fragte sie plötzlich.

»Deine Gleichgültigkeit hatte mich fortgetrieben. Erinnerst du dich nicht daran?«

»Meine Gleichgültigkeit!« wiederholte sie wie ein Echo.

In ihm erwachte jenes alte, quälende Leid; er wendete sich von ihr ab.

»Ich bin gekommen, dich um Aufklärung zu bitten.«

»Nur deswegen?« Entsetzen bebte in ihrer Stimme und in ihren Augen.

»Sie wurde mir gestern versprochen.« Er rechtfertigte sich sehr kalt, denn sie schien ihm feindlich gesinnt zu sein, und er beschloß, sich zu wehren.

Sie setzten sich unter eine gewaltige Säule, die mit Hieroglyphen übersät war.

»Ja, du hast das Recht, zu verlangen ... Ich will dir alles sagen ... frage mich ...« In ihrer Stimme waren Tränen, über ihr Gesicht hatte sich schmerzhafte Trauer gebreitet. Doch ohne daraus zu achten, bohrte er seine mitleidlosen Raubtieraugen in sie.

»Warum damals ... in jener Nacht? ...« Er war nicht imstande, die Frage auszusprechen.

»Es ist deine Tochter!« entgegnete sie ehrlich und unerschrocken.

Er prallte beinah zurück, in tiefster Verwunderung, ja, als wäre er erschrocken, und konnte eine Zeitlang nicht reden.

»Wanda ... meine Tochter ... Wanda ...?«

»Ja. Genügt dir diese Aufklärung ...?«

»Das klärt mich über eine Tatsache auf, doch nicht über alles! Ich tappe im Dunkeln und kann nichts verstehen! Wanda – meine Tochter! Aber warum warst du später so gleichgültig? Wie konntest du es zugeben, daß ich so litt? Warum zwangst du mich zur Flucht? Warum?«

Er warf die Fragen hin, wie zermalmende Steine, und so verbissen und rachedurstig, daß sie ihn flehend ansah.

»Ich werde dir alles sagen, offen und ehrlich, ohne etwas zu verheimlichen … Möge geschehen, was geschehen soll … Ich hatte meinen Mut für diesen Augenblick gesammelt … O Gott, wie schwer es mir fällt! Du kannst dir nicht vorstellen, wie sich ein einsames Weib nach einem Kinde sehnen kann, so eine Jungfrau-Gattin, wie ich es war … Und du warst für mich das Ideal eines Menschen, ich wußte, daß du mich liebtest, und ich fühlte, daß du auf jeden meinen Wink von mir … Aber konnte ich denn sagen, was ich von dir ersehnte? … Ich sage es dir jetzt in diesem Augenblick mit meiner ganzen Aufrichtigkeit, daß ich damals weder dich, noch deine Liebesschwüre, ja nicht einmal mein eigenes Glück nötig hatte … Ich verlangte mit der ganzen Kraft eines ungebändigten Instinktes danach, Mutter zu werden, und ich konnte es nicht wagen … Ich mußte die ganze weibliche Schamhaftigkeit in mir überwinden, die seit Jahrtausenden in uns wurzelt, meine ganze Natur … Monate währte diese Qual … Du ahntest nicht, was in mir vorging … Ich wartete auf irgendein Wunder, und da das Wunder nicht kommen wollte … wagte ich es endlich in jener Nacht … Da hast du die ganze Wahrheit … Ich schäme mich dessen nicht, denn ich bin die Mutter … deines Kindes …«

Sie verstummte, von flammender Röte übergossen, sie war hinreißend schön in der Aufrichtigkeit ihrer Geständnisse. Sie hatte sich vor ihm bis ins Innerste ihres Wesens entblößt und stand da, wie das Leben selbst, das ewig nach Befruchtung verlangt und ewig befruchtet, unberührt wie die Sonne, keusch wie eine Blume und wie Eva stolz auf die Heiligkeit ihrer Bestimmung …

Doch Zenon empfand dies nicht, denn als er sich an der furchtbaren Demütigung ihres Geständnisses genügend geweidet hatte, zischte er in unterdrückter Wut:

»Und dann hattest du mich nicht mehr nötig. Du Raubtier!«

»Sprich nicht so zu mir, es ist ungeheuerlich!«

»Ist es denn nicht noch ungeheuerlicher, was du mir gesagt hast? Also es war nicht Liebe, die dich in meine Arme trieb, nicht die Leidenschaft eines heiligen Augenblickes der Ekstase, – nur der wilde Fortpflanzungstrieb. Ich verlangte doch nicht nach dir wie nach einem Weibchen, nein, ich liebte deine Seele, deine Erhabenheit, deine menschliche Größe liebte ich! Und du hättest in mir nur das Männchen gesucht? Warum ist deine Wahl gerade auf mich gefallen? Ich habe dir nur zum Werkzeug gedient ... Das ist geradezu furchtbar!«

Es würgten ihn ohnmächtige Wut, tiefe Demütigung und ein unsagbarer Schmerz.

Ada hörte standhaft zu, wenn sie auch zuweilen erblaßte wie eine Leiche und ihren Kopf immer tiefer hängen ließ.

»Und warum hast du mir dies alles gesagt?« stöhnte er.

»Weil ich dich liebe!«

»Wohl wieder, weil du ...« zischte er spottend ...

Es fiel ihr schwer, diese Beschimpfung zu ertragen, doch sie erfaßte seine Hände, küßte sie wie in inniger Anbetung und flüsterte durch Tränen:

»Erbarme dich meiner! Ich habe dich immer geliebt. Erst nach deiner Abreise verstand ich, was ich verlor. Erst durch diese langen, langen Jahre der Einsamkeit habe ich den ganzen Abgrund der Leiden ermessen ...« Sie begann ein so unsagbar schmerzliches Bild ihrer Leiden zu entrollen, ihrer Sehnsucht, ihres vergeblichen Wartens, daß seine Seele weich wurde und er diese tränendurchtränkten Widerklänge voll Mitleid anhörte! Aber als sie dann anfing, ein Bild der Zukunft zu entwerfen, wurde er plötzlich finster und warf mit voller Überlegung dazwischen:

»Und Heinrich?«

»Warum sollen wir ihn in diesem Augenblick erwähnen?«

Er schaute sich verwundert um, als hätte dies jemand anderes gesagt.

»Wir erwägen doch nur unsere Angelegenheit«, fügte sie mit Kraft hinzu.

Er lächelte, ohne eine Bosheit unterdrücken zu können.

»Ach natürlich, der Mann muß ja immer der Belogene sein ...«

»Ich habe ihn nie belogen!« Stolz erhob sie ihren Kopf.

»Nie? ... Und Wanda ...?« Er stieß wie mit einem Dolche zu.

»Ich war ihm immer nur eine Schwester, und er weiß, daß es deine Tochter ist! Er selbst wollte es so ... Er hatte es mir ganz offen gestanden ...«

»Er weiß es und wollte es selbst so ...«

»Warum wundert dich das?«

»Dies ist ja kaum zu glauben!«

»Daß er seinen eigenen Egoismus überwand, um mich glücklich zu sehen? Denn es ist nicht einmal ein Opfer gewesen, inwiefern denn? Er hat dafür in mir einen treuen Freund bis zum Tode gefunden.«

»Ich kann das nicht verstehen, es ist mit nicht möglich. Zum erstenmal in meinem Leben stehe ich vor einer so unwahrscheinlichen Situation! Er ist wahrhaftig ein Heiliger!«

»Er ist nur ein guter und verständiger Mensch.«

»Und das genügt ihm?«

»Es muß. Versetz dich doch nur in seine Lage! Was würde er jetzt ohne mich anfangen, – allein, krank und hilflos und auf die Gnade der Dienerschaft angewiesen.«

»Auch dein Leben ist nicht beneidenswert ...«

»Deswegen bin ich hergekommen, mir meinen Anteil am Glück zu holen.«

Zenon lächelte sehr traurig und sprach mit leisem Vorwurf:

»Wenn du doch meinen Brief gelesen hättest ...!«

»Ich ahnte, daß du mir Scheidung und Ehe vorschlugst!«

»Und da schicktest du ihn mir ungeöffnet zurück?«

»Denn ich konnte deine Frau nicht werden.«

»Trotz allem, was vorgegangen war?«

»Ja, sogar trotz Wandas! Trotz allem.«

»Richtig, dir ging es ja nur ...«

»Ich liebte dich, und gerade deswegen wäre ich nie deine Frau geworden, niemals!«

Er blieb stehen, so sehr wunderte ihn der Nachdruck, den sie auf ihre Worte gelegt hatte.

»Niemals, denn ich wünschte und wünsche es jetzt noch sehnlich, daß du ungebunden und frei deinen Höhenweg gehst. Adler müssen hoch über die Erde dahinfliegen, fern von der Alltäglichkeit. Eine Frau ist für einen wahren Künstler ein böser vernichtender Dämon, sie ist sein Vampir.«

»Du hast mich also mit Überlegung zu diesen Leiden verurteilt.«

»Ja, aber ich habe auch mein eigenes Leben geopfert, und meine Qual war es, die dir Adlerflügel wachsen ließ, – aus meiner Sehnsucht, durch meine Tränen bist du geworden ...«

»Wer bist du denn, wer?« Ihn durchdrang plötzlich eine abergläubische Furcht.

»Ich liebe dich!« flüsterte sie und umfing ihn mit stillen Augen.

Sie schwiegen ziemlich lange, während sie unzählige Säle durchschritten, die von Wundern aller Zeiten und Länder überfüllt waren. Adas

Gesicht hatte den Ausdruck einer bitteren Entsagung, er schaute sie immer aufmerksamer an und sagte schließlich traurig:

»Was kann ich dir heute für eine solche Liebe geben?«

»Du kehrst in die Heimat zurück, ich sehne mich sonst nach nichts mehr. Ich werde glücklich sein, daß ich dich der Heimat und der Literatur wiedergegeben habe, – ist das denn gar so wenig?«

»Werde ich denn imstande sein, dort zu leben wie früher?«

»Es ist doch alles tot, was schlecht für dich war, und ein neues schöpferisches Leben erwartet dich mit offenen Armen. Dein Platz ist noch frei. Du wirst wieder an der Spitze stehen und wirst die Menschen führen auf deiner großen Heldenbahn! Und nur manchmal wirst du zu deiner Tochter kommen und zu deiner schwesterlichen Geliebten! Ich verlange nichts mehr für mich, nichts!« fügte sie leiser und ein wenig traurig hinzu.

»Die Versuchung des heiligen Antonius, eine wundersame Versuchung. Traumbilder, nach denen ich so manchmal meine Arme ausgestreckt habe … Aber werde ich denn imstande sein, mich loszureißen von hier! Ich bin so verwachsen mit diesem Lande und so vieles verbindet mich mit ihm ...«

»Vor allen Dingen die Braut!« Es hatte sie schon so lange gewürgt, daß sie nicht mehr an sich halten konnte.

»Nicht allein. Ich habe wichtigere Gründe!« Er schaute sich unruhig um, als fürchte er das Erscheinen Daisys. »Es gibt manchmal Hindernisse, die jenseits unseres individuellen Willens liegen ...«

»Ich werde dich von hier entführen. Ich werde mit dir um dich ringen. Ich werde alles überwinden, du wirst dich überzeugen, das Unmögliche werde ich möglich machen, niemand und nichts wird mich davon abhalten!« sagte sie voll Kraft. »Wenn nur weder dein Herz noch die Ehre dich bindet!« fügte sie leiser, trauriger und furchtsamer hinzu.

»Nein, nein!« Er wehrte sich schwach, denn Betsy in ihrem Vertrauen, in ihrer Liebe zu ihm tauchte in seiner Erinnerung auf wie ein Rosenstrauch.

»Kehre in die Heimat zurück mit deinem Weibe, wir werden bald eine Polin aus ihr machen!« sagte sie, seine verborgene Sorge erratend. »Das wird sogar besser für uns alle sein! In ihren Augen schimmerten Tränen, ein schwerer Seufzer hob ihre Brust, doch er sah es weder, noch fühlte er es, denn er sagte:

»Ich habe auch schon daran gedacht!«

Sie verließen das Museum und fuhren nach Hause.

Der widerliche, gelbe, kalte Nebel ergoß sich über die ganze Stadt wie ein schmutziges, getrübtes Wasser, durch das kaum die schwärzlichen Umrisse der Häuser und Menschen zu sehen waren. In den engeren Straßen brannten, trotzdem es Mittag war, die Laternen, und das nie ruhende Getöse der Stadt drang dumpf dröhnend durch den Nebel.

Ada beobachtete unter den gesenkten Lidern hervor sein nachdenkliches, versonnenes Gesicht. Sie fühlte, daß er weit fort von ihr war, wer weiß wo, und das erfüllte sie mit grenzenloser Trauer. Hatte er doch auf all ihre Liebe nicht ein wärmeres Wort der Entgegnung gehabt. Doch sie unterdrückte Schmerz und Verzweiflung, die ihr das Herz zerrissen, und fragte sanft, während sie seine Hand berührte:

»Woran denkst du?«

»Es ist schwer zu sagen, – an alles und an nichts zugleich.«

Sie versank wieder in schmerzhaftes Schweigen.

Erst als sie Abschied nehmen sollten, wurde er plötzlich lebhafter und sagte heiß:

»Du hast meine Seele wieder aufgerichtet. Ich komme am Abend zu euch, ich könnte nicht mehr ohne dich leben … Küsse Wanda von mir! Du hast mir neue, verlockende Horizonte enthüllt! Ich fürchte mich noch, davon zu reden! Zuweilen ist mir, als wäre dies alles, was ich heute erlebt habe, nur mein Traum von der Zukunft. Vielleicht ist es nur Halluzination! Ich weiß es noch nicht! Ich weiß nichts, ich tappe noch im Dunkeln …«

»Ich liebe dich, das ist die lauterste Wahrheit!« - - - - - - - - - -
- - - - -

Achtes Kapitel

Er konnte nicht mehr antworten, er war allein im Flur zurückgeblieben, Ada ging die weißen Marmortreppen hinauf, er fing nur ihre letzten Blicke auf, die wie berauschende Blüten auf ihn herabfielen, ehe er in dem Geräusch der Straßen und im Nebel unterging. Er war erregt über dies alles, und ihre letzten Worte hatten einen solchen Brand in seinem Herzen entfacht, daß er von einer merkwürdig glückseligen Freude flammte.

»Und alles zusammen ist kaum zu glauben«, dachte er. »Wie ein Kapitel eines noch ungeschriebenen Romans! Erlebt, und doch durchaus unwahrscheinlich!« flüsterte er, während er ein wenig nüchtern wurde an einer Straßenkreuzung, die so dichtgedrängt von Wagen war, daß es unmöglich schien, auf die andere Seite zu gelangen. Er ging jedoch unter dem Schutze eines Policeman hinüber, auf dessen Wink dieser ganze furchtbar reißende Strom sich spaltete und auf der Stelle erstarrte.

»Wie das Leben selbst«, sann er weiter, hier und dort vor den Auslagen der Läden stehen bleibend und ohne zu wissen, worauf er schaute, so ganz erfüllt war er von Erinnerungen und einer freudigen Rührung. Mechanisch ließ er sich von den Massen hintragen wie ein Stück Holz, das der Strom fortreißt, – ohne zu denken, wohin er fließe und wozu.

»Wie merkwürdig das ist!« Er war verwundert, denn er verstand jetzt erst die ganze Ungewöhnlichkeit von allem, was er soeben erlebt hatte.

So geriet er in den Hydepark und irrte lange auf den leeren Wegen umher. Der Tag breitete sich grau und düster aus, von allem ringsumher wehte ihn eine traurige Totenstille an, die blätterlosen Bäume bebten ohnmächtig, das Wasser hatte den Schimmer matter, erblindeter Augen, hoch über dem Parke kreisten Scharen von Vögeln, zuweilen krächzten Krähen. Die Traurigkeit dieses düsteren Tages sickerte langsam in sein Herz, und ihre Stiefschwester, die Melancholie, begann ihre moderigen Leichenhände auf seine fieberigen Augen zu legen. Es bemächtigte sich seiner eine unerklärliche Apathie, das Feuer erlosch, und die Langeweile breitete die grauen Wolken der Ohnmacht darüber. Er wurde hoffnungslos traurig in seinem Herzen, – sogar jene zauberhaften Visionen, an denen sich noch vor einem Augenblick seine Einbildung berauscht und vor denen er verzückt gekniet hatte, begannen sich in gewöhnliche Wirklichkeit zu verwandeln, etwas Zufälliges und Alltägiges zu werden. Selbst die letzten Worte Adas kamen ihm wie ein längst verklungener leerer Schall vor. Mit einer Art Schreck fühlte die Wallungen und das wunderbare Glück, das er vor kurzem empfunden hatte, die zugleich mit Adas Erscheinen wieder aufgewacht waren, zu Nichts werden und aus seiner Seele herausfließen, wie Wasser aus einem zerbrochenen Kruge, und nur ein beißender Schmerz über die eigene Ohnmacht blieb zurück.

»Das Wunder währte einen Augenblick, und kaum erweckt, stirbt es den ewigen Tod!« sann er mit nagendem Schmerz, denn in diesem Augenblick fühlte er im Herzen die bittere Wahrheit, daß er Ada nicht mehr liebte, daß die kleine Wanda ihm fremd und gleichfalls gleichgültig war. Doch er wollte es sich noch nicht gestehen, er wehrte sich vor sich selbst und schob die Schuld daran der augenblicklichen Ermüdung zu. Doch plötzlich wurde ihm so bitter ums Herz, und er schämte sich seines eigenen Zustandes so, daß er sich alle Mühe gab, nicht weiter darüber nachzudenken, und schnell nach Hause eilte.

Im Eßzimmer traf er niemand an, – so ging er gleich nach dem Frühstück zum Café in den Reading-Room.

Mrs. Tracy spazierte wie immer im Zimmer umher mit einer Katze im Arm, und zwei andere Katzen, die weiß wie Schnee waren, folgten ihr wie ihr Schatten.

Mr. Smith wärmte am Kamin sein orangengelbes, trockenes Gesicht, und einige Pensionsdamen saßen in Tücher gehüllt auf dem großen Sofa in der Ecke und flüsterten halblaut.

»Und wieder regnet es«, stöhnte Mrs. Tracy und sah zum Fenster hinaus.

»Wie jeden Tag, – ein furchtbares Klima, ich habe beinahe vergessen, wie die Sonne aussieht, noch einige Wochen solchen Wetters, und ich ...«

Zenon verstummte, denn irgendwo aus der Tiefe der Wohnung drang das traurige Heulen des Panthers herüber.

»Dies Vieh bringt mich noch zur Verzweiflung!«

»Bagh, Sie?« fragte sehr verwundert eine der Damen.

»Ich habe beinahe die ganze Nacht nicht schlafen können, so hat er gewinselt.«

»Das ist sonderbar, mein Zimmer stößt an die Orangerie, und doch habe ich nichts gehört«, flüsterte Mrs. Tracy, zu den Damen hinüber sehend, ein verstohlenes verständnisinniges Lächeln glitt über die Lippen aller.

»Ich beneide Sie um diesen herrlichen Schlaf, ich bin von jedem Winseln wach geworden.«

»Er sehnt sich nach seiner Herrin.«

»Und vielleicht spricht er mit ›Ihm‹«, sagte geheimnisvoll Mr. Smith, während er eiligst gleichsam etwas von seinen Fingern abschüttelte.

Wieder erscholl ein kurzes Brüllen Baghs, und zwar so nahe, daß die Katzen mit krummem Rücken und gesträubtem Fell in die Arme der Mrs. Tracy sprangen, welche ratlos dastand und ihre Augen erschrocken umherschweifen ließ.

»Wissen Sie nicht, wann Miß Daisy zurückkehrt?« unterbrach sie endlich das unangenehme Schweigen, die erschrockenen Damen atmeten auf, und Mr. Smith stieß so heftig nach einem Scheit im Kamin, daß die Funken das Zimmer überschütteten.

»Ich weiß nicht!« Ihn wunderte die Frage, doch heimlich trafen sich die Blicke aller, – sie wußten Bescheid.

»Mrs. Blawatska erkundigt sich täglich mehrmals nach ihr, und ich kann ihr nichts Bestimmtes sagen«, erklärte Smith. »Die Freunde von Miß Daisy müßten es doch wissen!«

»Ich dachte auch, Sie würden mich aufklären«, drängte Mrs. Tracy.

»Ich? Welche Vermutung! Ich kenne Miß Daisy weniger als irgend jemand in der Pension.« Aber da Zenon an ihren Gesichtern erkannte, daß man ihm nicht glaubte, und da er eine Art Neugier bemerkte, begann er eifriger, als er es vielleicht wünschte, zu versichern, daß er nichts von Miß Daisy wisse.

»Dann weiß es Bagh allein«, brummte Mr. Smith ernst.

»Es ist nur unmöglich, etwas von ihm zu erfahren! Und das ist schade!« sagte Zenon ironisch und schickte sich an, zu gehen.

»Wir können es nicht, aber Sie, wenn Sie nur wollten ...«

Zenon lachte auf, ihn belustigten die feierliche Miene und Stimme des Mr. Smith.

»Ich will ihn herführen, er soll es selbst sagen.«

Mr. Smith stürzte wie ein Tiger zur Tür, die Damen sprangen schreiend auf, und Mrs. Tracy stöhnte mit ersterbender Stimme, totenblaß:

»Erbarmen, wir sterben vor Entsetzen!«

»Also die Herrschaften haben im Ernst angenommen, daß ich Bagh hereinführen könnte?« fragte Zenon, durch ihr Entsetzen verwirrt, aber die Damen schwiegen, denn sie konnten sich nicht beruhigen; nur Mr. Smith stammelte bittend:

»Ich flehe Sie an, sprechen Sie nicht einmal seinen Namen aus!«

»Sollte er eine Inkarnation Baphomets sein ...?«

Mr. Smith taumelte geradezu an die Wand, nahm mit blitzartiger Geschwindigkeit Salz aus der Tasche und bestreute sich sorgfältig damit.

Zenon konnte das Lachen nur mit Mühe unterdrücken und näherte sich, nachdem er wegen des Scherzes um Verzeihung gebeten hatte, dem Ausgang.

»Ich habe eine große Bitte an Sie«, so hielt ihn eine dünne Stimme auf.

Er blieb an der Tür stehen, die Langeweile, die sich plötzlich seiner bemächtigt hatte, mit Höflichkeit verdeckend.

»Wir veranstalten am Sonnabend in unserer Loge eine große Versammlung«, sagte ernsthaft Mr. Smith und faßte ihn an einem Rockknopf.

»Mrs. Blawatska wird über ihre Reise nach Tibet und ihre Beziehungen zum Dalai-Lama Bericht erstatten. Geradezu unerhörte Sachen. Sie hat einen der tibetanischen Brüder mitgebracht, ein außergewöhnliches Medium. Nach dem Vortrag wird im engeren Kreis eine Seance stattfinden, Sie werden wahre Wunder sehen. Die Blawatska selbst wünscht Sie kennen zu lernen und wünscht, Sie möchten zur Versammlung erscheinen. Es werden nur Eingeweihte da sein. Wir haben es sogar Stead abgeschlagen, aber es liegt uns sehr daran, daß Sie kommen, sehen und sich von der Wahrheit unserer Lehre überzeugen ...«

»Wird Mr. Yoe dort sein?«

»Leider hat Mr. Yoe den Kreis der Brüder verlassen, er hat uns für Miß Daisy und ›Ihn‹ verraten.« Der gelbe Herr schaute sich ängstlich um.

»Ich weiß nur, daß er sehr schlecht aus sie zu sprechen war.«

Mr. Smith flüsterte ihm geheimnisvoll ins Ohr:

»Und jetzt ist er ihr verkaufter Sklave. Man hat uns versichert, er sei bereits der Palladinischen Loge beigetreten, in der sie die ›Meisterin des vollkommenen Dreiecks‹ sein soll. Ich aber weiß ganz sicher, daß sie dort das ›Lamm der weißen Messe‹ ist, – furchtbar, was?«

»Es kann sein, aber bloß für Leute, die verstehen, was das bedeutet.«

»Sie ist ›Ihm‹ selbst geweiht ... ›Seine‹ Braut.«

»Sie müssen mir einmal diese ganze geheimnisvolle Nomenklatur erklären.«

»Ich bin bereit, es sofort zu tun, damit Sie die ganze Abscheulichkeit dieser Miß Daisy verstehen und die Größe der Gefahr ermessen können, in der Mr. Yoe schwebt.«

»In diesem Augenblick habe ich keine Zeit, aber ich werde Sie am Sonnabend nach der Versammlung darum bitten!« Zenon drückte ihm die Hand und ging eilig in seine Wohnung. Doch die Erzählung des Mr. Smith, sein ängstliches Flüstern und die ganze Stimmung, die im Reading-Room geherrscht hatte, bewegte in ihm vergessene Gedankenschichten, er konnte sich nur an nichts Bestimmtes erinnern, – nur Trümmer von Szenen, Personen, Klängen und Farben zuckten mit der Schnelligkeit von Blitzen durch sein Hirn.

»Palladinische Loge! Lamm! Weiße Messe! Baphomet! Was bedeutet dies alles in Wirklichkeit?« Zenon wollte diesen beunruhigenden Wirrwarr von Gedanken von sich abschütteln.

»Erinnerst du dich?« es war ihm, als flüstere ihm jemand ins Ohr, so daß er sich mißtrauisch in der leeren Wohnung umsah.

Er stand ratlos da und starrte in den unentwirrbaren Knäuel der Erinnerungen, die unter seiner Hirnschale wie ein Orkan von wahnsinnigen Visionen kreisten.

»Habe ich das einmal geträumt? Oder vielleicht irgendwo gelesen, – und kann mich jetzt nicht mehr daran erinnern!«

Er quälte sich vergebens ab und bemühte sich, wenn auch nur für einen Augenblick, den Wirrwarr seiner Gedanken zu ordnen. Plötzlich stürzte alles in ihm zusammen und versank in den Abgrund des Vergessens. Er tauchte mit einem Male in das graue und traurige Licht des Tages, wie unter bewegten Wellen hervor, ohne zunächst verstehen zu können, weswegen er mitten im Zimmer stand? Wohin hatte er doch gehen, was hatte er tun wollen? Dies währte jedoch nur einen Augenblick, denn in ihm erwachte das ganze Bewußtsein der Wirklichkeit: daß er von nun an einen neuen Abschnitt eines gewöhnlichen und normalen Lebens begonnen hätte. Er kehrte zu dieser etwas eintönigen Alltäglichkeit zurück und sah sie wie früher etwas gleichgültig und von oben herab an. Er behandelte nämlich das Leben mit einer erhabenen Nachsicht. Sogar die Gesellschaft, die sich am Pensionstische zu versammeln pflegte, störte ihn nicht mehr mit ihrer spiritistischen Manie und ihrem ewigen Gezänk. Er schaute auf sie hinab, wie auf amüsante Tollhäusler, und hörte ihren endlosen Diskussionen mit einer diskreten Ironie zu. Und Daisy und alles, was einen Zusammenhang mit ihr hatte, schien ihm jetzt fern und verblaßt zu sein, wie etwas, was er vor langer Zeit einmal in irgendeiner phantastischen Erzählung gelesen hätte. Und doch war es noch nicht lange her, daß sie fortgefahren war! Auch Yoe verlor in seinen Augen die früheren Umrisse, er hörte auf ihn zu interessieren, und wenn er ihn in Bartelet-Court traf, behandelte er ihn wie einen Menschen, den er gerade erst kennen gelernt hätte. Er fühlte sich so nüchtern, daß er nur die Oberfläche des Lebens und dessen gröbere Umrisse bemerkte, als hätte er die Fähigkeit eines tieferen

Verstehens und Empfindens der Welt und der Menschen eingebüßt. Es ging ihn nichts mehr etwas an, mit Ausnahme von ganz persönlichen Angelegenheiten, er spottete zudem bei jeder Gelegenheit über alle idealeren Gemütsregungen. Dies war eine ganz unerklärliche Abstumpfung des Empfindungsvermögens, gleichsam ein Verschwinden jedes feineren Gefühls, jeder höheren Vorstellung. Dieser merkwürdige Umschlag bei ihm war so auffallend, daß man es sogar in Bartelet-Court bemerkte.

Eines Tages nämlich hatte Miß Dolly nach dem Frühstück die Frage des Verfalls der Ethik bei den Volksmassen entrollt und war bei dieser Gelegenheit leidenschaftlich über die Männer, ihr Lasterleben und ihren Egoismus hergefallen.

Mr. Bartelet verspottete sie mit Überlegung und unterhielt sich dabei köstlich.

Das Gespräch wurde immer lebhafter, denn auch Yoe, der gewöhnlich schwieg, begann, übrigens aus Rücksicht auf den Vater ein wenig vorsichtig, zu beweisen, daß die Wurzel des moralischen Verfalles im Kapitalismus liege, in der Verkommenheit der herrschenden Klassen und der allgemeinen Materialisierung der Menschheit. Und schließlich griff er das Christentum an, als den Verbreiter von Irrtümern und gesellschaftlichen Lügen, indem er ihm die reine Lehre Christi, wie sie die Evangelien enthielten, gegenüberstellte.

Miß Ellen unterstützte ihn eifrig, sagte verschiedene heilige Sprüche her und rief schließlich erhitzt und unerschrocken, nur das Evangelium könnte die Welt erlösen.

Zenon hatte sich die ganze Zeit hindurch mit Betsy über seine Verwandten unterhalten, die er am nächsten Sonnabend zum Tee mitzubringen versprach, aber durch Yoes Ausführungen und die weinerliche Stimme der Miß Ellen gereizt, bemerkte er bitter:

»Nicht das Evangelium beherrscht die Menschheit, sondern nur der Stock, die Übermacht und die Angst. Das Strafgesetzbuch, das mit Gefängnis und Galgen droht, hat mehr moralischen Einfluß auf die Menschenherde als alle Religionen zusammengenommen. Und keinen Messias, keinen Erlöser braucht und erwartet die Menschheit, sondern nur einen Herrn, der es versteht, ihr unerbittlicher Gebieter und Henker zugleich zu sein.«

Sie waren so verblüfft über seine unbarmherzigen Anschauungen und seinen bitteren Sarkasmus, daß das Gespräch bald abbrach. Alle fühlten sich unangenehm berührt und verlegen, man konnte nicht verstehen, was ihm zugestoßen wäre. Betsys war sogar vergrämt seinetwegen, doch beim Abschied drückte sie ihm die Hand heißer als sonst.

»Also am Sonnabend erwarten wir Sie mit den Ihrigen.«

»Ich bringe sie sicher mit. Sie müssen sie liebgewinnen.«

Das Mädchen fragte nach kurzem Zögern schüchtern:

»Ist Frau Ada schön?«

»Sehr. Aber ich kenne eine gewisse kleine Miß, die hundertmal schöner und lieber ist, – hundertmal!« flüsterte er und küßte ihr die Hände. Sie riß sich strahlend und glücklich los, und vergaß alle Bitterkeit.

»Wirst du bei diesem Feste der Verbrüderung der Völker auch zugegen sein?« wendete er sich an Yoe, als sie schon vor dem Hause waren.

»Mit Vergnügen werde ich deine Familie kennen lernen!« sagte der herzlich.

Schon trug sie der Zug über die Stadt hin, die ganz in schmutzige Rauch- und Nebelwolken getaucht war, als Yoe wieder bemerkte:

»Du sprachst heute, als hätte jemand deine Seele umgeformt.«

Zenon lachte trocken und spöttisch auf.

»Ich bin nüchtern geworden! Ich fühle mich gesund, schlafe ausgezeichnet, habe Appetit, arbeite vorzüglich, bekümmere mich um nichts, – das ist das ganze Geheimnis meines Zustandes. Weißt du, ich fühle mich bis zu dem Grade wohl, daß ich mich endlich entschlossen habe, unsere Pension zu verlassen!«

»Ich habe bereits davon gehört. Man sagt, Mrs. Tracy habe Mr. Smith damit betraut, dich zum Bleiben zu veranlassen.«

»Ein amüsanter Mensch! Du ahnst nicht, was er mir von dir gesagt hat!«

»Er hat sich wohl darüber beklagt, daß ich aus der Loge ausgetreten bin!«

»Auch davon war die Rede, doch er sagte mir mit tiefem Bedauern und tiefer Furcht, du wärest ein Anbeter der Miß Daisy geworden, und Ihr beide dientet dem Baphomet. Ja, richtig, und du wärest irgendeiner Palladinischen Loge beigetreten!«

»Das ist nicht wahr, ich gebe dir mein Ehrenwort darauf!« rief Yoe heftig. »Ich sollte mit ihnen gehen? Ich im Dienste Baphomets und dieses höllischen Vampirs? Was für eine abscheuliche Erfindung!« Er schüttelte sich gleichsam vor Ekel oder Furcht.

»Verzeih mir diese ganz unbeabsichtigte Unannehmlichkeit! Er sprach davon zu mir ohne jeden Vorbehalt, darum wiederholte ich es dir ganz offen.«

»Nur ein geiler Kretin kann derartig nichtswürdige Assoziationen haben.«

»Was ist denn das, diese Palladinische Loge?«

»Ein Tempel, der dem Satanskultus geweiht ist! Dort versammeln sich seine Getreuen, dort ist Miß Daisy wahrscheinlich seine Priesterin!«

»Sie ist Meisterin des vollkommenen Dreiecks! So sagte wenigstens Mr. Smith.«

»Wenn nicht das ›Lamm‹ selbst«, fügte Yoe halblaut hinzu, während er sich mißtrauisch in der Menge umsah, die zugleich mit ihnen die Station verließ.

»Wo ist diese Loge?«

»Man sagt: in der Umgegend von London, in irgendeiner alten Kirche.«

»Ich war ja dort!« rief Zenon, der sich für einen Augenblick an die phantastischen Szenen in den unterirdischen Gewölben erinnerte.

»Du warst dort, hast es gesehen?« fragte Yoe in tiefstem Staunen, zog Zenon aus der Menge hinaus unter ein Schaufenster und sog sich an ihm mit den Augen fest.

»Ja. Aber weißt du: ich erinnere mich an nichts mehr. Es muß mir nur so vorgekommen sein, denn jetzt, in diesem Augenblick – kann ich mich, bei Gott, an nichts mehr erinnern ...«

»Erinnere dich nur! Die unterirdischen Gewölbe einer Kirche ... Alte Grabkammern ... Nacht ... Eine prunkhafte Zeremonie ... Baphomet ... Daisy ...« sagte ihm Yoe mit Nachdruck vor ...

»Leider, ich kann nicht ... Etwas blitzte in meinem Hirn auf und versank wieder, wie ein Stein im Ozean ... Warte einmal ... Unterirdische Gewölbe? Sofort ... Nein, nein, mir war bloß das Kellergewölbe des Exzentrikklubs eingefallen! Unsinn! Eine Augenblicksillusion! Wovon sprachen wir doch nur?«

»Von der Palladinischen Loge, von Baphomet und Daisy ...«

»Oder, mit anderen Worten, von gar nichts!« flüsterte Zenon ironisch und fuhr zu Heinrich, wo er, wie jeden Tag, mit allen plauderte, geduldig die Klagen des Kranken anhörte und mit der kleinen Wanda spielte, die leidenschaftlich an ihm hing. Dann fuhr er, wie immer, mit Ada aus, ihr die Sehenswürdigkeiten der Stadt und Umgegend zu zeigen.

Es war ein stummes Abkommen zwischen ihnen, daß sie nie die Vergangenheit berührten. Sie hielten sie beide heilig. Niemals, auch nicht mit einem Worte, verriet Ada, was in ihrem Herzen vorging, was für ein Sturm in ihr tobte, welche Verzweiflung an ihr nagte, – er ahnte es nicht einmal, denn immer sah er nur ihr heiteres Gesicht und die treuen Blicke der Freundschaft. Sie eroberte ihn jedoch mit einer Geduld, die sich des endgültigen Zieles voll bewußt war, so daß er gar nicht bemerkte, wie abhängig er von ihr wurde. Sie umgarnte ihn mit so wachsamer Freundschaft, gleichsam mit mütterlich liebenden Armen, daß er es nicht einmal versuchte, sich loszumachen. Und doch liebte er sie nicht, nur begann er, sie anzubeten wie ein wunderbares Gedicht des Lebens, oder wie ein großes Kunstwerk, vor dem er sich in freudiger Stille ästhetischen Betrachtungen der eigenen Seele hingeben konnte. Er vertraute ihr alle seine Träumereien und seine literarischen Eingebungen an. Manchmal brachten sie lange Stunden in Museen zu, in künstlerische Betrachtung versunken. Er entwickelte vor ihr die Ideen seiner künftigen Werke, denn er sah, daß er sie besser und wirklicher vor sich sah, wenn er sie ihr erzählte, daß ihre klugen diskreten Bemerkungen sie vervollkommneten, daß sogar noch beinahe ungeborene Pläne, die er nur blitzartig berührte, eine feste Form und Leben annahmen.

Und bei alledem gab ihm Ada immer wieder ganz unauffällig die Idee ein, in die Heimat zurückzukehren, und zwar mit solcher Beharrlichkeit, daß er selbst anfing, sich danach zu sehnen. Sie entwarfen sogar den Plan, seine Werke in polnischer Sprache, und zwar in ihrer Übersetzung, herauszugeben. Sie war unermüdlich in diesem stillen Kampf um ihn und mit ihm und wurde immer siegesbewußter. Mit Unruhe jedoch nahm sie die Nachricht von dem geplanten Besuch in Bartelet-Court aus.

»Ich bin sehr neugierig auf dieses Haus!« bemerkte sie kühl.

»Und Betsy auf dich. Sie fragte mich, ob du schön wärest.«

Die königlichen Augen Adas sahen ihn unruhig flackernd an.

»Ich sagte nur, was wahr ist!«

»Was nützt mir diese Schönheit«, flüsterte sie, ihr blasses Gesicht und ihre Augen abwendend, in die ein Ausdruck von Trauer gekommen war. Er bemerkte dies nicht, wie er vieles nicht ahnte, in seiner völligen Abgestumpftheit, die ihn seit einiger Zeit beherrschte.

»Ich bin sicher, du wirst Betsy liebgewinnen«, bemerkte er nach einem Augenblick.

»Ich wünschte es sehr.«

Ihn machte nicht einmal ihre sonderbare, trockene Stimme stutzig.

»Aber du mußt mir offen und ehrlich sagen, wie sie dir gefällt!«

Sie versprach es feierlich, lenkte aber das Gespräch auf einen anderen Gegenstand.

Und damit war es beendet, und weder an dem Tage noch an den folgenden berührten sie diese Frage, sie gingen völlig auf in den Plänen zu einem großartigen Christusmysterium, das er zu schreiben beabsichtigte. Und er war so hingerissen von dieser Idee, daß er alles, was um ihn her geschah, wie unsinnige Bilder eines Kinematographen ansah.

»Weißt du, ich fühle mich, als wäre ich schwanger«, sagte er eines Tages zu Ada, als sie sich begrüßten. »Ich habe an zweihundert Menschen in mir, die alle das Licht der Welt zu erblicken verlangen. Du hast keine Ahnung, wie furchtbar mir manchmal in diesem Gedräng zumute ist. Heute gegen Morgen umringten mich die Bauern ... sie wollen nach Rom ziehen.«

Ada, die diese Sprache verstand, fragte gespannt:

»Und wirst du sie ziehen lassen?«

»Ich muß! Mögen sie diese gemeine heutige Zeit zermalmen! Er wird sie führen, die Welt zu erobern, um sein himmlisches Königreich zu befestigen. Der entscheidende Kampf wird auf der Engelsburg in Rom gekämpft werden, dort werden sie alle Könige und Herren der Welt belagern! Ein furchtbarer Kampf um die Herrschaft über die Welt und das Leben, der Kampf um das ›morgen‹.«

»Und werden sie siegen? Sie müssen doch siegen«, flüsterte sie heiß.

»Leider, nein, siegen muß der ursprüngliche Instinkt des Lebens ... Es tut mit furchtbar leid um Christus und meine Bauern, aber es gibt keinen Platz mehr für sie auf dieser Welt, sie müssen zugrunde gehen.«

Er sprach mit so tiefer Trauer, daß ihre Augen sich mit Tränen herzlichen Mitleids füllten.

»Und nichts mehr kann sie retten, sie werden zugrunde gehen, und auf der Welt gibt es nur noch Platz für Warenhäuser und Fabriken! Der Mensch unserer Zeit hat sich ein unerschütterliches Ideal geschaffen: Genießen! Darüber hinaus versteht er nichts und braucht er nichts. Darum muß Christus in diesem letzten Kampf unterliegen. Alle werden ihn verlassen, und die Treuesten werden ihn verraten! Ich bin sogar sicher, daß sie ihn wieder kreuzigen werden an allen Kreuzwegen und in allen Hirnen, und daß sie seinen Namen dem Schimpf und dem Gespött preisgeben werden. Die Menschheit wünscht nur noch zu zeugen, zu fressen und zu krepieren! Und Christus stört sie in diesem freudigen und tierischen Genuß. Er weist ihnen noch andere Ziele, er stört sie und führt sie irre, wie die Qualen eines gemeinen Gewissens. Also fort mit ihm! Fort mit jeder Betrachtung, die aus dem Gleichgewicht bringt! Ich bin kein Christ, aber ich liebe diese wunderbare Gestalt des Nazareners, ich liebe ihn wie den übertraurigen Schrei der Seele, der durch Zeiten und Völker dahinfließt. Der arme Träumer, diese heilige Vision von Herzen, die sich nach der Unsterblichkeit sehnen. Und es war wahr, was er zu seinen Jüngern sagte: Mein Reich ist nicht von dieser Welt. – Fürwahr, es gab nicht einen einzigen Augenblick, in dem er auf Erden geherrscht hätte. Es predigten ihn die Lippen und Kirchen, doch die Herzen der Menschen verleugneten ihn in jedem Augenblick des Lebens. Seinen Ruhm verkündeten die Kirchen, und er lag da, tot, von Verrat und Verleugnung hingemordet. Es war nicht seine Schuld, es war Paulus aus

Tarsos, der nach der Herrschaft über die Juden verlangte, Christi Träume entstellte und aus dem Traum vom menschlichen Glück ein kaltes rationalistisches Staatssystem machte. In seinen ruchlosen Händen wurden die mystischen Blumen der Sehnsucht zu Zeptern und Hirtenstäben, mit denen er die menschlichen Herden in Löcher trieb, aus denen es keinen Ausweg gibt. Er wurde ihr Herr durch Furcht und Gewalt. Das Christentum triumphierte, aber Christus war nie in ihm, niemals!

»Furchtbar ist das Leben«, flüsterte Ada, zu Tränen gerührt.

»Nur die Menschen sind furchtbar, das Leben ist das einzige Gut, nur wir selbst haben daraus eine Folter für uns gemacht. Und darin liegt die ewige Tragödie!«

Sie gingen traurig auseinander, noch enger verknüpft durch die Gemeinsamkeit ihrer Empfindungen. Doch am Sonnabend, als sie von Bartelet-Court zurückkehrten, fragte Zenon:

»Erinnern Sie sich an Ihr Versprechen?«

Sie sah ihn fragend an und konnte sich nicht erinnern.

»Sie haben versprochen, mir zu sagen, was für einen Eindruck Miß Betsy auf sie gemacht hat.«

»Ein bezauberndes Mädchen«, rief sie ohne Zögern, doch mit einer Betonung, daß Heinrich eine Bewegung der Unruhe machte.

»Sie war heute nicht sonderlich gut aufgelegt!« erklärte er und erinnerte sich an Betsys Schüchternheit und die ängstliche Neugier, mit der sie fortwährend Ada und ihn angeschaut hatte. »Ein originelles Haus, als hätte man die Leute lebend aus einem englischen Roman herausgenommen«, fuhr er fort.

»Und namentlich die Tanten! Miß Ellen hat mir einen ganzen Stoß Broschüren mitgegeben ...«

»Von der Bestimmung des Weibes! Ich kenne es auswendig, dieses altjüngferliche Gefasel. Sie gehört zu der ethischen Seite der ›Evangelistinnen‹.«

»Mir wieder hat Mr. Yoe soviel Außergewöhnliches vor seiner Expedition nach Birma erzählt, daß es mir schon etwas phantastisch erschien«, berichtete Heinrich.

»Es waren sicherlich keine Phantasien! Dies ganze Haus beherbergt eine hochstehende Klasse von Menschen in jeder Beziehung.«

»Aber sie haben uns doch sehr ›englisch‹ empfangen! Man hätte sich einen Schnupfen holen können in dieser erhabenen, kühlen Atmosphäre ...«

»Dir sind unsere Sitten lieber, wo man gleich beim Eintritt einen Doppelkuß bekommt, beim Abendbrot heißt's gleich ›lieben wir uns‹ und am Morgen wird Bruderschaft getrunken; aber am anderen Tag gibt sich jeder höchst sorgfältig Mühe, den andern nicht zu kennen.«

»Und doch ist mir dies angenehmer als diese langweilige Zeremonialität«, beharrte Heinrich bei seiner Meinung, durch den spöttischen Ton Zenons gereizt.

Ada besänftigte sie, und sie gingen in den Greenpark, denn das Wetter war ausnahmsweise heiter, warm und trocken. Die Wege waren voll von Menschen und ebenso die riesigen Rasenflächen. Schon senkte sich die Dämmerung herab als bläulicher Nebel, das Getöse der Stadt tobte in der Luft, und hier und da blitzten Lichter in den Häusern auf. Sie blieben vor einer Schar Mädchen in weißen Sweatern und Mützen stehen, die leidenschaftlich Fußball spielten, als plötzlich die kleine Wanda ängstlich flüsterte:

»Mamachen, die Dame sieht mich wieder an!«

Ada preßte das Kind schützend an sich, während sie zugleich jene »böse« Dame suchte; die stand, einige Schritte entfernt, ganz in Schwarz gekleidet wie immer, ihre Haare glänzten metallisch, ihr Gesicht war merkwürdig blaß, mit blutigroten Lippen und saphirblauen, grausamen Augen.

»Herr Zenon!« Ada wollte ihn auf die Fremde aufmerksam machen.

Zenon hörte es jedoch nicht. Es war, als sei er hypnotisiert durch das unerwartete Erscheinen Daisys; sie lächelte ihn an und verschwand in der Menge, so daß er sie vergebens ringsumher suchte.

»Sehn Sie die rothaarige Dame ... Dort, dort, an jenem Blumenbeet.«

Er schaute unwillig nach jener Richtung.

»Sie ist schon verschwunden! Ich begegne ihr heute zum drittenmal, sie hat die kleine Wanda so zudringlich angeschaut, daß es mir geradezu aufgefallen ist. Sie ist außerordentlich schön, nur hat sie etwas Furchtbares an sich ...«

»Ein Dämon und eine Madonna zugleich!« flüsterte er unwillkürlich.

»Vielleicht kennen Sie sie?«

»Ich habe sie nur im Vorbeigehen bemerkt, der Vergleich drängte sich einem von selbst auf.«

Sie wünschte von dieser merkwürdigen Unbekannten zu sprechen, doch er redete sich auf eine Angelegenheit aus, die ihm plötzlich eingefallen wäre, und fuhr nach Hause.

Er täuschte sich in seinen Berechnungen nicht, denn er holte Daisy noch im Flur ein.

»Ich war sicher, daß Sie es sind«, begann er freudig, aber durch ihren lässigen Händedruck abgekühlt, ging er dann schweigend die Stufen hinauf. Er wagte weder zu sprechen, noch sich ihr zu nähern, so sehr versperrten ihm ihre hochmütigen und durchbohrenden Blicke den Weg. Sie musterte ihn so beunruhigend, daß dieses flackernde und faszinierende Leuchten ihn in eine unerklärliche Verwirrung brachte.

»Sind Sie schon lange da?« wagte er endlich zu fragen.

Ihre Lippen bewegten sich mit der trägen Bewegung von Schlangen, und ein Flüstern wehte ihm in das Gesicht.

Er verstand die Worte nicht, doch ihn durchdrang der unfaßbare Zauber ihres Klanges.

Er begleitete sie bis an die Tür ihrer Wohnung und wollte gehen.

»Werden Sie heute auf der Seance bei der Blawatska sein?«

»Ich habe es zwar versprochen, aber, aber ...«

»Aber Sie werden kommen, ich bitte darum«, flüsterte sie befehlend, als sie sich trennten.

Natürlich versprach er es und zündete, als er sich in seiner Wohnung befand, völlig mechanisch die Lampen an und setzte sich an den Schreibtisch; aber die angefangene Szene des Mysteriums ließ ihn völlig kalt. Denn er durchkostete diese unerwartete Begegnung mit Miß Daisy, jede Einzelheit, jeden ihrer Blicke und jedes Wort suchte er in sich zu erwecken und erwog alles mit tiefer Aufmerksamkeit. Und alles kam ihm so unfaßbar merkwürdig vor, daß eine noch geräuschvollere Woge der Unruhe sich über sein Herz ergoß und ihn um den letzten Rest des Gleichgewichts brachte. Er versuchte, sich aus diesem irren Kreise der Erinnerungen herauszureißen, doch der

Zauber, der ihm aus ihnen entgegenstrahlte, schlug ihn in immer schwerere Bande.

»Sie hat mich ganz offenkundig verzaubert.« Er erinnerte sich dieser Volksbezeichnung, und sie schien ihm nicht mehr so lächerlich kindisch wie einst, denn er fühlte geradezu seine physische Abhängigkeit von Daisy und ihre unbezwingbare und unerklärliche Gewalt über ihn.

»Es liegt irgendein teuflischer Spuk darin«, dachte er, halb ironisch, doch plötzlich warf er sich zurück und erstarrte vor Entsetzen, wie am Rande eines unendlich tiefen Abgrundes, der sich vor ihm geöffnet hätte.

Massenvisionen von Szenen, die er einst in unterirdischen Gewölben gesehen hatte, drangen in sein Hirn und flossen vorüber in einem langen und unsagbar lebendigem Reigen. Deutlich sah er das übertraurige Antlitz Baphomets, der auf dem Throne saß, und zu seinen Füßen, vom Opferrauch verhüllt, den Kopf Daisys.

»Ja, das ist sie, jetzt sehe ich es deutlich«, dachte er, seine ganze Aufmerksamkeit anstrengend, damit ihm nichts entgehe. Er neigte sich vor und starrte mit angestrengten Blicken, als geschähe das alles hier vor ihm, vor seinen Augen … Sogar jenen Gesang, der früher nur wie ein fernes Rauschen herübergeweht war, hörte er jetzt Wort für Wort und wiederholte ihn mit pathetischer Bewegung:

»Salute o Satana! O Ribelione.«

»O forca vindice. – Della Ragione!«

»Sacri ate salgano. – Gli incensie i voti.«

»Hai vinto il Geova. – Dei sacerdoti!«

– – – – – – – – – – – – – –

»Salute o Satana!« flüsterte er, durchdrungen von dem heiligen Grauen, das das traurige Antlitz des Gebieters verbreitete, der sich barmherzig über die Schar seiner Anbeter neigte, die demütig zu seinen Füßen lagen. Und er zitterte nicht einmal, als sich die nackte Daisy von der Bahre erhob und, von einer Wolke metallener Haare umflossen, Baphomet mit liebenden Armen umflocht. Ein blutigroter Schein verhüllte das Mysterium des Wahnsinns und hob es gleichsam hoch in den Raum, und aus der Erde loderte ein Scheiterhaufen auf, wie ein flammendes Gebüsch, auf das man zerbrochene Kreuze warf, Meßgewänder und bleiche, riesige Hostien, die aussahen wie tote Sonnen.

Bagh heulte düster auf.

»Salute o Satana! Salute! Salute!« – Immer gewaltiger dröhnte die Hymne, als sänge sie die ganze Welt mit der ganzen erhebenden Kraft der Liebe, des Glaubens und der Hoffnung – – – – – – – – – – – – – – – – – – –

Es schlug schon acht Uhr, als die letzten Visionen langsam verblaßt, die letzten Klänge in der dumpfen Stille des Abends verklungen waren und Zenon den schweren Kopf von der unbeendeten Szene des Mysteriums erhob, die Feder beiseite legte, die er mechanisch in der Hand gehalten; und nach einer Weile des Nachdenkens resigniert flüsterte:

»Es wird sein, was sein muß.«

Und treu dem Versprechen, das er Daisy gegeben hatte, ging er zur Seance.

Die gewaltige Halle der Theosophischen Gesellschaft war überfüllt. Hoch über den Köpfen, geradeüber vom Eingang, erhob sich ein großer Altar, auf dem ein riesiger goldener Buddha saß, der mit runden Augen stumpf vor sich hinstarrte. Aus goldenen Weihrauchbecken, die von steinernen, weißen Elefanten getragen wurden, schlugen Säulen duftenden Rauches empor, die die Gottheit und den ganzen Saal in bläuliche Wolken hüllten. Auf den Stufen des Altars inmitten von Kränzen und Girlanden aus weißen Rosen, Hyazinthen und Narzissen zuckten die Flämmchen unzähliger Lampen, wie goldene Schmetterlinge. Mehrere Hindus, die auf den untersten Stufen saßen, spielten auf gewaltigen Instrumenten so wundersam leise, daß gleichsam nur das Flüstern einer ersterbenden Welle über die lauschenden Köpfe dahinwehte, zuweilen flog es vorüber wie Vogelgezwitscher, oder als summten Bienenschwärme. Und noch tiefer, zu Füßen Buddhas, auf einem etwas erhöhten Podium, stand ein Weib in einem weißen griechischen Gewande. Sie war gleichsam in Gebetsekstase versunken und berührte mit den Fingerenden der linken Hand den Kopf einer zusammengekauerten nackten

Gestalt, die vor ihr kniete ... Zenon blieb an der Tür stehen, denn alle blieben so unbeweglich, schweigend starrten sie vor sich hin und lauschten. Erst als die Musik leiser geworden war und die Lichter in den kristallenen Lotosblumen heller erstrahlten, näherte sich ihm Mr. Smith.

»Es werden heute außergewöhnliche Dinge vor sich gehen!« flüsterte er und faßte ihn unter den Arm. »Miß Daisy bat, ich sollte Sie zu ihr führen! Das Medium ist heute in ausgezeichneter Verfassung. Gerade versetzt die Blawatska es in Trance. Sie werden sie später persönlich kennen lernen. Das Medium ist aus Tibet. – Nicht wahr, diese Mengen! Und das sind nur die

Auserwählten der Auserwählten! Sonst wäre halb London hier! Und alle Schichten sind vertreten, vom Lord bis zum einfachen Arbeiter. Ich habe Mr. Yoe geschrieben, er ist nicht gekommen!« klagte Mr. Smith zum Schluß.

Zenon setzte sich neben Daisy und entließ den Alten mit einem Kopfnicken; er aber wendete während der ganzen Seance die Augen nicht mehr von ihnen.

»Lassen Sie die Stimmung nicht Herr über Sie werden!« sagte Daisy.

»Ich bin zu nüchtern, als daß sie auf mich wirken könnte!« entgegnete er voll Überzeugung.

Ein Lächeln glitt über ihre Lippen, doch sie sagte nichts, denn die Blawatska nahm ihre Hand vom Kopfe des Knieenden, und das hypnotisierte Medium blieb gleichsam in knieender Stellung hängen. Eine tiefe, starke und äußerst melodische Stimme erscholl in der Stille, aller Augen fielen auf die Blawatska wie ein flimmernder, unruhiger Schwarm. Sie erzählte zusammenhängend und in bilderreicher Sprache von ihrer letzten Reise nach Tibet und ihren Beziehungen zum Dalai-Lama. In der Stille zitterten die beschleunigten Atemzüge, die Augen begannen wie Phosphor zu leuchten, denn die phantastischen Erlebnisse, die Gefahren, die unerhörten Abenteuer, die Schneewehen, der Hunger, die Überfälle hungriger wilder Tiere, die Orkane, die Kämpfe mit bösen Gewalten, und am Ende der Raub dieser unsterblichen Geheimnisse des Daseins, von denen sie nur einen winzigen Bruchteil in der »Enthüllten Isis« hätte zeigen können, erfüllten die Zuhörer mit solch einem Fieber der Ekstase und der Verzückung, daß, als sie aufgehört hatte zu reden, donnernder Beifall erscholl und sich über sie ergoß wie ein langanhaltender Regenschauer. Sie setzte sich im Hintergrunde auf etwas von der Art eines Thrones und saß unbeweglich da, voll Majestät und Erhabenheit, und auf der Estrade erschien ein alter Hindu in einem wallenden goldgrünen Gewand, mit einem riesigen Turban auf dem Kopf und kündigte den experimentellen Teil an, der mit Beihilfe des Mediums vor sich gehen sollte, das angeblich aus einem lamaitischen, aus den völlig unzugänglichen Höhen des Himalaja gelegenen Kloster entführt worden war.

»Der Augenblick der Wunder naht!« flüsterte Daisy ironisch. »Wie ist Ihnen die Prophetin vorgekommen?« fügte sie leise hinzu.

»Das Gesicht sehr gewöhnlich, die Augen verschlagen, eine gewaltige Willenskraft, das Ganze: pyramidal!« Er erklärte die Bedeutung dieser Bezeichnung und schloß: »Aber sie spricht ausgezeichnet.«

»O ja! Sie hält die Getreuen hervorragend zum Narren, und im besten Falle sich selbst mit! Doch nein, dafür ist sie zu klug! Sie weiß, daß die Leute vor allem nach Wundern lechzen!«

»Jeder Kultus stützt sich gern darauf und sucht sein Dasein damit zu begründen.«

Sie antwortete nicht, denn man hatte die Lichter etwas gedämpft, so daß in dem bläulichen Rauche der Becken nur die goldene Buddhastatue geheimnisvoll funkelte und an den Wänden nur hier und dort ekstatische Gesichter auftauchten, heilige Embleme und Zeichen.

Die weiße Gestalt der Blawatska leuchtete undeutlich im Hintergrunde, wie eine Marmorstatue. Die Töne der Musik fielen herab wie ein süßer Staub und verstummten wieder, im ganzen Saale herrschte Grabesstille.

Es begannen die spiritistischen Wunder. Tische hoben sich, Stühle schwebten über den Köpfen, es fielen von der Decke frische Blumen und grüne Zweige von Tropenbäumen herab! Zuweilen dröhnte der furchtbare Ton eines Gong durch die Stille, so daß sich alle vor Entsetzen krümmten.

Und dann erschienen die weißlichen Umrisse von menschlichen Fratzen, leuchtende Hände irrten über verschiedenen Köpfen umher, es spielten unsichtbare Instrumente, die irgendwo hoch oben hingen, es wälzten sich in der Luft durchleuchtete Nebelkugeln, und Funkenschwärme bedeckten wie phosphoreszierender Tau die Wände und kreisten im Raume.

Die Stimmung wurde immer furchtsamer, und die fieberhafte Erregung hatte ihren Höhepunkt erreicht, als plötzlich alle Leuchter aufflammten und das Medium in voller Beleuchtung anfing in knieender Stellung und unbeweglich in die Höhe zu schweben, mit geschlossenen Augen und auf der Brust gekreuzten Armen, – so blieb es in der Luft hängen.

Ein heiliger Schreck durchfuhr alle, man brach in hysterische Weinkrämpfe aus, viele Frauen fielen aus die Kniee und sangen mit tränenerstickter Stimme eine Lobeshymne. Viele Leute saßen wie gelähmt da und konnten ihre Augen nicht losreißen von diesem Wunder, das noch immer währte. Viele waren nahe an die Estrade herangekommen, sie konnten ihren eigenen Augen nicht trauen. Mehrere photographische Apparate nahmen diese unerhörte Erscheinung auf. Schließlich erstickte das Staunen alle Stimmen und ließ alle Bewegungen zu Stein werden, so daß die Menschen in der ekstatischen Sprachlosigkeit der Bewunderung und zugleich der Furcht verharrten. Doch in einem unerwarteten Augenblick ward es wieder dunkel im Saale, und es begann eine neue Serie von Erscheinungen; ein neuer, quälender Traum voll beunruhigender Visionen und faszinierender Halluzinationen hielt alle Seelen umfangen. Nur Daisy saß ruhig da und wachte über Zenon, der in dieser hypnotisierender Atmosphäre völlig die Herrschaft über sich verloren hatte. Es bemächtigte sich seiner eine unbezwingbare Schlafsucht, er hatte zeitweise schon Halluzinationen, er wollte fort, irgendwohin, und flüsterte dabei etwas, unverständlich und wie im Fieber, – sie hielt ihn an den Händen, sie versuchte ihn mit gebietenden Blicken aufzurütteln, doch als er anfing steif zu werden und in völligen Trance verfiel, drückte sie ihm heftig die Daumen und flüsterte befehlend:

»Folge mir!«

Er ging automatisch hinter ihr her, ohne zu wissen, was mit ihm vorging.

Er kam erst in ihrer Wohnung zum Bewußtsein, am Kamin, in dem ein helles Feuer brannte. Bagh lag auf dem Teppich und starrte ins Feuer, und dahinter saß Daisy mit einer Zigarette in der Hand.

»Sie sind bei mir«, antwortete sie auf seine erstaunten Blicke.

»Aber wie bin ich hierher gekommen? Wir waren doch in der Theosophischen Gesellschaft?«

»Es war dort eng und heiß, sie wurden schwach, und das ist die ganze Geschichte!«

»Ich danke!« – Er neigte sich, ihr die Hand zu küssen, doch Bagh knurrte und duckte sich so drohend zum Sprunge, daß er unwillkürlich zurückwich.

»Ich wollte nur meinen Dank aussprechen, aber Bagh gestattet es nicht.«

Sie lächelte und stützte ihre Füße auf den Rücken des Panthers.

»Sie sind spiritistische Seancen nicht gewohnt.«

»Ich habe eine ganze Reihe mitgemacht, aber auf dieser hatte ich fortwährend das Gefühl eines phantastischen Traumes, den ich nicht loswerden konnte. Ein erstaunliches Medium. Und wenn dies alles vorbereitet war, muß ich dem Veranstalter geradezu Genialität zusprechen ...«

»Das war lauterste Wahrheit, ich bürge Ihnen dafür! Aber was hat das zu bedeuten: es sind doch nur Tatsachen und nichts weiter!« Sie sprach gleichsam mit Verachtung und reichte ihm den Tee, den ein altes, gebücktes Hinduweib gebracht hatte. – »Eine stumme Wirklichkeit«, fuhr sie fort, »Wahrheiten, die ganz überflüssig sind. Das widerliche Gestammel von zu ewigem Verderben Verurteilten. Zudem kann ich diese Jahrmarktswundermacherei nicht leiden, sie erregt nur Abscheu und Ekel in mir. In den tieferen Regionen der Erdatmosphäre wimmelt es von solchen Larven, es ist eine große Leichenkammer von menschlichen Gespenstern, die, ehe sie in sphärischen Staub zerfallen, von ihrem früheren Dasein auf Erden träumen. Das sind nur Emanationen von Seelen, Spiegelexistenzen, Vampire, die ringsum lauern, um auf unsere Kosten ihr elendes Schattendasein zu fristen, das sind nur Keime von Verbrechen und Gemeinheit, die, in den dunkelsten Tiefen der Erde erstanden, ewig über ihr schweben und unfähig sind zu einem unsterblichen, sonnigen Dasein. Wie sich Hunde in einer kalten Nacht hungrig und obdachlos in geheizte Stuben drängen, so kreisen auch sie in den leuchtenden Regionen schöpferischer und unsterblicher Gebieterseelen.«

»Ein entsetzliches Bild, die wahre Hölle!« flüsterte er voll Mitleid.

»Erschaffen von ihrem Gotte!«

Er machte eine unruhige Bewegung und erhob die Augen neugierig zu ihr.

»Ja, die wahre und einzige Hölle! Ewiges Heulen und Zähneklappern! Und er lebt von ihren Tränen, mästet sich mit ihrer Qual. Er hat sich aus ihren Leiden, aus ihrem Elend einen Thron gebaut, auf dem er ruht und nie satt werden kann an Macht und Ruhm! Wo nur immer Jammer,

Krankheiten, Unglück, Verbrechen und ewige Finsternis sind, dort ist die Quelle seiner Macht, dort ist er, der Gebieter der Dunkelheit, der Furcht und des Todes!« rief sie, und ihre Augen schleuderten Blitze, ihre gekrampften Hände erhoben sich drohend.

Und Zenon, von ihrer Erregung hingerissen, flüsterte unbewußt:

»Salute o Satana! – O Ribelione.«

»O forca Vindice. – Della Ragione!«

Sie hatte die Hände gefaltet, ihren Kopf geneigt und vertiefte sich in eine ekstatische Betrachtung. Nur zuweilen bewegten sich ihre Lippen, ein Lächeln umspielte ihren Mund, die Brust hob ein unterdrückter Seufzer, und über ihr verzücktes Gesicht huschte der Abglanz betender Glut.

Da er nicht wagte, sie zu unterbrechen, blieb er ohne Bewegung und starrte die Krone ihrer metallenen Haare an, gleichsam wie eine Lichtgloriole, und seine bezauberte Seele sang der Anbetung stummes Lied.

Doch nach einiger Zeit rief er, da ihn ihre kataleptische Unbeweglichkeit beunruhigte, die alte Inderin herbei und ging fort.

Bagh schmiegte sich unterwürfig an ihn und begleitete ihn bis zur Tür.

Neuntes Kapitel

Der Abend war geradezu abscheulich; es fiel ein feiner, dichter Regen, der einen bis auf die Haut durchnäßte, so daß Zenon vor Kälte zitterte. Die stickige Luft raubte ihm beinahe den Atem und bedeckte sein Gesicht mit einer klebrigen, widerlichen Schicht. Es war schon ziemlich spät, die Fenster sahen aus wie faulende Augenhöhlen, alle Läden waren geschlossen, und nur die vom Nebel verhüllten, rauchgeschwärzten, wassertriefenden Häuser und die Laternen warfen ihr gelblich-schmutziges Licht auf die aufgeweichten Wege. Das Wetter wurde immer schlimmer, so daß nur selten jemand unter einem Regenschirme gebückt in den beinahe ganz veröden Straßen vorüberglitt. Das unaufhörliche Gedröhn der Traufen und das Rauschen des Regens verursachten Zenon geradezu Schmerz. Ada hatte ihn in einer dringenden und wichtigen Angelegenheit zu sich gebeten, so ging er also, oder schleppte sich vielmehr hin, blieb aber oft an den Straßenecken stehen und starrte voll Furcht auf die öden Plätze und die verlassenen Straßen. Die unzähligen Laternen leuchteten von allen Seiten, vom Nebel verhüllt wie geheimnisvolle Augen, und hier und dort standen Schutzleute in langen Mänteln unbeweglich da, wie schwarze Säulen, an denen Wasserbäche herabflossen. Er hatte Ada schon mehrere Tage nicht mehr gesehen, denn er hatte seit der Seance das Haus kaum noch verlassen. Er fühlte sich nicht wohl; es hatte sich seiner eine unerklärliche Unruhe bemächtigt, gegenstandslose Träumereien, Trägheit und eine so plötzliche Willenlosigkeit, daß er stundenlang im Reading Room saß und gedankenlos ins Feuer starrte, taub und unempfindlich gegen alles.

Seit jenem Tag hatte er auch Daisy nicht mehr gesehen, man hatte ihm gesagt, sie fühle sich schwach und gehe nicht aus, und er hatte sich damit zufrieden gegeben. Eine Art lähmender Apathie hatte ihn gleichgültig gegen alles gemacht und ihm das Leben so verekelt, daß sogar seine eigenen Angelegenheiten nur Langeweile und Abscheu in ihm erregten. So lehnte er sich denn auch trotzig gegen die Notwendigkeit auf, die ihn an diesem schrecklichen Abend durch die verregnete, verödete Stadt zerrte.

Er sann gerade darüber nach, als ein Wagen an ihm vorüberrollte und eine Stimme ihn mit Namen rief. Durch das herabgelassene Fenster schaute Daisy heraus.

»Wohin wollen Sie?« fragte sie und machte ihm Platz an ihrer Seite.

Er rief dem Kutscher den Namen des Hotels zu und stieg schnell ein.

»Meine Verwandten haben mich rufen lassen, – irgendeine Angelegenheit, die keinen Aufschub duldet.«

»Sind es die reizende Kleine und jene schöne Dame, mit denen ich Sie im Greenpark gesehen habe?«

»Ja. Aber was haben Sie seit Sonnabend getrieben?«

»Ich war in einem Zustand, in dem man nicht einmal von sich selbst etwas weiß! Es ist eine Schwäche, die mich oft befällt, und gegen die kein Mittel hilft«, flüsterte sie traurig.

»Ja, auch an mir haben in dieser Zeit Langeweile und Apathie genagt. Ich ging nicht aus, habe niemanden gesehen und auch nicht gearbeitet. Ich war ganz zerrüttet, ich zitterte fortwährend vor Unruhe und war jeden Augenblick auf irgendein Unglück gefaßt. Ähnliches müssen Bäume empfinden, ehe sie ein Blitzstrahl trifft. Ein scheußlicher Zustand!«

»Und geht es Ihnen jetzt besser?« Sie preßte seine Hand und schaute ihm so tief und so nah in die Augen, daß er unwillkürlich zurückwich.

»Nein, nein!« verneinte er lebhaft. »Vielleicht ist das Klima schuld daran? Es regnet doch fortwährend, es ist kalt, neblig, zum Verzweifeln! Ja, vielleicht ist die Sonne erloschen, und ich werde nie mehr Helligkeit sehen, nie mehr Wärme empfinden, nie mehr ...«

»Die Sehnsucht nach der Sonne.«

»Ich werde aufs Festland reisen, ich muß, denn länger kann ich diesen Zustand nicht ertragen. Ich will weiß Gott wohin fliehen.« Er brach plötzlich ab, er schämte sich seiner Gereiztheit.

»Im Süden ist's schon längst Frühling ...«

»Was geht es uns an!« rief er mürrisch, denn er hatte nicht empfunden, wie einschmeichelnd und sehnsüchtig ihre Stimme klang.

»Und schon sehe ich Orangenhaine, schon leuchtet das blaue Meer ...«

Er neigte sich plötzlich zu ihr, ihre Augen schauten in die Ferne und hatten das Leuchten jenes so heißersehnten Meeres, um ihre Lippen spielte ein zartes, träumerisches Lächeln. Da verstand er alles.

»Ich warte! Ich warte, warte!« flüsterte er immer leiser, in seiner Stimme zitterten Freude, Hoffnung und Glück.

»Denkst du noch daran?« Ihre Lippen bewegten sich leise, es wehte ein süßer, berauschender Ton an sein Ohr.

»Ich bin bereit! Und wäre es auch in diesem Augenblick.«

Der Wagen hielt vor dem Hotel.

»Morgen!« rief sie ihm beim Abschied mit einem Lächeln zu, das voll von Verheißungen war.

Lange lauschte er dem Rollen des sich entfernenden Wagens. »Morgen!« wiederholte er, er fühlte, wie die Apathie von seiner Seele herabglitt gleich düsteren Schleiern, wie in seinem Herzen die wundersame Glut der Kraft, der Verzückung zu glimmen begann. Er benutzte den Fahrstuhl nicht, sondern flog die Treppen hinauf, wie im Freudensturm! Er blieb zuweilen an den Biegungen stehen und rief triumphierend gleichsam der ganzen Welt zu:

»Also morgen, morgen!«

Ada, die ihn begrüßte, sah blaß und elend aus.

»Die kleine Wanda ist krank!«

»Wanda?« Diese unerwartete Kunde machte ihn traurig.

»Sie fühlte sich am Sonnabend, gleich nach unserer Rückkehr aus dem Park, schon nicht mehr wohl. Die Ärzte können die Krankheit noch nicht erkennen. Sie hat keinerlei Schmerzen, sie klagt nur, daß, wenn sie einschlafen wolle, neben ihr jene rothaarige Dame erscheine, der wir damals begegnet sind, und sie so furchtbar anschaue, daß die Kleine schreiend im Bett aufspringt und fortlaufen will.«

»Das sind Fieberphantasien«, sagte er schnell.

»Gerade das ist merkwürdig, daß ihre Temperatur normal ist. Aber ich kenne die Quelle ihrer Krankheit«, flüsterte Ada mit der Kraft tiefster Überzeugung.

Voll scheuer Ratlosigkeit schaute er in ihr bekümmertes Gesicht.

»Sie hat sie verhext!«

»Wer?« Unwillkürlich sah er sich um.

»Dieser rothaarige Vampir! Diese furchtbare Unbekannte!«

»Daisy!« Er wich entsetzt zurück, ein furchtbarer Gedanke war ihm gekommen. »Das ist unmöglich, die Furcht hindert dich, klar zu sehen. – Das ist ja geradezu undenkbar«, sprach er hastig, als wollte er den Klang des Namens ersticken, den er so unbedacht ausgesprochen hatte.

»Ich bin davon aufs tiefste überzeugt! Ich weiß nur nicht, warum und wofür? Doch verflucht sei jene böse, nichtswürdige Gewalt! Sie sei verflucht!« sagte Ada drohend, ihre Augen schossen Blitze eines gewaltigen Hasses. »Ich werde mein Kind verteidigen, auch wenn ich selbst dabei zum Opfer fallen sollte. Was hat das Kind jemandem zuleide getan? Das quält mich so, daß ich nicht einen Augenblick Ruhe habe. Ja, und dann habe ich auch dich schon so lange nicht mehr gesehen«, klagte sie, in ihren Augen standen Tränen.

»Ich war ebenfalls krank! Heute bin ich zum erstenmal seit Sonnabend ausgegangen.«

»Es ist wahr, du siehst blaß und elend aus. Das wird so einen geheimen Zusammenhang mit Wandas Krankheit haben! Lache nicht über meine Vermutungen. Die Furcht ist oft hellseherisch! Vielleicht hat sie auch dich verhext ...?«

Ein eisiger Schauer schüttelte ihn, in seinem Hirn formten sich immer merkwürdigen Assoziationen.

»Komm! Auch Betsy ist hier. Sie kommt jeden Tag, um an Wandas Bett zu wachen. Ein goldiges, herziges Mädchen!«

Er schwieg, mit der dumpfen Unruhe ringend, die ihre Vermutungen in ihm erweckt hatten.

»Hast du sehr gelitten?« Sie sah ihn unsagbar zärtlich an.

»Es hatte sich meiner eine bittere, lähmende Apathie bemächtigt, ich wand mich einige Tage hindurch in ohnmächtiger Qual. Ich hatte nicht einmal so viel Kraft, um zu dir zu flüchten.«

»Warum kann ich nicht immer bei dir sein …?«

»Ich dachte daran. Ich weiß, du würdest mich schützen vor den Qualen, die ich mir selbst bereite. Nur du allein«, sagte er erregt, doch sofort unterdrückte er das Bekenntnis, das auf seinen Lippen schwebte, denn es tauchte das drohende Gesicht Daisys vor ihm auf.

»Was quält dich? Du weißt doch, ich bin für dich zu allem bereit.«

»Ich werde es dir einmal sagen! Ich werde es dir sagen, ich werde zu dir flüchten, und du wirst mich beschützen, mich von meinen Sünden freisprechen. Ich muß mich jetzt endgültig entscheiden!«

»Du erschreckst mich!« Seine düsteren Augen beunruhigten sie.

»Ada, wir warten!« erscholl Heinrichs Stimme aus dem anderen Zimmer.

Sie gingen in den Salon, Heinrich saß vor dem Kamin, und Betsy kam ihnen entgegen.

»Die kleine Wanda verlangt nach Ihnen.« Sie begrüßte ihn kühl und zurückhaltend.

Das Kind lag im Bett, wie eine welkende Blume, und streckte die kleinen, abgemagerten Händchen nach ihm aus.

»Mamachen wartet, Papachen wartet, Miß Betsy wartet, und wir alle warten, und du, Onkelchen, kommst nicht«, flüsterte es vorwurfsvoll.

Die süße, klagende Stimme und das blasse Gesichtchen rührten ihn so, daß er nur mit Mühe die Tränen unterdrückte. Er streichelte ihr zerzaustes helles Haar und begann heiter zu erzählen, warum er nicht gekommen wäre.

Sie hörte es ernst an und sagte sehr entschlossen:

»Nun gut, Onkelchen, aber jetzt mußt du schon für immer bei uns bleiben. Mamachen hat gesagt, daß wir, wenn ich wieder gesund bin, heimfahren, und du, Onkelchen, mit uns.«

»Ja, ja, ich werde mit euch fahren«, bestätigte er, durch ihr Geplauder gerührt.

»Ja, und dann aber gleich nach Hause. Aber ich muß dir etwas sagen, du darfst es nicht weiter sagen, niemandem, nicht wahr, kein Wort …«

Er versprach es feierlich, sie umhalste ihn und flüsterte ernst:

»Wenn du nicht kommst, Onkelchen, dann weint Mama. Ich habe es schon oft gesehen.«

Sie sank auf das Kissen zurück, nahm seine Hand und sprach ganz ernst:

»Mama ist ganz allein. Papa ist immer krank, und ich kann doch auch nicht helfen! Die Mama hat's sehr schwer! Verstehst du, Onkelchen!« fügte sie hinzu.

Wie teuer wurden ihm in diesem Augenblick das goldene Köpfchen und diese blauen, klugen Augen! Die Vaterliebe war plötzlich in ihm erwacht, auf seine Lippen drängten sich Worte einer wundersamen Zärtlichkeit, der Liebe und der herzlichsten Besorgtheit um sie. Er legte seinen Arm um sie und küßte sie mit tiefster Zärtlichkeit, und das Mädchen, dem dies alles unerwartet kam, streichelte sein Gesicht und flüsterte bezaubert und glücklich:

»Onkelchen, du bist so gut, so lieb, so furchtbar mein ... wie Papa.«

»Wie Papa«, wiederholte er gleich einem Echo und ließ sich auf einen Stuhl nieder.

»Wirklich, Onkelchen, wirklich!« flüsterte sie, ohne seine Hand loszulassen.

Er hörte dies freudig an, doch gleichzeitig begann der düstere Gedanke ihn zu quälen, daß er nie das Recht haben werde, sie sein eignes Kind zu nennen.

Sie dämpfte ihre Stimme und begann geheimnisvoll:

»Weißt du, Onkelchen, der ›Schwips‹ kommt jede Nacht zu mir!«

Er sah sie fragend an, er wußte nicht, wen sie meinte.

»Es ist mein Spitz! Mama sagt, ich träume das nur ... Aber, Onkelchen, er kommt wirklich; er springt aufs Bett und schleckt meine Hände, daß ich ihn streicheln muß, dann rollt er sich zusammen wie ein weißes Knäuel und schläft ein. Und manchmal spielt er mit mir, er nimmt mit die Schuhe fort, springt über Stühle, versteckt sich und macht Männchen. Nur das kommt mir sonderbar vor, daß er niemals bellt oder winselt. Na und dann weiß ich auch nicht, wo er sich am Tage versteckt. Ich habe ihn überall gesucht. Vielleicht läßt Mama ihn absichtlich verstecken. Heute Nacht ... wie die Rothaarige gekommen ist, habe ich ihn auf sie gehetzt ... Ich habe es der Mama nicht gesagt, denn ich weiß, man soll nie mit Hunden hetzen ... Aber ich fürchte mich so schrecklich vor ihr, daß ich es nicht mehr ertragen konnte ... Ich zeigte sie ›Schwips‹ mit den Augen und sagte ganz leise: Faß zu!

Er sprang auf sie zu und jagte sie so im Zimmer umher, jagte und biß sie so, daß sie mir drohte und fortlief …!«

»Vielleicht kommt sie nicht mehr …!« stotterte er, entsetzt über diese Erzählung, denn die Kleine schien völlig bei Bewußtsein zu sein.

»Ich werde ihn jetzt immer auf sie hetzen, wenn sie so schlecht ist!« rief sie böse. »Denn siehst du, Onkelchen, sie kommt, setzt sich hierhin, wo du jetzt sitzst, und sieht mich so furchtbar an, und wenn ich auch die Augen zumache und den Kopf in den Kissen verstecke, so sehe ich doch immer, wie sie mich anschaut; dann wird mir so angst, und es geht etwas so Schreckliches mit mir vor, daß ich es dir gar nicht erzählen kann … Ich kann mich dann weder rühren, noch Mama rufen, gar nichts … Und warum erschreckt sie mich so?« jammerte sie, sich an ihn schmiegend, als fürchte sie sich.

»Fürchte dich nicht, sie wird nicht mehr kommen … Du mußt nicht mehr daran denken …!«

Ada kam herein und bat Zenon zum Tee.

»Mama, Onkelchen wird jetzt jeden Tag kommen!«

Als er sie zum Abschied küßte, flüsterte sie ihm ins Ohr:

»Denn sonst würde ich dich nicht lieb haben, Onkelchen!«

Er ging hinaus, mit Sorgen im Herzen, und ließ seine leeren Augen lange umherschweifen.

»Miß Betsy ist nach Hause gegangen. Sie wollte Sie nicht stören mit Abschiednehmen, und dann hatte sie es sehr eilig, denn Mr. Bartelet hat heute wieder einen Anfall gehabt, und Yoe ist irgendwohin verreist.«

Er hatte es nicht einmal bemerkt, daß sie nicht mehr da war, er war ganz in Gedanken über den Zustand des Kindes versunken. Es herrschte eine peinigende Stimmung, aller Augen waren unruhig; Ada schaute jeden Augenblick bei der Kleinen nach, und Heinrich, vergrämt und geschwächt, seufzte nur, seine erschrockenen Augen glitten von einem zum anderen.

»Wanda hat mir alles erzählt, sogar das von ihrem Spitz! Ich kann nicht klug daraus werden. Sie ist bei Bewußtsein, klar, sich ihres Zustandes völlig bewußt, und erzählt mit tiefstem Glauben unmögliche Dinge … Ja, vielleicht ist das eine Art Autosuggestion. Ich verstehe nichts davon.«

»Mir ist es ganz klar. Ich sagte es Ihnen ja …«

»Ja, aber die rothaarige Unbekannte und ihre bösen, verhexenden Augen sind keine Tatsachen, sondern nur Vermutungen von Ihnen.«

»Es kann sein. Und doch lastet etwas Geheimnisvolles auf uns ...
Ich fühle ihren bösen Einfluß ... Aber von wo naht das Unglück? Wen
stört unser stilles Dasein? Das quält mich furchtbar.«

»Wenn es so ist, wie Sie denken, dann muß es unenträtselt bleiben.«

»Vor allem muß man diese böse, nichtswürdige Gewalt überwinden.«

»Ich werde morgen einen Arzt mitbringen, der sich mit Hypnotismus
beschäftigt.«

»Für Wanda wäre es das beste, wenn wir nach Hause zurückkehrten«,
bemerkte Heinrich schüchtern.

»Auch ich fühle mich hier bedeutend schlechter, London bekommt
uns nicht gut.«

»Der Arzt riet zu einer Reise nach dem Süden. Mir schrieb gestern
eine Bekannte aus Sorrent, daß es dort schon Frühling und warm sei.
Wie denken Sie darüber?«

Zenon wiederholte völlig unwillkürlich die Worte Daisys, die er erst
vorhin gehört hatte:

»Und schon sehe ich Orangenhaine, schon leuchtet das blaue Meer.«

Ada wunderte sich über den fremden, sehnsüchtigen Tonfall seiner
Stimme.

»Es fiel mir ein altes Gedicht ein!« sagte er schnell, da er ihre mißtrauischen Augen sah; er nahm einen anderen Ton an und begann sie
heiß zu einer Reise nach dem Süden zu überreden.

»Aber auch Sie fahren mit!« so drängte sie ihn an die Wand.

Er versprach es ohne Zögern, denn in diesem Augenblicke wünschte
er es mit aller Kraft.

»Betsy sagte heute, sie verzichteten völlig auf eine Reise nach dem
Festland. Sie erklärte diesen plötzlichen Umschlag mit der Krankheit
des Vaters, aber es muß etwas vorgekommen sein bei ihnen. Sie ist jeden
Tag trauriger! Sie tut mir sehr leid.«

»Sie hat ein schweres Leben. Die Tanten sind kaum zu ertragen.«

»Sie grämt sich jetzt über den Zustand ihres Bruders. Aus dem, was
sie andeutet, entnehme ich, daß sie befürchten, er könnte den Verstand
verlieren. Ist das möglich? Sie kennen ihn doch gut ...«

»Es ist schwer, etwas vorauszusehen, aber er befaßt sich mit Dingen,
die oft genug zum Wahnsinn führen ...«

»Betsy erwähnte, daß auch Sie an spiritistischen Sitzungen teilneh-
men.«

»Mich interessiert diese Form von Wahnideen. Ich war bei einigen Sitzungen und habe so außergewöhnliche Erscheinungen gesehen, daß mein Verstand und mein Wissen damit nicht in Einklang zu bringen sind, aber trotzdem sind es Tatsachen und Wahrheit. Ich untersuche es übrigens nicht näher und sammle diese phantastischen Erscheinungen nur als Material, das mir einmal sehr zustatten kommen kann.«

»Ich würde mich vor diesen Seancen und den Wundern fürchten, die dort geschehen. Ich bin überzeugt, daß sich in den Tiefen dieser unsauberen Sachen der Satan verbirgt und die menschliche Seele mit Wunderdingen versucht und sie mit dem Versprechen, sie würde die Schwelle des Unerforschten übertreten, hypnotisiert und in den Abgrund hinabzieht ...«

»Was wollen Sie damit sagen?«

»Und wäre es auch nur ein Wahn. Ich fürchte diese dunklen Gewalten! Vielleicht ist die Hölle kein Produkt von Aberglauben und Furcht? Mir ist es, als ob jenseits unseres Bewußtseins sich ein furchtbarer Abgrund öffne, in dem es von entsetzlichen Ungeheuern wimmelt, von geheimnisvollen Daseinsformen und unfaßbaren Fratzen. Und wer einmal, von Neugier verleitet, in diese Tiefen hinunterschaut, der muß verloren sein! Ich glaube tief an Gott, ich liebe die Sonne und den hellen Tag, ich liebe das Leben und habe große Furcht vor allem, was nicht von dieser Welt ist!«

»Und Sie haben recht«, bestätigte er; er wünschte keine weiteren Erörterungen über diesen Gegenstand.

»Meine Lieben, aber es ist schon sehr spät!« bemerkte Heinrich.

»Zwei Uhr! Verzeihen Sie, ich gehe sofort!«

»Also werden wir Sie nicht mehr vergeblich erwarten?«

»Sicher nicht! Und den Arzt bringe ich morgen Nachmittag mit!« rief Zenon schon auf der Schwelle.

Er blieb vor dem Hotel stehen und schaute sich in der leeren, verregneten Straße um, als ein Wagen vorfuhr und die Scheibe geräuschvoll heruntergelassen wurde.

»Bitte, schneller, es ist kalt!« Die Stimme kam ihm sehr bekannt vor.

»Sie hier!« rief er plötzlich, als er die Silhouette Daisys erkannte.

»Ich habe auf Sie gewartet!«

»Auf mich! Auf mich!« Er konnte es nicht glauben, und sein Erstaunen wurde plötzlich zur Furcht; er wich wie vor einer Halluzination zurück, aber eine weiße Hand zog ihn ins Innere des Wagens, die Tür schlug zu, und der Wagen rollte so leise fort, als flöge er durch die Luft.

»Miß Daisy?« fragte er, nachdem er sich von seinem Staunen etwas erholt hatte.

»Das ›morgen‹ ist bereits der heutige Tag!« hörte er ihre leise Stimme.

»Und Sie haben auf mich gewartet?«

Sie war so sorgfältig in einen Pelz gehüllt, daß er nur hin und wieder, wenn sie an Laternen vorbeifuhren, ihre brennenden, großen Augen sah.

»Also heute!« Seine eigene Stimme kam ihm sonderbar fremd vor.

Er neigte sich zu ihr hinunter, sie strömte eine solche Glut aus, daß er zusammenzuckte und kühn nach ihren Händen suchte; er rückte immer näher heran, er versuchte sogar, sie zu umfangen, doch es wollte ihm nicht gelingen, – es war, als trenne sie fortwährend ein unermeßlicher Abgrund. Doch vielleicht träumte er nur, daß er dies tue? Er sagte etwas. Hatte er nach etwas gefragt? Und was sagte sie? Es zuckten Blitze, es dröhnte der Donner, als spräche Gott selbst. Was für ein Geheimnis kettete sie für immer aneinander? Nein, nie würde er sich dessen erinnern, niemals.

Hatte sich denn der Himmel plötzlich geöffnet, daß eine so freudige Stille sein Herz umfangen hielt. Alle Fetzen des Daseins waren von ihnen herabgeglitten, und der Strudel der Sonne riß ihre Seelen fort auf die Pfade der Ewigkeit!

Waren es ihre Lippen, von denen er diesen Wahn getrunken hatte? Waren es ihre nackten Arme, die ihn mit flammenden Fesseln umgürteten?

Es war, als wiege ihn der Tod in den sehnsüchtigen Armen des Vergessens.

Zu sein, und doch die Fesseln des Daseins nicht zu spüren! Zu fühlen, ohne zu wissen, daß man ist. Immer wieder in die Tiefen zu versinken und, von der Welt der Glückseligkeit emporgetragen, wieder aufzutauchen!

Noch einen Kuß! Noch einen Händedruck! Noch einen Blick!

Die Wonne trinken mit dem ganzen Sein, zum Glücke selbst werden! Die stumme Hymne der siegreichen Freude singen! Wer ist mächtiger, du König der Furcht und des Todes?

Ist dies die Liebe?

Es ist der hochzeitliche Ausbruch von Sonnen, die in sich versinken im geheimnisvollen Augenblick ihrer Vereinigung. Das Werden von Sternen in der Unendlichkeit.

Daisy! Daisy!

Es gibt nichts mehr als das einzig vollkommene Glück.

Sie! Ich! Und du, Rächer! O allerheiligste Dreifaltigkeit! O unsterbliche Einheit!

Die von Liebesglut geblendeten Blicke säen Flammen, und aus ihnen entstehen die Milchstraßen, der Staub des Weltalls, aus ihnen unendliche Ketten von Welten.

Aus den Augen Baphomets wird die Seele geboren und flieht wie ein Blitzstrahl durch Zeiten dahin, um einst wieder in »Ihm« zu versinken. Sie ist aus »Ihm« entstanden und wird »Er«.

Ihr Kreislauf ist geheimnisvoll, und sie kehrt zurück zur ewigen Quelle.

O Daisy! O Daisy!

Wir hatten uns gesucht mit den ersten Tagen der Schöpfung! Wir sehnten uns zueinander schon einst am Anfang, noch da wir in »Ihm« waren ...

Ist es nur ein Traum? Dann möge er währen, mögen wir träumen, ewig, ewig ...

Stürme von Erinnerungen rasen durch das Hirn, es erkennt, es versteht, und die Seele wird von Verachtung erfüllt.

Das war ich? Dieser widerliche Menschenfetzen, das war ich?

Daisy! Daisy! – – – – – – – – – – – – –

Er schloß schnell die Augen, das Morgenlicht berührte ihn unangenehm.

Der Gedanke erhebt sich wie aus einem tiefen Abgrund, er arbeitet schwer, sucht in der Finsternis, windet sich in Qualen, zerschlägt sich an den Nebelwänden der Einbildungen, dringt hindurch und steht da, in scheuer, trauriger Helligkeit ... Das Herz beginnt wieder, sich zu ängstigen, und das Bewußtsein erhebt seine hoffnungslos traurigen Augen und fragt:

Was war das eigentlich?

Der Klang seiner eigenen Stimme brachte ihn zur Besinnung, und wieder öffnete er die Augen. Ein grauer, nebliger Morgen überflutet das Zimmer, und die Straßen rauschen die alte Melodie des Alltags. Ein Tag wie gestern! Regen, Kälte und Langeweile!

Und das andre? In seinem Gedächtnis huschten neblige, zerrissene Fetzen vorüber, doch sie wurden immer blässer, immer ungreifbarer.

Er sprang aus dem Bett und bemühte sich nur noch, sich daran zu erinnern, wann und wie er nach Hause gekommen wäre.

»Ich fuhr mit Daisy!« so suchte er sein Gedanken zu sammeln. – Doch was dann? Was ging später mit ihm vor? Eine undurchdringliche Mauer von nebelhaften, ungreifbaren Erinnerungen hatte sich in seinem Hirn aufgebaut. Er erinnerte sich seines Gesprächs mit Ada, der Erzählung der kleinen Wanda, an alles bis zu dem Augenblicke, wo er in den Wagen gestiegen war; weiter war alles dunkel, – Nacht und Unruhe, mit Furcht vermischt.

Der Diener kam herein und brachte mit dem Tee eine Nota der Firma Th. Cook, in der die Stunde der Abfahrt des Zuges nach Dover, der Name des Schiffes und die Nummer der Kabine angegeben waren.

»Ist Miß Daisy zu Hause?« fragte er, nachdem er das Gleichgewicht wiedererlangt hatte.

»Soeben sind Mrs. Blawatska und Mr. Smith zu ihr gekommen.«

»Und ist Mr. Yoe noch nicht ausgegangen?«

»O, Mr. Yoe ist sehr krank, Mrs. Tracy sagte, er ...«

»Sie können gehen!« rief Zenon heftig, denn er hatte den Blick des Dieners bemerkt, der mit einem vielsagenden Lächeln auf einen Schal gerichtet war, welcher auf dem Sofa lag. Es war ein indischer Schal, schillernd in allen möglichen Farben, von Veilchenduft durchtränkt, und daneben lagen weiße, ein wenig zerknüllte Handschuhe.

»Daisy! Ja, er gehört ihr!« Voll Wonne sog Zenon den wunderbaren Duft ein. – Irgendeine Verwechslung! – Er wickelte ihn in Papier und schickte ihn mit einigen erklärenden Worten durch das Zimmermädchen hinüber. Er telephonierte noch wegen der kleinen Wanda einen bekannten Arzt und Hypnotiseur an und wollte eben fortgehen, als seine Augen wieder auf die Nota von Cook fielen.

»Abfahrt des Zuges erfolgt um zehn Uhr. Dover. Caliban.«

Er las langsam, als wollte er es seinem widerspänstigen Gedächtnis einprägen, doch er konnte es zunächst nicht verstehen, wohin und warum er eigentlich fahren solle, – er warf das Papier unwillig hin und ging fort.

Im Flur vertrat ihm das Zimmermädchen mit einem Briefe von Daisy den Weg.

»Ist die Dame schon ausgegangen?«

»Sie fühlt sich nicht wohl und geht seit einigen Tagen überhaupt nicht mehr aus.«

Er lächelte nachsichtig über diese Lüge.

Daisy lud ihn zum Tee ein und dankte ihm in einer Nachschrift für die Rückgabe des Schals.

»Um fünf Uhr Daisy; um sieben – mit dem Arzte bei der kleinen Wanda, und um zehn Uhr geht der Zug!« ging es ihm plötzlich durch den Kopf, und er ging zu Yoe.

»Caliban! Ein sonderbarer Name für ein Schiff!« dachte er plötzlich.

Der Malaie öffnete ihm und verschwand sofort wieder.

Die Wohnung war beinahe finster, die Vorhänge waren heruntergelassen, und in der grauen, düsteren Dämmerung irrte Yoe wie ein Gespenst umher. Er ging mühselig und gebückt, blieb zuweilen stehen und starrte angestrengt auf einen Punkt, flüsterte etwas Unverständliches und wanderte wieder von Zimmer zu Zimmer.

»Yoe! Yoe!«

Doch es war, als höre er ihn gar nicht, er unterbrach seine Wanderung nicht einen Augenblick.

Zenon preßte ihm heftig die Hand und schrie ihm ins Ohr:

»Yoe! So erwache doch um Gottes willen!«

Yoe kam nahe an ihn heran und fragte wie automatisch:

»Sage mir, wo bin ich denn eigentlich?« Und er bohrte seine Augen in sein Gesicht.

Zenon wich vor diesem wahnsinnigen Blick zurück.

»Wo bin ich?« wiederholte Yoe leiser und ängstlicher.

»Hier bei mir. Wir stehen nebeneinander! Fühlst du denn meine Hand nicht?«

»Ja ... aber ... Stehen wir mitten im Zimmer oder dort gegenüber, an der Wand ...?«

»Mitten im Zimmer.«

»Und an der Wand siehst du nichts?«

»Ich gebe dir mein Wort, im Zimmer ist außer uns zweien niemand mehr.«

»Sonderbar ... Jetzt ist's leer ... Und vor einem Augenblick ... Und du weißt, daß du mit mir sprichst?«

Zenon schlug schnell die Vorhänge zurück, ein breiter Lichtstreifen fiel ins Zimmer, Yoe wandte den Kopf vor der Helligkeit ab, doch nach einer Weile fing er an, sich mißtrauisch umzusehen, als hätte er etwas

Furchtbares erblickt, er krümmte sich, er erkaltete für einen Augenblick, seine Augäpfel wichen in den Schädel zurück und funkelten unheilverkündend wie im Wahnsinn.

»Yoe!« Inniges Mitleid bebte in Zenons Stimme.

»Das bist du, Zen. Ich weiß!« sprach Yoe, als erwache er aus einer Lethargie.

»Was ist dir? Du bist krank?«

»Und nur wir beide sind hier?« Er erhob die irren Augen zu Zenon.

»Ich will alle Fenster öffnen, dann kannst du dich selbst davon überzeugen.«

Nach einer Weile war die ganze Wohnung hell und mit einer kühlen, feuchten Lust erfüllt, die Dachtraufen trommelten, und der Regen flüsterte eintönig. Yoe hüllte sich in einen Plaid, schaute durchs Fenster, streckte sogar seinen Kopf in den Regen hinaus und setzte sich dann ein wenig beruhigt neben Zenon, welcher sagte:

»Du bist furchtbar nervös!«

»Es ist schon möglich. Ich bin einige Tage nicht ausgegangen, und die Zentralheizungsluft bekommt mir niemals gut.«

»Man nahm an, du wärest krank.«

»Ich war sehr beschäftigt.«

»Und zu Hause ist man deinetwegen in Unruhe ...« bemerkte Zenon vorsichtig.

»Wer?« fragte Yoe kurz und scharf.

»Der Vater, Betsy, die Tanten und schließlich auch deine Freunde.«

Während dieser Aufzählung hatte Yoe sich erhoben, sein Gesicht verfinsterte sich, und schließlich sagte er verbittert:

»Ich erinnere mich an niemand und kenne niemand!«

»Ich sprach von deinen Angehörigen!« fügte Zenon hinzu, in der Meinung, Yoe hätte ihn falsch verstanden.

»Ich besitze keine Angehörigen! Ich bin diesen Vampir losgeworden! Ich habe alle Bande zerrissen. Nichts mehr fesselt mich an das Leben! In diesen Tagen verlasse ich Europa für immer! Ich bin frei, ich brauche keine Heimat, weder Familie, noch Freunde! Ich werde meinen Leib in dem heiligen Wasser des Ganges waschen und meine Seele in Betrachtungen versenken! Dort wird mich das Geblök der Menschenherde nicht mehr erreichen. Ich habe hier so furchtbar gelitten. Ich habe den gemeinen Lebensinstinkt überwunden, ich werde auch das Leben selbst überwinden. Ich habe für eure Sünden gelitten, habe gebetet, habe mich kasteit! Doch jetzt weiß ich, daß euch nichts mehr erlösen wird. Ihr seid verdammt! Ihr Gottesmörder, ihr Anbeter des Bösen! Verflucht seid ihr, verflucht! Verflucht!« schrie er in der wahnsinnigen Ekstase des Schmerzes, des Grauens und des Hasses.

»Du bist gekommen, mir Angst zu machen?« wendete er sich an Zenon. »Bist gekommen, mich zu versuchen? Fort, du Abgesandter des Luzifer! Fort von mir!« rief er und ging auf ihn zu, seine Augen schleuderten Blitze, so daß Zenon, über seinen Zustand verzweifelt, unbewußt zurückwich, – er wußte nicht, was er beginnen sollte. Doch plötzlich blieb Yoe stehen, tödliche Blässe überzog sein Gesicht, er schien wie versteinert.

Zenon stürzte auf ihn zu, doch trotz übermenschlicher Kraftanstrengung gelang es ihm nicht, ihn von der Stelle zu rühren, er war ganz erstarrt, gleichsam mit dem Boden verwachsen. Er stand gebeugt wie ein gefällter Baum, taub und stumm gegen alles, die glühenden Augen fingen an langsam zu erlöschen, sie leuchteten nur noch leblos wie Moderholz, sein Gesicht nahm den Ausdruck einer unaussprechlichen ekstatischen Glückseligkeit an.

»Man darf ihn nicht unterbrechen!« sagte der Malaie, den Zenon gerufen hatte, und schloß schnell die Fenster und zog die schweren Vorhänge zu.

Zenon war so entsetzt, daß er seine Worte nicht verstand.

»Er wird von selbst zu sich kommen, vielleicht erst in einigen Stunden, vielleicht erst morgen! Er spricht jetzt mit den Göttern! Und würde man ihn stören, dann könnte er einen mit seinem Blicke töten … Manchmal schwebt er in der Luft, und dann hört man Musik und Gesang!« flüsterte er fromm, stellte ein Räucherbecken vor Yoe hin und zündete es an; eine weißliche Rauchsäule erhob sich und erfüllte das Zimmer langsam mit duftenden Wolken. Der Malaie führte Zenon in das gelbe Zimmer hinaus und sagte, auf die herumliegenden Gegenstände und die geöffneten Koffer deutend:

»Der Herr befahl mir, ich solle seinem Vater alle Sachen und alles Geld zurückschicken.«

»Also verreist ihr?« sagte Zenon endlich, da er ein wenig sein Gleichgewicht wiedererlangt hatte.

»Wir haben schon Zwischendeckplätze nach Bombay gekauft, und von dort wird uns Buddha auf den großen Weg führen!«

»Wohin fahrt ihr? Wohin?« Zenon konnte noch nicht klug daraus werden, konnte es nicht glauben.

»Ich bin nur sein Schatten, ich gehe, wohin er geht«, sprach der Malaie so ernst, daß Zenon seinen Worten glauben mußte, und seine Unruhe wurde um so größer.

»Man muß ihn retten!« beschloß er und läutete energisch nach dem Diener.

Er schickte ein langes Telegramm nach Bartelet-Court und ließ Mr. Smith, der zum Glück noch zu Hause war, heraufbitten; und der kam sofort. Er hörte Zenons Erzählung mit innigster Teilnahme an, konnte aber seinen Sektierertriumph nicht unterdrücken.

»Er hat uns verlassen, und das sind jetzt die traurigen Folgen! ›An ihren Früchten sollt ihr sie erkennen‹. Da sehen Sie, wohin diese Teufelin ihre Anbeter führt ...!«

»Wen meinen Sie damit?«

»Miß Daisy! Ich war mit der Blawatska bei ihr, sie hat sich offen dazu bekannt, daß sie ›Ihm‹ dient!« Er schlenkerte abergläubisch mit den Fingern.

»Viel wichtiger ist für mich der Zustand des Kranken«, sagte Zenon gequält.

»Ich möchte ihn gern sehen, vielleicht ist er schon aufgewacht ...«

Sie gingen zu ihm, er stand auf dem alten Platze, unbeweglich, in dem Opferrauche kaum sichtbar, ganz von einem leuchtenden Tau bedeckt.

Mr. Smith zitterte vor Angst.

»Und erlöse uns von dem Übel«, flüsterte er, während er sich eiligst in das gelbe Zimmer zurückzog.

»Er befindet sich in völliger Katalepsie! Man muß warten, bis er von selbst erwacht.«

»Ich glaube, man darf ihn nicht allein lassen.«

»Ich erwarte gerade seine Angehörigen. Aber vielleicht sollte man ihn ins Krankenhaus schaffen?«

»Dies ist etwas Schlimmeres als Krankheit!«

Zenon sank auf einen Stuhl, immer schmerzlichere Ahnungen peinigten ihn. Mr. Smith spazierte in Gedanken versunken im Zimmer umher, doch seine Augen flogen abschätzend von einem Gegenstand zum anderen. Seine trockenen, knöchernen Finger glitten voll Wohlbehagen über die seidenen Bezüge und berührten die Bronzen.

»An allen Wegen des Lebens lauert der Wahnsinn!« sprach Zenon halblaut, als antworte er seinen eigenen Gedanken.

»Aber auf dem Weg, den Yoe gegangen ist, erfaßt er jeden. Ich bin ihn schon einmal gegangen, nur ein Wunder hat mich vor dem Abgrund gerettet.«

»Also sind Sie aus der Bruderschaft ausgetreten?«

»Ich sprach von den Wegen, die Yoe gegangen ist! Das sind die Wege der Verleugnung und teuflischer Überhebung. Die Wege der Empörer! Wir gehen diametral auseinander. Wir glauben an Gott, er verleugnet ihn. Wir lieben die Menschheit und arbeiten an ihrer Erlösung, – sie empfinden nur Haß und Abscheu gegen die Menschen. Sie verfluchen das Leben und wünschen seine Vernichtung. Ihr erhabenes ›Ich‹ stellen sie der ganzen Welt gegenüber. Ich muß vor allen Dingen noch betonen, daß der Spiritismus ein Glaube ist, der sich auf dem Wissen von der Unsterblichkeit jeglichen Geschöpfes aufbaut. Die Welt ist Gottes Traum von sich selbst!« dozierte Smith begeistert und setzte die verworrenen Theorien der sieben Sphären, der sieben Erkennungskreise und die ganze Geheimwissenschaft der Theosophie auseinander.

Zenon schwieg, von allerhand Sorgen geplagt.

»Aber kehren wir zu Yoe zurück«, so wechselte der andere plötzlich das Thema, als er das gelangweilte Gesicht Zenons sah. »Ich behaupte, daß Miß Daisy ihn zugrunde gerichtet hat.«

»Schließlich werden Sie noch beweisen wollen, sie wäre eine Reinkarnation des Baphomet.«

»Ich habe das von Anfang an behauptet!« Mr. Smith schlenkerte wieder mit den Fingern, setzte sich nahe an Zenon heran und flüsterte ihm wieder ins Ohr: »Sie nimmt doch jede Gestalt an, die sie will! Sie denken, Bagh wäre nur ein Panther? Oder sie spaltet sich in zwei Gestalten! Ich habe mit eigenen Augen gesehen, wie sie auf die Seance zu Yoe gekommen ist, ich habe mit ihr gesprochen, und als ich früher fortgegangen, sah ich sie mit Mrs. Tracy zusammensitzen, mit der sie während der ganzen Dauer der Seance zusammengewesen war! – Bestätigt das denn meine Behauptung nicht? Derartige Tatsachen könnte ich viele anführen. Zum Beispiel, in den letzten Tagen hieß es, sie wäre krank, und wir wissen ganz sicher, daß sie ihre Wohnung nicht verlassen hat; gleichzeitig hat man sie aber in verschiedenen Gegenden der Stadt gesehen. Ich sage Ihnen da etwas absolut Sicheres, eine erwiesene Tatsache.«

Zenons Augen klammerten sich plötzlich an ihm fest, er hörte aufmerksam zu.

»Sie ist ein Vampir!« erklärte Mr. Smith mit geheimnisvoll feierlicher Miene. Denn sie nimmt jede beliebige Gestalt an, um ungehindert Seelen rauben zu können ... Ja, vielleicht existiert sie als Mensch überhaupt nicht. Vielleicht ist sie nur eine augenblickliche Fleischwerdung ›Seines Willens‹. Ja, mein Herr, sie ist vielleicht nur sein Schatten, der unsterbliche Schatten des Bösen und der Sünde! ... Einsam in der Unendlichkeit, hinabgestoßen auf den Grund ewiger Finsternis, ungebeugt, voll Haß gegen das höchste Licht, streckt er seine Geierkrallen aus nach der Macht über die Welt und schart verirrte, aufrührerische Seelen um sich, um einst an der Spitze dieser Verdammten noch einen, den letzten Kampf mit Gott zu kämpfen! Ich glaube, wenn diese Zeit gekommen ist, wird die ganze Welt in ihren Grundfesten erzittern, die Sterne werden erlöschen, Sonnen und Planeten in Staub zerfallen, und ein unerbittlicher Kampf wird von Ende zu Ende toben! Aber auch daran glaube ich, daß Satan und seine Überhebung zu Staub zermalmt werden! Gott wird eine neue Welt aus dem Chaos schaffen! Die Erde wird zu einem neuen hochzeitlichen Jerusalem werden, und die von der Sünde erlöste Menschheit wird singen: Hosianna! Reine, unsterbliche Geister werden das Weltall füllen, und der ganze Himmel wird widerhallen von dem glückseligen Jubel des Vereintseins in Gott! Ja, daran glaube ich so heiß, wie ich genau weiß, daß Daisy ›seine‹ Abgesandte ist. Und ich bin sicher, daß hier jemand sterben, jemand wahnsinnig werden, jemand sich verlieren wird auf Ewigkeit durch ›Sie‹ und für ›Ihn‹.«

Zenon schien die Warnung nicht zu verstehen, er war völlig unter dem Einfluß dessen, was er von dem Doppeldasein Daisys gehört hatte. Ihn langweilten die spiritistischen Theorien des Mr. Smith, aber diese unerwartete Bestätigung seiner Vermutungen, die er sogar tief vor sich selbst verborgen hatte, erschütterte ihn heftig.

»Und man hat sie gleichzeitig an verschiedenen Orten gesehen?« Er wünschte es noch einmal zu hören.

»Ja, mit aller Sicherheit!« Mr. Smith begann peinlich neue Tatsachen anzuführen.

Zenon hörte nicht mehr zu, er war ganz in Erinnerungen versunken, die plötzlich vor ihm auftauchten. Er erinnerte sich in diesem Augenblick an jede analoge Tatsache: an jene seine erste erschütternde Verblüffung, als er Daisy bei der Seance zurückgelassen und ihr dann begegnete, wie sie ihm im Flur entgegenkam. Und jene Geißlungsszene? Diese vielen unfaßbaren Dinge. Und vor allem die gestrige Begegnung. Er hatte sie doch zweimal gesehen, mit ihr gesprochen, neben ihr gesessen, sie neben sich gefühlt, – und sie hatte in derselben Zeit in ihrer Wohnung sein können?

»Was soll das bedeuten? Wie läßt sich das vereinbaren? Ist das möglich?« Er wich jedoch ängstlich von einer endgültigen Feststellung zurück, die zu einer unzerreißbaren Kette tiefster Überzeugung zu werden drohte. Er zündete eine Zigarette an, sah nach Yoe, wechselte einige Worte mit Smith, gab sich Mühe, ruhig nachzudenken, und vertiefte sich wieder in seine Erinnerungen.

Wie er mit Daisy bekannt geworden war, was er über sie gehört hatte, was er mit ihr gesprochen, was er selbst durch sie erlebt hatte, sogar das, was kaum durch sein Hirn geglitten war, tauchte jetzt vor ihm auf, als erlebe er es langsam zum zweiten Male. Eine Art hellseherische Kraft kam über ihn, so daß er sich beinahe eines jeden Augenblickes mit unerbittlicher Genauigkeit erinnerte. Er sah dies alles gleichsam wie auf einem unendlichen Filmstreifen.

»Ich sehe es, ich erinnere mich daran und verstehe doch nichts davon!« dachte er. »Ich sehe doch nur Tatsachen, die Oberflächen von zufälligen

Gestaltungen, die blendenden Trugbilder von etwas Unbekanntem! Aber was liegt da auf dem Grunde? Wer ist eigentlich Daisy? Welche Rolle spiele ich in alledem?« Er zerrte an den unzerreißbaren Maschen des Geheimnisses, die ihn gefesselt in die Tiefen der Qual vergeblicher Fragen hinabzogen.

»Wissen Sie«, wendete er sich nach einiger Zeit an Mr. Smith, »ich würde mich jetzt nicht einmal wundern, wenn plötzlich diese Bäume hinter den Fenstern zu sprechen anfangen würden, oder jene mittelalterlichen Ritter aus den Bildern herabsteigen und sich zu uns setzen würden ...«

Mr. Smith entgegnete mit der salbungsvollen Stimme eines Predigers:

Alles liegt in den Grenzen der Möglichkeit! Denn jede Wirklichkeit hat ihren Anfang in uns. Der Gedanke ist auch eine Gestaltung, die jenseits von uns weiterlebt. Wir sind ein Traum Gottes, die Welt aber ist unser Traum. Es gibt keinen Dualismus, es gibt nur eine vollkommene Einheit, die ewig zwischen den beiden Polen: ›Tod – Leben‹ oder: ›ich weiß – ich bin‹ pendelt! Es gibt in der Natur keine ...«

»Es ist möglich, daß dies alles wahr ist!« unterbrach ihn Zenon ungeduldig, es hatte sich seiner plötzlich das heftige Verlangen bemächtigt, vor dem allen zu fliehen. Er wartete die Ankunft Betsys nicht mehr ab, sondern eilte auf die Straße und war froh, in dem Gedränge untertauchen zu können.

»Also ich bin noch da!« Er stellte sein Dasein körperlich fest, während er sich durch die Menge hindurchdrängte. »Ich kann doch nicht mehr länger so leben, ich kann nicht! Ich will nicht wahnsinnig werden!« schrie in ihm plötzlich der Selbsterhaltungstrieb auf. – »Ich werde mit Ada in die Heimat zurückkehren und alles vergessen!« träumte er und ließ sich von der Menge tragen, wohin sie wollte. Und er fühlte sich immer ruhiger, es wich langsam alle Furcht von ihm und die Erinnerung an jene schrecklichen Dinge. Doch gleichzeitig bemerkte er an den Menschen eine unverständliche Veränderung, die ihn beunruhigte. Die Gesichter schienen ihm nur Masken zu sein, durch die fremde rätselhafte Gesichter hindurchschimmerten. Und sie hatten so leuchtende, strahlende Blicke, daß sich über ihren Köpfen unaufhörlich Lichtscheine woben. Und alle bewegten sich anders, sie flossen gleichsam über der Erde hin. Das Geräusch der Stadt aber wurde zu einer wogenden unendlichen Melodie ... Jede Stimme tönte einzeln heraus, und zusammen bildeten sie einen Chor von himmlischen Klängen. Sogar die Mauern nahmen Azurfarbe an und reckten sich hoch zum Himmel. Alles, worauf er blickte, hatte denselben rätselhaften Ausdruck, überall verbarg sich ein anderes

Leben, ein fremdes, nicht enträtselbares, und überall lugte das beunruhigende Geheimnis hervor ...

Er wunderte sich über nichts mehr, er dachte nur ängstlich:

»Und vielleicht ist's auch so, wie es mir vorkommt!«

Als er durch den Park ging, rauschten die Bäume, er blieb stehen.

»Was reden sie?« Ein brüderlicher Blick umfing die wirren Zweige.

Der Park wogte und rauschte das stille, geheimnisvolle Lied der Abenddämmerung.

»Was? Was?« fragte er gerührt, denn es war ihm, als kämen diese schwarzen Riesen auf ihn zu und reichten ihm ihre knorrigen Äste.

»Nie, nie werden wir uns verständigen können!« seufzte er klagend.

Ein Vogelschwarm zog seine Kreise immer tiefer über dem Park, so daß er den Flügelschlag im Gesicht spürte und die geöffneten Schnäbel und die funkelnden Augen sehen konnte. Sie ließen sich neben ihm nieder, und einige setzten sich auf seine Arme und krächzten lange und unerschrocken. Er lauschte diesen Stimmen, streichelte die schwarzen, glänzenden Federn und flüsterte traurig:

»Wieder diese Scheidewand! Wir werden uns fremd bleiben für immer!«

Sie erhoben sich plötzlich, schlugen mit den Flügeln und flogen in mächtigem Flug hoch in die Lüfte, über die Stadt, immer höher, und er verfolgte sie mit sehnsüchtigen Augen, bis sie im grauen Nebel verschwanden.

Eine Turmuhr versetzte ihn mit ihrem langsamen, festen Ton wieder in die Wirklichkeit zurück.

»Fünf Uhr!« Er erinnerte sich sofort an die Einladung Daisys.

Aber er ging langsam, und während er den letzten Rest von Träumerei von sich abschüttelte, bemerkte er mit Bitterkeit, daß alles wieder den gewohnten Ausdruck hatte. Zerflossen war der bläuliche Nebel, ringsherum brauste das Leben, schäumte es und spritzte mit schmutzigen Wellen hoch. Er schüttelte sich voll Ekel.

»Vielleicht ist's auch so, wie es mit jetzt vorkommt«, sann er und starrte auf die vergrämten Gesichter, die des Elends Last zur Erde beugte. Und überall sah er nur von Leidenschaften durchfurchte Gesichter, unruhige, wilde Blicke, schmerzverzerrte Lippen, und in allen den Ausdruck grausamer Unbarmherzigkeit, der Habgier und der Selbstsucht. Und dieser gewaltige Verkehr! Diese Tausende und Abertausende, die im Kreise jagten, wie vom Wahnsinn gepeitscht! Dieser wilde Kampf aller gegen alle! Diese unzähligen Horden, die ewig Beute witterten! Elend, Laster und Verbrechen! Wie ungeheuerlich kam ihm dies plötzlich in seiner Sinn- und Ziellosigkeit vor! Und alles dies war einander würdig, dies unsagbare Elend und diese unermeßlichen Reichtümer! Sogar diese schmutzigen Häuser, die aussahen wie verfaulte Särge, in denen es von menschlichem Gewürm wimmelte, sogar jener schwer herabhängende Himmel, wie von Kot und Eiter durchtränkt! Gemein und verflucht ist solch ein Leben, solch ein Geschick!

»Fliehen, so schnell und so weit wie nur möglich!« drängte ihn ein froher, befreiender Gedanke. Er fühlte sich wieder stark, rücksichtslos und auf alles gefaßt. Er kehrte schnell heim und erfuhr gleich beim Eintreten, von oben hätten Damen nach ihm geschickt.

Er ging ziemlich ungern hin, denn er sah neue, peinliche Verwicklungen voraus.

Yoe war noch nicht erwacht, aber der Malaie flüsterte:

»Er ist schon ganz kalt, so ist er immer vor dem Erwachen. Auch die Ausstrahlung ist verschwunden. Er muß jeden Augenblick zum Bewußtsein kommen.«

Im gelben Zimmer sprach Miß Dolly mit ihrem Hausarzt.

»Habe ich nicht gesagt, daß das ein schlimmes Ende nehmen muß?« rief sie Zenon als Gruß zu.

»Aber das wird ihn nicht heilen!« entgegnete er ungeduldig, wobei er in das andere Zimmer hineinschaute.

»Mr. Smith ist Sie suchen gegangen bei einer Miß ... Ich habe den Namen vergessen.«

Ihn reizte diese Anspielung, doch er fragte ziemlich höflich nach Betsy.

»Sie sitzt bei ihm. Sie hat darauf bestanden und verläßt ihn auch nicht einen Augenblick.«

Er fand sie auch in dem dämmrigen Zimmer, das von Opferrauch ganz verhüllt war; sie saß verweint da, wie abwesend, und starrte ihren Bruder an, der noch ebenso gebückt stand, mit demselben erstarrten Lächeln auf den Lippen.

»Das ist furchtbar! Er schaut mich an und sieht mich nicht. Ich sprach zu ihm, doch er hörte es nicht. Ich berührte seine Hände, sie waren kalt und steif wie bei einer Leiche! Gott, mein Gott!« jammerte sie leise.

Er führte sie in das runde Zimmer hinaus, das hell erleuchtet war.

»Was ist ihm geschehen?« fragte sie und ergriff bittend seine Hände.

»Ich weiß nicht! Hat Mr. Smith Ihnen nichts gesagt?« – Zenon befürchtete das.

»Er sprach von furchtbaren, furchtbaren Dingen.«

»Das ist spiritistisches Gewäsch, man darf daran nicht glauben. Betsy! Betsy!«

»Aber wenn das wahr ist? – Wenn sie schuld daran ist.«

Er verstand, wen sie damit meinte, doch er versuchte Daisy nicht in Schutz zu nehmen und fragte ausweichend:

»Was hat der Arzt gesagt?«

»Aber wenn sie auch die kleine Wanda verhext hat?« fuhr sie immer ängstlicher fort.

»Ich sehe, Ada hat Sie mit ihren abergläubischen Vermutungen nicht verschont.«

»Wenn das aber wahr ist? Wenn das alles wahr ist, was Mr. Smith gesagt hat?« schrie Betsy entsetzt auf. »Ich fürchte mich so, daß ich lieber gleich sterben möchte. Ich habe nie, nie geahnt ... Und ich fühle mich so wehrlos gegen das Unglück ...« Sie begann zu weinen, Tränenströme ergossen sich über ihre blassen, vergrämten Wangen.

Sie tat ihm furchtbar leid, aber er konnte sich nicht zu einem einzigen wärmeren Wort aufraffen. Er stand steif da und ließ seine glanzlosen Augen über die Wände gleiten.

»Und es war mir so wohl ... Ich träumte so schön ... Ich war so glücklich ... Und jetzt! Und jetzt!« schluchzte sie wieder, sie klammerte sich noch an diesen letzten Rest von Hoffnung, daß er vielleicht zu ihr sprechen würde, wie früher, daß er sie vielleicht stützen würde mit einem liebenden Arm, sie vor dem Unheil beschützen würde ... Doch er rührte sich nicht, er war in einem sonderbaren Zwiespalt, ihre Tränen zerrissen ihm das Herz, und er wußte, was in diesem Augenblicke seine Pflicht war, er wußte, daß dieses wehrlose Kind zu ihm um Hilfe gekommen war, und doch vermochte er nicht das dunkle Geheiß zu brechen, welches ihm auch den kleinsten Beweis von Teilnahme untersagte. Er konnte nicht einmal rein körperlich irgendeine begütigende Bewegung machen. Er fühlte, daß er gemein und verräterisch handelte, daß er sich an diesem edeln und ihm aufs innigste ergebenen Geschöpfe weidete, es tötete, aber er konnte sich nicht bezwingen. Und vergebens wand er sich in diesen erbarmungslosen Krallen, vergebens bemühte er sich, den Zustand seiner eigenen Seele zu verstehen ...

Und aus Betsy schien das Leben zugleich mit den Tränen herauszuströmen, denn sie fühlte, daß von diesem furchtbaren Augenblick ihr ganzes Glück abhing. Ein grenzenloser Kummer, eine tiefe Traurigkeit bemächtigten sich ihrer. Sie hatte keine Kraft mehr zu weinen noch zu klagen, nur ihre qualversengten Augen sprachen stumm von ihrem Schmerz.

Zenon war in einem Augenblick des erbitterten Kampfes mit sich selbst plötzlich aufgesprungen.

»Was geht mit mir vor! Betsy!« schrie er und versuchte etwas von sich zu stoßen. In seinen Augen war Angst und Wahnsinn. Sie stürzte auf ihn zu und begann ihn, trotzdem sie zu Tode erschrocken war, mit den zärtlichsten Beschwörungen zu beruhigen. Er sah sie mit grenzenloser Verachtung an und stieß sie von sich.

»Zen!« stöhnte sie auf, vor seinen wilden, wahnsinnigen Blicken zurückweichend. Doch zum Glück beruhigte er sich beinahe sofort wieder und setzte sich neben sie.

»Was war Ihnen denn?« Sie konnte die Frage nicht unterdrücken.

»Irgendein Trugbild verfolgte mich … Etwas, was man nicht in Worte kleiden kann …«

»War es so, wie damals bei uns?«

»Nein, nein … Ich bin furchtbar nervös!« Er sah sich ängstlich um und begann schnell zu sprechen, als wolle er etwas in sich ersticken. Er wollte ungezwungen sein, er bemühte sich sogar, herzlich zu sein, doch er zerstreute ihre Befürchtungen nicht, noch belebte er die sterbende Hoffnung in ihr, denn seine Worte waren eisig, zufällig und blind hingeworfen. Es war ein merkwürdiges Gespräch, denn beide verbargen sie voreinander mit äußerster Anstrengung die tragische Zerrissenheit ihrer Seelen, ihre Angst umeinander.

Betsy bebte wie ein zu Tode erschrockener Vogel, in ihrer Stimme zitterten Tränen und ein unterdrücktes Schluchzen der Verzweiflung. Sie erstickte jedoch den eigenen Schmerz und bekümmerte sich nur noch um seinen sonderbaren Zustand.

»Sie müßten auf einige Zeit verreisen«, riet sie ihm, wie eine Schwester.

»Ich werde verreisen, ausruhen und mit neuen Kräften zurückkehren«, entgegnete er.

Ein bleiches Lächeln des Leids huschte über ihre Lippen, als nähme sie Abschied von ihm für immer. Ein kurzer Krampf preßte ihr Herz zusammen, und in ihrem Hirn dröhnte es unheilverkündend: »Nie, nie werde ich dich wiedersehen!«

Der Malaie unterbrach ihr Gespräch, er rief Zenon zu Yoe. Der lag bewußtlos auf dem Bett, der Arzt machte sich in einer besonderen Art um ihn zu schaffen. Yoe öffnete bald daraus die Augen, erkannte jedoch niemand. Vergebens sprachen sie auf ihn ein, er antwortete nicht, er schaute über alle hinweg weit in die Ferne.

Man beschloß, daß der Arzt zusammen mit der Pflegerin bei ihm wachen solle, und am Morgen, je nach seinem Zustande, sollte er ihn ins Krankenhaus schaffen oder nach Bartelet-Court.

Betsy fuhr in Verzweiflung heim. Beim Abschied bat sie Zenon mehrere Male flehentlich, er möchte Yoe doch nicht verlassen und über ihn wachen.

»Ich werde bei ihm bleiben bis zum Morgen«, versicherte er herzlich und vergaß sein Versprechen beinahe sofort wieder; denn gleich, nachdem sie fortgefahren war, ging er zu Daisy, trotzdem es schon ziemlich spät war. Als er aber schon an der Tür stand, wich er wieder zurück.

»Nein, nein!« Er schlug mit der Faust auf den Tisch, nachdem er sich in seine Wohnung eingeschlossen hatte. Er begann die Papiere durchzusehen, die auf dem Schreibtisch angehäuft lagen, und seine Augen blieben wieder auf dem Zettel von Cook haften: ›Abfahrt des Zuges um zehn Uhr. Dover. Caliban.‹ Er las es einige Male, und da er nicht begreifen konnte, was die Worte bedeuteten, zog er sich mechanisch an und fuhr zu Ada. Er wollte schon schellen, da hörte er an der Tür das Lachen der kleinen Wanda, er schüttelte sich heftig und floh schnell auf die Straße. Er war nur noch wie ein Ball, der im Nebel dahinrollt, von unsichtbarer Hand gestoßen. Er fühlte, daß er irgendwohin gehen müsse. Er ging ganz willenlos und wich wieder zurück, gleichfalls ohne zu wissen, warum. Er schaute in verschiedenen Klublokalen nach, begrüßte Bekannte, aber überall sah es nur aus, als suche er jemand, und da er ihn nicht fand, ging er sofort weg. Schließlich ging er in ein Varietee. Die Vorstellung hatte bereits begonnen; die Musik dröhnte mit der ganzen Kraft der verstimmten Instrumente, und auf der Bühne wiegte sich die Balletthderde, Clowns prügelten sich, jemand sprang unter einer Kuppel hervor ins Wasser, das den Zuschauerraum von der Bühne trennte, und das Publikum klatschte Beifall und lachte. Zenon schaute ungemein gespannt zu, nur konnte er nicht ergründen, wo dies alles geschähe: in ihm oder irgendwo außerhalb seiner Augen? Doch ehe er es hatte feststellen können, stand er auf und drängte heftig dem Ausgang zu, ohne auf die Flüche der Gestoßenen zu achten.

Er hatte nämlich den kategorischen Befehl vernommen, er solle den Saal verlassen. Er stand eine Zeitlang auf dem Trottoir, wobei er sich ängstlich umsah, er schaute sogar in den Torwegen und Kellern nach und fuhr endlich, da er nicht mehr mußte, was er anfangen solle, eilig wieder nach Hause.

Mr. Smith kam ihm entgegen und sagte merkwürdig düster:

»Ich dachte schon, Sie würden nicht mehr kommen.«

»So haben Sie mich also gerufen, nicht wahr?«

»Ich rief nicht, aber ich habe sehr gewünscht, daß Sie so schnell wie möglich kämen.«

»Also Sie waren's nicht! Haben Sie bei Yoe nachgeschaut? Ist er schon erwacht?«

»Ich komme eben von ihm! Vor einigen Minuten hat man ihn ins Irrenhaus gebracht! Ich gebe Ihnen mein Wort!« fügte er hinzu, da er Zenons Erstaunen sah.

»Yoe? Nein, nein, nein!« schrie der, und sprang ärgerlich auf ihn zu.

»Er hat einen Tobsuchtsanfall bekommen, und wir mußten ihn fortschaffen«, bestätigte der gelbe Herr traurig. – »Nachdem die Damen fortgefahren waren, ging ich Sie suchen. Ich war sogar auch bei Miß Daisy, ich traf sie an, wie sie sich zur Reise rüstete. Sie fährt nach Indien zurück ...«

»Sie sprach davon.«

»Ich suchte Sie auch in unserem Klub, – und als ich zurückkehrte, war bei Yoe niemand mehr außer dem Arzt und der Pflegerin. Wir hatten uns gerade zum Tee gesetzt und unterhielten uns über den Kranken, da hörten wir plötzlich Schreien und das Krachen von an die Wand geschleuderten Möbeln. Wir laufen ins Schlafzimmer, da steht Yoe mitten im Zimmer, mit einem Stuhl in der Hand, und verteidigt sich gegen einen unsichtbaren Feind. Er schrie etwas ohne Zusammenhang, wurde immer wütender, stieß mit den Beinen, schlug um sich, womit er nur konnte. Erst mit Hilfe der gesamten Pensionsdienerschaft konnten wir ihn unschädlich machen. Er wehrte sich so verzweifelt, daß man ihm sogar die Zwangsjacke anlegen mußte ...«

»Furchtbar! Furchtbar!« stöhnte Zenon, er traute kaum seinen Ohren.

»Ich habe soeben den schwersten Augenblick in meinem Leben durchgemacht! Noch kann ich's nicht glauben ... Verzeihen Sie«, er schaute mißtrauisch auf den Flur hinaus. »Es schien mir, als hätte jemand geklopft.«

»Yoe ist verloren! Der Arzt gibt keine Hoffnung! Ein so tüchtiger Mensch! Ein so mächtiger Verstand und eine so erhabene Seele – im Irrenhaus ...«

»Dank eurem Spiritismus!« Zenon konnte seinen Ärger nicht mehr unterdrücken.

»Vielleicht sind auch wir ein wenig mit schuld daran!« flüsterte Mr. Smith demütig, in aufrichtiger Reue. »Aber vor allen Dingen haben es diese ungeheuerlichen Fakirexperimente gemacht, denen er sich schon seit langer Zeit gewidmet hatte. Er wollte unbedingt ein Yoghi werden, ein heiliger Wundertäter und reiner Geist. Er wünschte, das Unerkennbare zu erkennen ... Sein Wahn hat mich darin bekräftigt, daß derartige Experimente für Europäer verderblich sind! Wer nur daran gerührt hat, ist gestorben oder wahnsinnig geworden. Ich könnte viele bekannte Namen nennen!«

»Und trotzdem hören Sie nicht auf, Apostel dieser Wahrheiten zu sein!« flüsterte Zenon bitter.

»Von dem Augenblick an, wo ich sah, wie Yoe wahnsinnig wurde, habe ich mir zugeschworen, mich nicht mehr mit Spiritismus zu befassen. Ich bin nämlich sehend geworden, ich habe auf meinen Lippen die bittere Wahrheit verspürt, daß wir, wir Europäer, eine niedrigere Rasse sind, daß wir psychisch nur Tschandala sind ... Nur ein Hindu kann die Grenzen der Materie überschreiten, kann in das unsterbliche Antlitz des Lichtes schauen. Das sind die Auserwählten der Auserwählten! Das sind Seelen, die bereits im letzten Awatar sind! Herr, mein ganzer Glaube, die ganze Sehnsucht meines Daseins ist heute eines gewaltsamen Todes gestorben. Jetzt weiß ich, daß der Europäer vielleicht einmal unser ganzes Planetensystem erforschen, vielleicht sogar die Sonne zur Triebkraft seiner Fabriken machen und zu den Sternen stiegen wird, aber nie und nimmer wird er die Grenzen der Materie überschreiten, nie werden seine sündigen Hände den Vorhang lüften, seine blinden Augen werden die enthüllte Isis nicht schauen! Jetzt weiß ich, daß wir nur ein elendes Geschlecht von Parias sind, das durch seine Dummheit kühn geworden ist, ein Geschwür der Welt, das zu einem widerlichen, kriechenden Leben verdammt ist, wie jene Würmer, von denen es unter der Erdoberfläche wimmelt! Und wahrlich, wir sind eines besseren Geschicks nicht würdig, denn die Summe unserer Freveltaten ist größer sogar denn Gottes Barmherzigkeit. Drum wehe dem Tollkühnen, der mit lästerndem Gedanken die vorgezeichnete Grenze zu überschreiten wagt, tausendmal wehe! Wahnsinn und Tod stehen dort auf der Wacht!«

In seinen Worten lag so viel Grausiges, eine so grenzenlose Verzweiflung blickte aus seinen Augen, daß Zenon von abergläubischer Furcht erfaßt wurde. Smith schaute sich ratlos um, schleppte sich wie ein Greis zur Tür, wendete sich noch einmal um und wiederholte:

»Wahnsinn und Tod.«

Kaum waren seine Schritte im Flur verhallt, Zenon stand gerade mitten im Zimmer, er hatte sich vom Schreck noch nicht erholt, da meldete der Diener:

»Die Koffer sind hinuntergeschafft, der Wagen wartet! Es ist Zeit zur Abfahrt ...«

Zenon wunderte sich gar nicht darüber, er wußte in diesem Augenblicke bereits, wohin er reisen würde, und wessen Stimme ihn unaufhörlich rief. Er machte sich noch ein wenig zu schaffen, er wollte etwas zusammenpacken, suchte sehr geschäftig nach etwas, versuchte die Manuskriptblätter zu sammeln, doch alles entfiel seinen Händen, er vergaß wieder alles, von einer freudigen Erregung der Erwartung erfaßt.

»Heute also! Jetzt! Sofort!«

Eine vorübergehende Vision des Glücks versetzte seine Seele in unsagbare Verzückung. Er war ganz in Flammen, wie die Sonne, und die Kraft eines wahnsinnigen Verlangens riß ihn hoch empor zu in den Himmel ragenden Höhen, bis dort hinauf, von wo dieses gebieterische Geheiß kam.

»Daisy! Daisy!« rief er in Ekstase, schon hatte er sich selbst und das Leben vergessen, als hätte er sich in die Unendlichkeit gestürzt. »Ich harre der Erlösung! Ich harre ihrer in Sehnsucht und grenzenloser Liebe!« betete er mit der Glut eines Verehrers und Sklaven.

Plötzlich schien Ada so deutlich vor ihm aufzutauchen, daß er ein wenig zu sich kam; es durchzuckte ihn blitzartig und schüchtern der Gedanke:

»Was geht mit mit vor?«

Er hörte das klägliche Schluchzen Betsys. Unwillkürlich schaute er sich um und versuchte einen Augenblick lang, klar über sich zu werden. Doch unter seiner Hirnschale war ein Chaos und Strudel von zerfetzten Gedanken und Bildern.

»Onkelchen, du bist so gut, so lieb, so furchtbar mein, wie Papa ...«

Ja, wer plappert denn das? Wessen Händchen umfangen seinen Hals? Wessen Augen sind es denn, die ihn jetzt mit so grenzenloser Liebe anschauen? ... Er wankte erschreckt, eine zentnerschwere Last hatte sich auf seine Seele gewälzt und zog ihn hinab in lärmende, abscheuliche Tiefen.

Zurück? In die Fesseln jedes Tages, jedes Zufalls? In die Sklaverei ewiger Sorgen? In das gemeine Joch der Menge und der Pflichten? Und dann für immer? ... »Nein, nein, nein!« erhob sich in ihm die mächtige

Stimme des Protestes. »Lieber den Tod als solch ein Leben, als dieses sklavische, kriechende Würmerdasein inmitten von Schmerzen, Furcht und Finsternis ...!«

»Wahnsinn oder Tod«, hörte er plötzlich die Stimme Smiths, sie tönte wie Grabgeläute in seinem Hirn.

»Was anfangen? Was tun?« Alle Gespenster des Lebens zerrten an seinem Herzen, durchtränkten ihn mit dem Gifte der Unruhe, der Furcht und der Unsicherheit.

Eine wahnsinnige Angst heulte ihm in die Ohren. Doch jene gebieterische Stimme erhob sich wieder, mit einem Klange, der stärker war als alles, stärker als Leben und Tod ... Er krümmte sich in dem letzten, verzweifelten Kampfe mit sich selbst.

Noch ein Augenblick instinktiven Zögerns. Noch ein Augenblick der Überwindung seiner letzten Erinnerungen, ein Augenblick des Wankens, wie bei einem angesägten Baume, und er stürzte hinunter, wohin ihn seine Bestimmung rief ...

»Und wäre es Wahnsinn und Tod! ... Auch dann! ...« rief er herausfordernd dem eigenen Willen zu. - - - - - - - - - - - - - - - -

... Und vor Morgengrauen verließ der »Caliban« den Hafen mit unbekanntem Ziel.